一九五二年初冬，十六岁。本年连续发表了《红花》《摆渡口》《青枝绿叶》《大青骡子》等短篇小说。《青枝绿叶》选入一九五三年版的高二语文课本。

刘绍棠

中国乡土文学作家。一九三六年二月二十九日生于北京通州大运河畔的儒林村。一九四八年参加革命。一九四九年开始发表作品。一九五三年参加中国共产党。一九五四年考入北京大学中文系学习。一九五六年加入中国作家协会，从事专业创作。至一九五七年被划右时，已出版了《青枝绿叶》《山楂村的歌声》《运河的桨声》《夏天》《中秋节》《瓜棚记》《私访记》等七本书。

一九七九年右派冤案得以改正，重获创作权利。刘绍棠带病顽强拼搏了十八年，为后人留下了五百多万字的乡土作品。即十二部长篇小说：《春草》《狼烟》《地火》《豆棚瓜架雨如丝》《这个年月》《敬柳亭说书》《十步香草》《京门脸子》《野婚》《水边人的哀乐故事》《孤村》《村妇》。二十多部中篇小说：《蒲柳人家》《渔火》《瓜棚柳巷》《花街》《草莽》《荇水荷风》《蒲剑》《鱼菱风景》《小荷才露尖尖角》《绿杨堤》《烟村四五家》《柳伞》《年年柳色》《青藤巷插曲》《黄花闺女池塘》《碧桃》《二度梅》等。两部短篇小说集：《青枝绿叶》《蛾眉》。十一部散文短论集：《乡土与创作》《我与乡土文学》《一个农家子弟的创作道路》《我的创作生涯》《论文讲书》《乡土文学四十年》《蝈笼絮语》《如是我人》《红帽子随笔》《我是刘绍棠》《四类手记》。

《京门脸子》获得北京市优秀长篇小说奖。《敬柳亭说书》获得首届中国大众文学优秀长篇小说奖。《蒲柳人家》获得全国优秀中篇小说奖。《蛾眉》获得全国优秀短篇小说奖。中短篇小说多种被译成英、法、德、俄、日、西班牙、泰国、孟加拉、阿尔巴尼亚等国文字。

上世纪八十年代以来，刘绍棠不遗余力地倡导乡土文学，创作上坚持“中国气派，民族风格，地方特色，乡土题材”。他的全部作品，都是写大运河的乡土乡亲，形成了独具特色的大运河乡土文学体系。

刘绍棠文集

青枝绿叶

刘绍棠／著

北京出版集团公司
北京十月文艺出版社

目录

一顶轿子

1

张家庄的周万喜老头，是远近闻名的吹鼓手，不管什么歌曲，拿过来就能吹，而且吹得像老早就会一样。他早先在本庄地主朱抓子开的轿子房当伙计，头年土改，分朱抓子浮财时，他不要樟木箱子檀木柜，单挑那褪了色的轿子。他老婆和闺女金枝跟他吵了老大半天，也没拗过他。

周万喜把轿子抬回家，花些钱买了油彩，把轿子漆得非常好看，又和农会商量好，轿子房出买卖，借用公家的四面大鼓，答应本村嫁娶用轿子收一半钱，又联络了十几个人，轿子房就正式开张了。

可是轿子房开张好几个月，也没人照顾。

金枝是妇女会干部，思想挺进步，早就不赞成她爹开轿子房，别庄的妇女干事，见着金枝就闹："金枝，轿子房开张没有？别人不坐，就留着抬你啦！"说得金枝脸红得像喝了酒一样。

回到家，金枝就跟她爹说："劈了吧，这废物有啥用？"金枝妈也说："这吃不了咽不了的玩意儿，趁早劈了烧火。"周万喜老头子一听就火啦："娘们家眼窝子浅，等买卖好了，你准得宝贝似的供着它。"金枝妈知道再言语就要挨骂了，只好低头吭吭生气，金枝在一旁也耷拉着脸噘着嘴。

2

旧历年，村里非常热闹，小学生扭秧歌打花棍，一群年轻小伙子也闹开了小车会，周万喜把轿子也抬了出去，把毛主席的相片摆在里面，吹着喇叭，打着大鼓，跟小车会后面走。

不少的人指着轿子说："多好看呀，瞧绣得那鲜亮。"周万喜老头子笑着对一群年轻姑娘说："赶明儿你们出门子就用这轿子抬，好不好？"他心里别提多乐了，心想：这回轿子一露，大伙全看过了，买卖准错不了。

当天闹完了，金枝对她爹说："爹！这回毛主席坐咱轿子啦，也算挺光荣的，还不劈了？"周万喜一点不着急，反而笑眯眯地说："毛主席坐了咱的轿子，是个大吉利，往后买卖准旺，哪能劈呀！"金枝没好气地说："这封建玩意儿不解渴不解饿，要它干吗使？"周万喜说："谁说不解渴不解饿，等买卖旺了再瞧。"金枝妈也搭了话："如今新派头，谁还坐轿子，趁早别妄想了，还不如那工夫要个大柜好呢。"周万喜老头子反倒不言声了，心里可有"一定之规"——拿块破布擦起轿子上的灰尘。

3

庄上几个年轻姑娘快要结婚了，周万喜心中暗暗欢喜："这几档子买卖算是煮熟的鸭子——跑不了啦！"每天早晚没事，拿块破布擦个没完，累得满头大汗也不停手。

一天又一天地过去了，但却没人来定轿子，周万喜心里打了鼓，跟他老婆说："你去到秀云、二俊家问问，她们出门子要是坐轿子，咱们这个收一半钱。"金枝妈慢条斯理地说："我又不指着轿子活着，我才不去哪，你指着你去呀！你挣八万紫金我也不眼热。"把周万喜顶得干翻白眼，说不出话来。

金枝由地里回来，周万喜问她："秀云她们出门子定轿子没有？"金枝说："秀云、二俊都是妇女干部，对象也是干部，还能坐轿子？您别妄想了。"周万喜那火一样的兴头，像被泼了一瓢凉水一样。

4

秋后，金枝也要结婚了，对象是个区干部，周万喜打算叫金枝坐轿子，其实他心里另有一番打算："金枝是妇女会的头目人，她要是坐轿子，别人准得跟着学，这一来，买卖就旺了。"可是金枝说啥也不答应，爷俩吵得脸红脖子粗，周万喜老头子脑门子青筋一突一突地跺着脚大喊大叫。

这时进来一大群姑娘，有的十七八，有的八九岁，一进来就问：

“周大爷犯啥肝火呀？”周万喜像得着宣传机会一样：“让你们说，出门子不坐轿子成啥样？晚嫁才不坐轿子。”他这一说把大伙都招乐了，一个十八九的姑娘说：“您别顽固了，新社会坐封建轿子，多寒碜。”刚八岁的小珍说：“臭轿子，白叫我坐我都不干。”

周万喜老头子像泄了气的皮球一样，蹲在炕角唉声叹气。

金枝趁着机会给她爹说了一套道理，金枝妈埋怨个没完，周万喜后晌饭也没吃，躺在炕上翻来覆去睡不着，脑子乱得跟乱麻一样，心里可起了斗争。最后他明白了：新社会的风俗改了，这一辈的年轻人不坐轿子，下一辈更没人坐了，当初挑个什么不好，单挑个废物，没开张倒赔了油漆钱。后悔可也晚了。

第二天早晨，周万喜将轿架劈成劈柴，煮熟了早晨的棒子粒粥。

北京二中　初中二年级

原载一九五〇年九月十五日《光明日报》

新式犁杖

1

蓟运河西岸，有个土桥村，算上今年，解放还没有二年。

村西头，有一条清澈的小河，河岸上长满了杨柳榆树，离老远一看，绿压压的把村子包围个严实；到近前一看，树木夹间中，有一户住家——三间土房，围着棒子秸篱笆，这便是木匠张大奎家。

张大奎的手艺，四邻各庄没有不称赞的，打出的东西，都让人使着顺溜。近几年，大奎的徒弟柳五谷，手艺也不错了，做出的活比大奎做的还受人欢迎，因为他做的小巧灵便，使着省劲，干活儿可出数，所以买卖总是忙不过来，二三十里以外的村子，都有找他师徒俩做活的。

大奎瞧着徒弟这么有起色，心里别提多喜欢。本来嘛！大奎是个老绝户，五谷是个没爹没妈的苦孩子，他们师徒比父子还亲；五谷也是个招人疼的孩子，每逢赶集卖货，总是天麻麻亮就动身，带着棒子饼子和几块咸菜，卖完货立刻回家，一个钱都不肯花。

解放以后，五谷当了村干部，忙着开会办公事，晚上到夜校念书，但是一点儿不少干活；大奎逢人一提起五谷，便捻着他那山羊胡子，咧着大嘴笑嘻嘻地说："我们那孩子，不单聪明伶俐，还诚实忠厚，从来不会占便宜。"五谷一提大奎，总是说："我师父比我爹妈还亲，把我抚养这么大，又教会了我手艺，对我可说是恩重如山呀！"大奎老两口子，从别人嘴里听到五谷的话，别提多乐了。

可是出人意料，今年完大秋，爷儿俩拌了一回嘴，竟然分开了。大奎一提五谷，便长叹一声说："唉！人家手艺学会了，又自个儿找好了对象，还肯养活我们这俩土埋半截的人？"有人就问五谷，五谷急得起誓说："我要有那心，我不是人养的，只是他太顽固呀。"

为啥他师徒决裂到这般地步呢？这里面有个原因。

2

五谷这个年轻人，对于手艺知道钻研改进，对别人的批评也爱接受，所以做出的活，一回比一回招主顾；大奎就正相反，老是保守，对于手艺认为师父怎样教，徒弟就怎样学，因此他的手艺永没改进。

完秋，五谷到区上开会，区长拿张报对五谷说："你看，报上登着一种新式犁杖，是一个农民发明的，又经过有技术的人修改过，比咱现在用的犁杖省一半劲，还耕得多，你试着做几张怎么样？"五谷像得着宝贝一样，连说："好！好！好！"便拿过报研究半天，只累得满头大汗，兴奋地说："我这么一琢磨，还真在理。"说完，便到区公所对门的棺材铺里，找来了尺子，照着报上的图，在白纸上画起来。

回到家，正赶上有十几张犁杖的活，他跟大奎一商量，大奎不赞成，摇着头说："干什么都有一套，轻易放不了，咱们还按着老方法，比啥都稳当。”五谷让步说：“咱先打一张新式犁杖试一试，好就照新样打，不好便再按老法子。”大奎说：“年轻人就是喜欢新鲜，误了日子，交不上活怎么办？”五谷听大奎的口气，以为允许了，便拍着胸脯说：“我保证误不了交活的日子。”大奎还是不答应，一死儿认定祖师爷留下的手艺，不能随便改。

五谷对付了半天，仍没被允许，他终究是个年轻人，火气壮，便嘟囔着说：“这活我不做了……”大奎认为五谷有了手艺成心别扭，便刷地变了脸说：“你不做我做，你想要压我一头是怎么着？”五谷忍不住大声说：“您想想！改好手艺多挣钱，不是给您吗？”大奎又误会了，大骂道：“你甭以为你挣钱给我不合适，从今儿个起，咱们一刀两断，你给我滚。”五谷咬了咬牙说：“滚就滚！”刚要进屋扛被窝，被师娘拦住了，尖着嗓子骂：“五谷！你这王八蛋的翅膀刚硬，就想飞，你还有脸扛被窝——这都是我老头子拿血汗挣来的。”

五谷含着眼泪，光身离开了大奎家。

3

五谷住在了村公所，白天便给人打短工，可是他那改进犁杖的心，一点不死。

村干部来调解，对大奎说：“五谷那主意是对的，万一有一差二错，我们哥儿几个承担。”大奎固执地说：“他要回来也成，得按着老法子做活。”其实他的心里打了主意：“你们干部向着干部，我非把五谷比下去不可。”

正巧辛屯木厂子有二十张犁杖没人打，就把五谷找去，五谷说好了条件，就按着新样式打成了，买主回去一耕地，果然省劲耕得多。这下子柳五谷可出了名，他自个儿买了套器具，便在他未婚妻桂子家的小场里开了个木厂，四邻各庄的活几乎把小场堆满了，五谷忙不过来，就收了个徒弟搭下手，从清早到天黑，没闲空儿。

大奎那里的活少得厉害，做出的活跟五谷做的一比，又笨又重，还成本高，老主顾都不上门了，他老两口子暗暗后悔，互相埋怨；大奎也明白了："新法子是比旧法子高明。"可是为了面子，还不肯叫五谷回来。

五谷到镇上卖货，有人问他："你庄张大奎早先挺有名望，怎么如今做出的活，又笨又重还要价高？"五谷说："张师傅上了年纪，脑筋想不开，他要把手艺改进了，我两个也不及他呀！"这话传到大奎耳朵里，背地里流了眼泪，心中暗想："五谷这孩子可没忘了我这师父呀！从前我骂他的话，都是我的不对。"

五谷知道师父家生活很困难，便买了三斗麦子亲自送去，他师娘扯着他哇哇哭，抽抽泣泣地说："都是你师父太顽固，孩子，你总对得起我们老两口子这番苦心。"五谷说："我打算搬回来，就怕我师父不肯。"

正在这时，大奎迈门进来了，在外面他已经听清五谷跟他老婆说的话，他老泪流满了脸，拍着五谷肩膀说："孩子！都是我的错，你回来吧！"

当天五谷搬回了大奎家，第二天，爷儿俩和五谷收的徒弟，在小河岸上作起新式犁杖。

北京二中　初中三年级

原载一九五一年一月一日出版的《河北文艺二卷三期》

过　帖

西柳庄的大蓉和林店的春生恋爱公开以后，大蓉妈就不断地催促大蓉："你们俩都愿意，我也不拦着，这事就算没岔啦！那就快过帖吧。"大蓉说："俩人都乐意，还立字据干吗？"大蓉妈叹口气说："你这么大还叫妈操心，终身大事一点不郑重，成啥样子？"大蓉一想，芝麻大的事犯不上抬杠拌嘴，就答应了。

第二天大蓉扛锄下地，春生正在大道上等着她。大蓉把她妈叫过帖的事跟春生一念叨，春生说："你妈既然愿意，就这么办。可是有一样，咱俩都是团员，可不能照老法子走，又吃又喝，屁大的事花好多钱。咱俩想个两全其美的法子，又有意义又便当，那才说得过去。"大蓉点点头说："对，那咱俩就慢慢想。"

晌午大蓉回家吃饭，她妈笑嘻嘻地说："我找人瞧了皇历，后儿个是好日子。你跟那头说，怎么也得送几斤肉几斤酒，请当门对户喝喝喜酒。"大蓉暗中一盘算，几斤肉几斤酒就得六七斗棒子，没过门先花一大笔钱，实在说不过去。便对她妈说："我看也甭喝喜酒。人家那头也不太富裕。拿几件东西换一下就行了。"大蓉妈连连摇头说："那可不成。从古至今，红白事都不能潦潦草草。再说那头，四邻各庄谁不知道他家富裕？听说陈粮食还有十多石，六七斗还拿不起？”大蓉知道说干了唾沫也白费事，便不再争辩。

在地里大蓉把这事跟春生一商量，春生说：“我可不是舍不得花钱，实在是为了把日子过好了。俗话说：‘好年头当歉年过，水旱年不挨饿。’这工夫香香嘴，臭臭屁股，赶明儿没粮吃挨饿多不值当，等日子过得像样子，再吃点好的，喝点好的，心里也踏实。你说是不是？”大蓉说：“咱俩的心思全一样。我再劝劝我妈，要是劝成了更好，不成反正也不能照我妈的法子办。”春生点了点头，想了想，忽然跳了起来说：“我想出一个好办法，不知你同意不同意？就是我的锄给你，你的锄给我，这么交换一下，正好说咱俩时时刻刻不忘生产，你说有意义没有？”大蓉高兴地说：“这个法子太好了，我完全同意。”

春生和大蓉交换了锄，想起这锄就是结婚前的定礼，两个人的脸都有些发烧。他俩拿着交换的锄去耪自家的地，两人都觉着比往常有劲。直到太阳偏西，大蓉妈在村头喊大蓉回家吃饭，俩人才停了手，轻松地笑了笑，便各自回家去了。

大蓉妈一瞧大蓉这把锄不是原先那把，便说：“你瞧你，慌慌张张把锄都拿错了。”大蓉扑哧一笑说：“妈！我差点儿忘了告诉您，后儿个甭喝喜酒了，我们俩过帖了。”大蓉妈惊讶地问：“你这孩子又出啥花招子？”大蓉郑重地说：“我跟春生商量了。春生说，咱庄稼人用不着那么铺张，留着粮食过日子比啥都强。咱分地算今年才二年，一点元气都没有，寒来暑去收的粮食，这么吃喝了不值当。我们俩换了换锄，就算过了帖。”大蓉妈真想骂闺女一顿，可是又怕别人知道底细说自己小气，而且那头什么都不拿，花自己的粮食实在舍不得，便顺水推舟地说：“你们俩既然不愿意办，我也不勉强。日后可别埋怨妈没给你办。”大蓉说：“绝不埋怨您。”大蓉妈说：“那好！我把请好的人谢了吧。”

第二天清早，大蓉妈到当街去。只见一大群人围了一圈，在谈论着大蓉过帖这件事。大蓉妈脸上立刻红了，心想：“准是说我抠抠索索不会办事，大喜事不热闹一回。”于是她藏在暗处停了脚。只听见她本家最长辈的二大爷说：“我瞧大蓉这孩子就会过日子。本来一个过帖，用不着又吃又喝，大蓉妈打这喝喜酒的主意就是瞎闹。咱一个庄稼人家，日子没过富裕，摆啥大场面？她得亏听了大蓉的话，那算是做对了。”大蓉妈听了，心中暗想：“得亏听大蓉的话没喝喜酒，要不人家准说我不会过日子。”立刻脸上便不发烧了。

北京二中　原载《进步青年》一九五一年第三期

蔡桂枝

1

蔡桂枝是她娘过门九个月时落生的，那时，她爷和她奶奶都非常不高兴，背地里逢人便说："迈门花，克全家，依着我，早把这臭丫头片子扔了。"桂枝她爹大丑，虽然因为头生是个姑娘，心里暗暗不乐意，可是自己是个又黑又麻的人，桂枝娘那么俊秀，本来就是含着眼泪嫁给他的，所以便不言不语，而且背后时常安慰桂枝娘。

桂枝到了五六岁，长得眉目清秀，比她娘还好看，背后便有人议论："桂枝长得一点也不像大丑，又是一个'迈门花'，准是野汉子的种儿，桂枝娘那样俊俏，偷汉子还能挑赖的。"这样风言风语的，大丑也相信了，回家把桂枝娘狠狠地打一顿，又因为家里穷得揭不开锅，瞧着桂枝横竖不顺眼，不是打就是骂，她娘俩全都受了气！又有人说："桂枝要是野汉子的种，她娘一定偏爱她。"桂枝娘为了表白自己，也时常打桂枝，刚懂事的桂枝，整天被眼泪泡着。

后来，桂枝爹和她奶奶死了以后，桂枝娘因为婆婆跟丈夫死了，怕人说自己不正派，又觉着留下桂枝是个"赔钱货"，就还不给桂枝好气受。四九年解放后，桂枝家分了地，可是她爷却说：“‘迈门花，克全家’，她爹跟她奶奶就是她克死的，这工夫，有了房子有了地，可不能叫她满处撞丧，把这点元气散尽了。”所以桂枝仍然不能出门，成天价闷在屋里做活。

桂枝每天抱柴火做饭，或者到街坊家借东西，瞧见跟她年岁相仿的姑娘，有说有笑地在外头玩，又瞧见学校的学生又唱又跳的，心里别提多羡慕，便立了个决心：努力学习文化，将来离开这活地狱一样的家。同院住的十二岁的小花，在小学里上四年级，桂枝便在小花下学的时候，向她问字，虽然桂枝比小花大六岁，可是她却老老实实地跟小花学，因为，她心里有一个打不破的志向。

2

冬学成立以后，桂枝满心想去，跟她娘一念叨，她娘把脸一沉，说：“你给我好好在家闷着吧，想到外头野跑去是甭打算。”桂枝央求说：“妈！我要是认识了字，写信写账不是也方便吗？”她娘阴气阳气地说：“你甭跟我磨蹭，说什么也不叫你去，反正我也不指着你养活我。”气得桂枝直掉眼泪。

小花来劝桂枝妈，也是不成，正巧区妇联的陈英同志来了，也是为了动员妇女上冬学来的。小花便把她拉到桂枝家，来说服桂枝妈。桂枝妈正在纳鞋帮，见陈英来了，便笑着叫陈英坐下，又叫桂枝去沏茶。陈英不慌不忙地跟桂枝妈扯家常话，足有一顿饭的工夫，也没说上正题，急得小花拿手直碰她，可是陈英仍旧跟桂枝妈说东家长，西家短，一点也不着急。

越说桂枝妈越不拘束了，陈英慢慢地把话扯上识字去，她说了好些笑话，像一个老太太买东西多花了钱，反而自认为找了便宜，知道吃了亏，急得病了好些日子，说得桂枝妈也点了头："当个睁眼大瞎子，可真是个苦处。"陈英趁热打铁，就把动员桂枝上冬学的事一念叨，桂枝妈推说家里活太多，这时小花从外屋把桂枝拉进来，挺正经地问："桂枝姐！你上冬学可不能少干活呀！"桂枝红着脸点了点头。桂枝妈当着陈英同志的面，也就顺水推船——答应了。

桂枝上了冬学，特别用功，把自己的体己钱，买了石笔和石板，每次上学总是去得早回来得晚，家里的活也归置得头是头脑是脑。她爷因为桂枝上冬学是陈英同志亲自来说的，并且桂枝妈也答应了，虽然不愿意，可是没法说出口，每等桂枝上下学的时候，便骂："一个'迈门花'还想识文断字，自个子也不想想，有那大命没有！"桂枝一肚子气，为了上冬学，全都忍受了，放学回来，等她娘睡着了，便把白天剥好的"大麻子"仁，穿成一串，点着了照个亮，在石板上练习生字和算术，第二天还得早起，做饭做活。

三个月冬学过去了，老师说桂枝够得上二年级的程度，因为她学习得好，由陈英介绍，她被批准入团。

3

桂枝入了团，截长补短要开会，支部在五里以外的太平庄，桂枝开会回来，时常给妈讲说道理，她娘也疼爱她了。桂枝到团支部去开会，她娘就瞒着她爷，有时就对她爷说，叫桂枝到合作社买东西去了。桂枝爷因为是寡妇儿媳的主意，也就不说什么。

桂枝在支部说出了自己的心愿，同志们都非常鼓励她。桂枝学文化更是起劲，把小花在三年级时候的书拿来，又跟小花学会了注音字母，买了一本小字典一边做活一边看。就这样，背着她爷苦苦学习。

桂枝爷这老头子，瞧着桂枝也十九岁了，又为了给他老儿子丑黑说媳妇，便想给桂枝找个婆家，一来算完了一番心愿，二来送走一个人，再娶来一个人，也费不着粮食；又一想，桂枝命里克夫，便给说了个四十多岁的男人，而且是填房，那头的大孩子比桂枝还大四五岁，要了不少订礼，日子口在七月七，只瞒着桂枝。

到了五月间，桂枝由街坊嘴里知道了这件事，急得出了一身冷汗，眼泪险些流出来，她想大哭一场，又忍住了，慌忙下了炕，偷偷地奔太平庄了；到了团支部，团支书正和陈英谈由女团员带头耪地的事，桂枝掀门帘见了他俩，哇的一声哭了出来，跟着抱住了陈英，委屈地哭了起来。

“怎么啦，桂枝？”陈英扶起了桂枝，温和地问她。

桂枝哽咽了半天，才断断续续地说：“我爷……给我……说了个婆家……那头都四十多了……他儿子比我还大四五岁。”

“那还行！政府规定不许买卖婚姻，到区里告你爷去！”团支书是个愣小伙子，一听这事可就火了。

陈英一点也不着急，稳稳重重地说：“桂枝！你不是想出去做工吗？这可有个好机会，县城里成立一个纺织厂，招考女学徒……”没等陈英说完，桂枝就不哭了，拉着陈英的手，脸上现出了喜色：“是吗？

是什么程度？”陈英庄重地说：“妇女只有在经济上独立，才能跟男人平等，这工厂招的学徒，要小学四年级程度，随到随考。”桂枝立刻发愁地说：“我不够程度呀！小学三年级的功课，我还不大熟哪！”陈英握着桂枝的手，诚恳地说：“还有半个月，这个工厂才开始招考，你努力吧！把四年级的功课准备一下，我相信你准能考上。”

桂枝由团支部回来，她清爽得多了，心里是那么的高兴，可又有些害怕：“考不上怎么办呀？”她有些灰心，但是陈英的话又在耳边响起了：“你努力吧！……我相信你能考上。”于是她又下了决心：我能考上。

从此，小字典、石板和小学教科书，成了桂枝的伙伴，不论在做活和做饭的时候，这些东西都在她的身旁。

4

一晃就是半个月，桂枝正在家偷空算算术，小花由外面跑了来，对桂枝说：“陈英同志来了，叫我找你。”于是，她俩便一齐跑到村公所去了。进了屋，陈英同志拉着桂枝说：“明儿个工厂就开始报名，你准备准备吧！介绍信我给你开好了，放大胆子，明儿个就去，我没工夫，不能陪着你，太平庄的同志们怕你没花的，给你凑了两万块（旧币）钱。”说着，把介绍信和钱都交给了桂枝，桂枝鼻子酸酸的，说不出的那一股子滋味，她只觉得同志们对她太好了。

第二天，桂枝拿了两个棒子面饼子和一个咸菜疙瘩，偷空便走了；她走在马路上，只觉外面的空气，是那么清凉，绿绿的杂草和红红的野花，她也觉得新鲜和可爱。

到县城三十里路，桂枝一点也不累，到了城里，跟人打听找着了工厂的地方，她心里扑通扑通地跳着，在工厂门口走了好几个来回，才一咬牙进去了。到了报名处，负责报名的同志，瞧完了她的介绍信，很客气地叫她一边坐着，而且给她倒了一杯茶，和蔼地问她话。

报完名，那负责同志拿出一张印好的卷子，叫桂枝一旁答，并且鼓励她说："别着忙，慢慢答，我们对你要适当地照顾。"桂枝脸涨红，脑子有些发昏，好容易才镇静下去，安稳地答着卷子；交完了卷子，那负责同志说："三天以后，我们给太平庄去信通知你。"而且把桂枝送出老远。

桂枝回到家，被她爷臭骂了一顿，可是她一点也不难过。

一天，两天，三天……到第四天小晌午，太平庄一个女团员把通知给了桂枝，桂枝一看，被录取了，背面是陈英写的字："桂枝，明天走的时候，到太平庄来一趟，我送送你，准备一下简单的行李，鼓起勇气，别舍不得家。"桂枝看完了，赶忙把通知单搁在贴身小褂的口袋里，那女团员连说几句："恭喜……"便扛锄下地了。

这一宿，桂枝根本没睡着，不时看着启明星，当村里的鸡刚叫一声，她便把预备好的夹被包裹好，推开门，她有些心酸，想告诉她娘一声，可又一想她娘必定会拉后腿，便毫不犹豫，蹚着湿湿的露水，朝着太平庄去了。

5

陈英一直送了桂枝八九里地，并且给了她个日记本，对桂枝说："你要好好学习技术，可也别忘了学文化，要做一个好团员。千万别想家，你家里的事，我给你解决。"桂枝坚决地点了点头，便迈开步向前走去。陈英仍然不错眼地看着她，直到桂枝走得老远，连人也看不见，她才往回去。

当天，陈英去找桂枝娘，桂枝娘正和桂枝爷拌嘴。桂枝娘一把鼻涕一把泪，埋怨桂枝爷逼走了桂枝。桂枝爷唉声叹气也直后悔。陈英把他俩叫到屋里，婉转地劝着，最后说："桂枝做工去了。她告诉我，不告诉你们她的住处，可是她会时常给家来信。"又对桂枝爷说："都是您的不对，您不该太压迫桂枝，要是在旧社会，桂枝心一窄，再没人解劝，还能不投河跳井？"桂枝爷低着头，说："全是我的不对。"桂枝娘知道了桂枝的下落，也就不哭了。

桂枝在工厂里，不但技术进步得快，而且文化上和思想上都有了很大的长进。一个月过去了，发了薪，除了买一身单衣服，还剩下几万块钱，便写信给陈英和太平庄团支部，报告了她的生活；又给她家里写了封信，狠狠地数落了家里一顿，让她娘给退婚。她爷没奈何，只好把订婚礼退给那头。

第三个月，桂枝的薪金除了交饭费和买日用品，还剩下五十多斤小米，她整数交给工厂的团支部，团支书徐金锁问她："你为什么不给家寄呢？"桂枝说："组织就是我的家，它把我引上正道，我那个家，只能逼我往死道上走。”徐金锁说：“有工夫我找你细细聊聊吧！”下午下工，徐金锁和桂枝在工人业余开荒的小园子里来回蹓着，徐金锁对桂枝说：“你不应该这样想，你的家是穷人，他们思想落后，你应该帮助他们搞通才对，再说，你娘不是比你还苦吗？”桂枝低下头不言语了，徐金锁继续说：“你把剩余的钱积蓄下来，有工夫送回家去，你生活已经独立了，又补助了家里，以后家里不是就全没问题了吗？”桂枝说：“好！”

完大秋的时候，桂枝积存了三石多棒子钱，穿着蓝色的女工服，借了徐金锁的自行车，回家去了。到了村里，村里人都以为是个女干部，近一看是桂枝，大伙立刻围住了她，一帮小孩，把她娘和她爷也拉了来。

晚上，桂枝把钱交给了她爷，她爷咧着嘴，两眼笑成了一条线，说：“我打算跟人搭帮买个牲口，细一盘算，还差一石来棒子，你这一拿回来钱，除了买牲口，还富余两石多。”桂枝娘也乐得合不上嘴。

睡觉时，桂枝没留神，把日记本里的相片掉了出来，她娘抢过一看，是桂枝和一个青年工人，微笑着，亲密的合影，便问桂枝：“这相片上的小伙，是谁呀？”桂枝红着脸，忸忸怩怩地说：“是一个叫徐金锁的同事。”她娘盘问了半天，桂枝才吞吞吐吐地说：“徐金锁的文化跟我一样，技术和思想都比我强好多，前两个月才正式说明了。”说着“咯咯咯”一乐，便钻进被窝里去了。

第二天，桂枝爷把桂枝往家拿钱的事，跟乡亲们一说，有些人就逗他：“怎么不克全家了？”桂枝爷结结巴巴地说：“那是老脑瓜呀！眼下变过来了。”回到家，桂枝妈跟他一提桂枝找对象的事，桂枝爷满口答应："桂枝的眼光远，对的象错不了。"

回厂那天，桂枝爷给桂枝扛着行李，到了汽车站，她爷温和地说："桂枝子，到年根儿前，你叫那徐什么，我那孙女婿，到咱家来呀！"桂枝嗯了一声，便骑车跑了。她的脸有些热烫烫的，脑子里回旋着"女子只有经济独立才能真正平等"和"旧社会把人变成鬼，新社会把鬼变成人"这两句话。

桂枝心情是那么愉快，她觉着前面的路是辽阔光明，回头看，通她家的那条路，也是同样的平坦可爱，自行车不快不慢安稳地向前跑着……

北京二中　初中三年级

原载一九五一年二月十八日至三月二日《北京新民报》

七月里高粱红

1

一九五〇年初秋，在运河尽头的山角落里……

庄稼快要成熟了，站在抱阳山上往下看，山前的大平原全部种的是高粱；太阳光一照，红闪闪的一眼望不到边，一条小河，穿过高粱地经过山脚下的常青村东口，便一直流向抱阳山的深谷里。

常青村是个三百多户的中等村子，村里的农户，差不离都参加了生产互助组，眼看就到了大秋，村干部也全忙了起来。这天村长老崔吃完晌午饭刚要歇晌，生产委员高五满头大汗来了，见了老崔，皱着眉头子说：“老崔！你说多糟糕，眼看就要收秋了，偏偏陈黑点老头子要退出互助组。”

“什么？退出互助组，”老崔瞪大了眼睛，“为啥？”

“陈黑点老头子把十亩高粱地，卖给了魏子津。”

“呀！魏先生瞧病卖药，要地干啥？”老崔惊讶地问高五。

“那谁知道底细呀！问陈黑点，他只说两家愿买愿卖。”高五用袖子擦了擦脑门子上的汗，眉头子还没松开。

老崔捻着山羊胡子，不言声了。

“老崔！你想个法呀！黑点的地在大伙的正中间，往后耕耩锄全不方便，这妨碍增产呀！”高五刚擦干的脑门子，又出了一层汗珠。

稳重惯了的老崔，使劲地捻着胡子，眼睛也不大转动了，许久才说：“先甭着急，咱们劝劝黑点再说。”

他俩刚到黑点家墙外头，就听见黑点跟他闺女小艾吵得热窑似的。

“卖地，不跟全家商量一下就独断独行，我不干！”

“你甭操心，赶明儿你出门子，有你三亩地就得了！”陈黑点老头子说出话来枪药味。

高五碰了碰老崔：“你去吧，黑点老头子脾气上来可不好办，我回去啦！”老崔没管他，就推门进了黑点家当院。

说了一些闲话儿，抽了一袋子烟，老崔把话扯上了正题：“黑点哥！听说你把河边十亩高粱地卖出去啦！”

“大兄弟，你甭往下说了，是不是怕因为我卖了地打乱了互助组？那没啥，我跟魏先生讲下了，秋后他一准参加互助组。”陈黑点开门见山说了一套，老崔准备的话全没用上，说了几声：“那也好……”便出去了。

没走多远，高五来了：“老崔，刚才我找魏先生去了，他说秋后一定参加互助组，买地是两厢情愿，要是黑点不愿意卖了，撕了文书还可以。”老崔笑了笑说：“既然人家两厢情愿，咱们也犯不上给人家拆散了。”高五答应着，便各自回家去了。

陈小艾跟她爹吵了好几通架，也没拗过她爹，地少活少了，便搬着纺车到村东口树底下去纺线。

起晌不一会儿，小艾正摇着纺车纺得欢，忽然前面小河有蹚水的声音，她抬头一看，眼前这人戴着大草帽，上身小褂敞着怀，腰上的盒子枪一摆一摆的，认出是苗逢雨。心说："把这事儿跟他念叨念叨，让他给出个主意吧。"

苗逢雨老远就看出是小艾，心里纳闷："她怎么没下地，倒干起这轻活来了！"走到近前，笑着问："小艾！你怎么偷起懒来了？"小艾抬起头来，委屈地说："地全卖了。"

"卖给谁？"苗逢雨坐在小艾身边，两眼瞧着她。

"瞧病的魏子津！"

"什么？魏子津肩不能担担，手不能提篮，他要地干啥用？再说你爹是怎回事，把地卖给他。"

"还不是图人家价钱大呗！"小艾撇了撇嘴，水灵灵一双大眼瞧着苗逢雨，"你说这怎么办？我一天不下地也憋得慌呀！"

苗逢雨站起身说："待会儿我跟村长商量一下，区里又分配下任务来了。"说完，便一直奔村里去了。

在村长家，苗逢雨和老崔还有民兵队长张锁炼开了个小会，苗逢雨传达了区里的决议："把民兵组织加强起来，防备特务割庄稼；眼下美国鬼子在朝鲜又打算反手，特务趁这个机会可就活动起来了，造谣破坏当土匪，咱们要多加小心。锁炼！今天后晌就开全体民兵大会。"

说完了正事，便扯起陈黑点卖地的事。张锁炼愣头巴脑地说："我瞧魏子津跟陈黑点葫芦里装的不是好药，得注意点。"老崔正色地教训锁炼："可不要胡说八道，人家魏先生北京解放后在咱村落户，从这一年多看来，可是个守本分的老实人，不要瞎给安帽子。"苗逢雨接过来说："这事不能一口咬定，可也得刨刨根才好。"又嘱咐锁炼说："别心里存不住话，得把事情弄清楚，愣头青的性子可吃亏。"

第二天，老崔正和苗逢雨在村公所里研究工作，魏先生进来了，身后跟着一个汉子，满脸带笑地问："工作忙吧？"又转脸对那汉子说："我给你引见引见，这是崔村长，这是民兵队苗指导员，又是公安委员。"那汉子干笑着鞠了两躬。

苗逢雨打量了这汉子一下，二十多岁，嘴里镶着几颗金牙，脑袋剃得青中透亮，脸皮不甚粗，不大像庄稼人。

"魏先生，这是您什么人？"

"他是我表侄李建禄，帮我收秋来了。"他瞧出苗逢雨那疑问的神色，连忙又说："早先他在北京药铺做事，眼下歇了业，回来没多少日子，往后还请您多指教他呀！"说完便搭讪着走了。

"这个人有点匪气。"苗逢雨等魏先生走远以后，对老崔说。

"不会不会，一看就是正经买卖人，你呀！刚开会回来，瞧见什么人都怀疑。"老崔捻着山羊胡子，对着苗逢雨笑，苗逢雨却咬着下嘴唇想事。

2

魏子津和李建禄回到他睡觉的屋子里，李建禄龇着金牙笑了笑说："主任！你在这儿人缘可不错呀！"魏子津八字胡动了动，细声地说："你不知道我这一年多的辛苦哪！瞧病不管黑天白日，天冷天热，道远道近；药钱比别人贱，才闹出这点成绩。"

“主任！这是您的大功一件呀！”

“总算没辜负老板。”魏子津捻着八字胡，悠然自得的样子。突然想起一件事，“真的，弟兄们怎么一个还没来？”

“那……”李建禄一想起苗逢雨就发起愁来，“我看全不成问题，就是姓苗的这个小子太扎手！刚打个照面，就看出他难办。”

魏子津点了点头：“这个苗逢雨别看岁数不大，一肚子主意，脑筋也机灵，区里早就想调他了。”说到这里，顿了顿小声说：“咱们都筹划好了，先干掉苗逢雨这个眼中钉。”

“对！”李建禄也点头赞成。

魏子津低低地说：“咱这里孙九这个人，原先是国军的通讯班长，从前是个地主，眼下穷了，他很坚决，就怕还不能保守秘密。村中还有几个光棍儿，你要多跟他们在一块混，慢慢就全成咱们的人了。”

“主任，还有别的工作吗？”

“人家别的地区散布割奶割蛋的谣言挺有成绩，咱们也该行动起来呀！上级提拔你当我的助手，那好极了！”……

魏子津跟李建禄商量造谣破坏。后晌，苗逢雨也和全体民兵讨论放哨防特的事。

“黑夜咱们轮班放哨，白天互助干活，你们大伙儿瞧着怎么样？”苗逢雨细心地问着大家。

“没问题！”三十多个小伙子粗声地喊。

“往后咱们说话都要加小心，要叫特务瞧出破绽，那咱这个口袋就没法逮兔子啦！”散会时，苗逢雨又不放心地嘱咐。

开完会，苗逢雨去找老崔，把开会的情形说了一下，老崔说：“上级布置的工作我完全赞成，就是你这样乱怀疑人我不同意。”苗逢雨焦急地说：“你是不明白我的意思，咱们对那个人多注意，不是指定他是特务呀！”老崔说：“你这话我没意见，不过也不能处处盯着人家，那就露了馅啦！”

苗逢雨心里乐了：“有了老崔，工作可就仔细啦！”

陈黑点老头子卖了十亩地，卖价很高，又另外置了十亩地，还富余一半钱，心里不知多乐。这天傍晚，太阳已经搁在山沿上，呈现一抹红，黑点老头子提着个洋桶，到河边高粱地去逮螃蟹，一路上哼着小调，声音越来越大。

进了高粱地，顺着河岸往北走，眼看就到了摸螃蟹的地方，突然，高粱叶子唰啦啦一响，钻出来一个人；背着个麻袋，满头大汗，陈黑点抬头一看，原来是他的姑爷孙九。刚想说话，孙九已经瞧见了他，脸一沉，丧声丧气地问：“快黑了，你来这儿干什么？”陈黑点知道孙九不正经，麻袋里不定装着什么东西，反倒问：“你那麻袋里装的是什么？累得一身汗。”孙九知道黑点老头子好刨根，索性把吊死鬼似的眉毛一耷拉，狠狠地说：“实话告诉你，这里边是手榴弹，你也甭打听干什么用！嘴可严着点，要是到处瞎说，我可对不起你。”说着背起麻袋急急忙忙奔山沟去了。

陈黑点要看个究竟，便偷偷跟着孙九，瞧着孙九把麻袋背进了十八道弯迷魂洞，才往回走。

一路上，陈黑点脑子里打开了架：

孙九要手榴弹干什么？不是特务呀！平时他跟李建禄挺热火，李建禄又是魏先生的表侄，哎呀！难道魏先生是特务吗？报告苗逢雨去吧！

对！……唉！多一事不如少一事，魏先生买地可多给了钱……这……要是把魏先生扣起来，我也洗不清呀！

陈黑点老头子，像是秋霜打过的倭瓜秧，凄黄着脸，锁着眉头回到家。

小艾正坐在门楼下纳鞋底儿，她抬起头，看看她爹，问道："螃蟹掏来了吗？"

"什么？螃蟹……"黑点昏昏迷迷地回答。

"您这怎么丢魂落魄的？"小艾站起来，把针线别在胸襟儿上，"洋铁桶呢？"

"洋铁桶……"黑点看看双手，空空的。

"哪儿去啦？"小艾急着问道。

"一定是丢在迷魂洞了……"黑点自言自语地，嘴唇嚅动着。

"到小河去掏螃蟹，干什么到迷魂洞去？"小艾抢白着，"您在家歇歇吧！我去找找，那洋铁桶是刚从集上新买的。"

"你甭去，"黑点拦住闺女，五个手指头颤抖着，舌头发硬，"我去吧！"

太阳下山了，夜色笼罩了村落，陈黑点踉踉跄跄地奔山脚下去了。

3

孙九往迷魂洞运手榴弹叫陈黑点碰见以后，真是烦恼透了，他不敢跟魏子津和李建禄实话实说，因为他参加特务组织起了誓："泄露秘密处死。"一整夜，翻过来掉过去睡不着，太阳照窗棂子的时候，才合上眼。

没睡多大工夫，就被推醒了，他老婆玉芝没好气地说：“还不起来！尸首似的躺在炕上，一会儿有人串门咋办？”孙九眼一瞪：“他妈的！我刚睡着你就叫醒我，你安着什么心？”

玉芝气得哆嗦着喊：“全村谁像你？吊儿郎当，十几亩地叫我一个人刨种，成了你家不花钱的牲口了！”

孙九回家来正没好气，叫玉芝一挖苦，恼羞成怒，啪的一声，照玉芝鼻子就一巴掌，登时鼻孔出了血。玉芝真没法忍了，抄起一把剪子，照孙九打去，孙九一歪脑袋，耳朵上被穿下一块肉，这家伙也凶了起来，抓住玉芝的头发，没头没脑地打，玉芝也连抓带咬。

幸亏街坊来了几个年轻力壮的大小伙子，七手八脚把孙九拉开，玉芝已经成了血人，哭哭啼啼地回娘家去了。

陈小艾知道她姐姐挨了打，拉着她妈到孙家去讲理……回来时，小艾跟她娘说：“依我看不如叫我姐姐跟他离婚吧！跟这样不成材料的东西一辈子，病不死也得气死了！”她娘流着眼泪说：“都是你爹那个石头脑袋……”

玉芝到了家，她爹也气得不成样，给她打水洗了洗，便点起烟袋，一锅子接一锅子抽个没完，脑子乱得像一团麻。

“报告了吧！孙九这不明明是找碴儿吗？可是孙九有手榴弹呀！我报告了他能饶我吗？……唉！”黑点老头子往被窝垛上一倒，眼角流出了眼泪，使劲地咽了口浓烟，他又忍了。

吃后晌饭的时候，小艾娘问小艾：“逢雨回来，叫他到咱家来一趟，问他这个二流子随便打人行不行？”小艾着急地说：“他到区上开会去了，说今天回来，可到这时候还没影，真急死人。”玉芝两眼一定神，想起小艾跟逢雨，“唉！”叹了口气，把筷子放下，扭过头，眼泪又流了下来。

小艾刷完了碗，拿着蒲扇出去了。刚坐在树底下，猛然，北边山上清脆地响了一枪，她跑到村口一看，张锁炼提着枪，后面跟着十几个民兵，从高粱地里飞快地往北跑。小艾料想出了事：“是不是逢雨？……”也跟随民兵跑去。

张锁炼他们爬到半山腰，石头后面有个声音：“锁炼！是我，你们把我搀下去。”锁炼一听，却是苗逢雨。

“逢雨！怎么，你受伤啦？”愣小伙子张锁炼眼睛瞪得像包子。

“别提啦！”苗逢雨说，“由区上开会回来，走到半山腰就响了一枪，打在我左腿上了，我连忙躲在了石头后面回枪。那家伙却跑了，一定是特务！”

“怎叫狗日的逃了！”锁炼直后悔。

背到山根底下，小艾也赶来了，白褂湿得贴在了身上，一见苗逢雨受了伤，鼻子一酸，强压住眼泪问：

“伤重不重呀？”

“没什么，没伤着骨，也没伤着筋。”

小艾拉着苗逢雨的袖子，一直到了家才放手。

陈黑点老头子，睡不好觉吃不好饭，脸色透着青黄，眼圈紫黑紫黑的，走起道来，摇摇晃晃不踏实。

小艾这几天老是伺候苗逢雨，回来眉毛总是拧在一块，饭也吃得少了，话也不肯多说。黑点知道闺女心里难受，他心里也觉着惭愧，不报告真对不起闺女跟姑爷呀！

陈黑点背着粪筐子，围着村子绕圈圈，脑子里在想：

“孙九，手榴弹……苗逢雨，小艾的心……”

到底下定了决心：“报告去！”于是背着粪筐朝村里来了。

一进村，就见一大帮人坐在一块儿闲聊天，陈黑点也靠着墙听开了。里面有个人说：“咱们可不能再糊里糊涂了，逢雨准是叫特务黑枪打的。”话还没说完，人群里一声咳嗽，魏子津斯斯文文的，手里的铁球“当啷啷”响，开了腔：

“明枪容易躲，暗箭最难防，特务这个东西阴狠毒辣，什么都干得出来，咱们手无寸铁，顶好不招惹他们，有公安人员逮捕他们就行了。”咽了口唾沫，又接着说，“听说北山有拨子特务，好几百人，专门绕山沟钻山洞，县大队剿了好几回，都损失不小。当然特务也得死人，可终究躲在暗处呀！这跟早先咱们解放军打游击一个样……”一抬头，瞧见小艾在人群外面站着，便赶紧把话头转了。

陈黑点听得一清二白，他琢磨了又琢磨，心里打了个寒噤，那股子热气全散了：“唉！犯不上惹祸。”于是背起粪筐，没精打采地走了。

苗逢雨挨了黑枪后，老崔的太平观念算是醒了，在支部委员会做了检讨。表面神气不露，暗中可加了十分警惕，每天背着筐，在山前山后隐蔽着溜达。

这天他来看苗逢雨，还带着平日攒得的几十个鸡蛋。苗逢雨靠着墙角，半躺在炕上，听老崔告诉他这两天了解的情况：“胡家六十叔告诉我，前些日子他碰见孙九背着个麻袋，里头鼓膨膨的，由高粱地里慌慌张张地走，李三婶上山割草去，也瞧见孙九跟李建禄满山乱串，昨儿我到山上，正巧魏子津自个儿在那晒洋洋，他说是来瞧庄稼的；这里头问题少不了。”

这时，小艾进来了，对逢雨说：“魏子津又在外边臭嚼哪！上嘴片一碰下嘴唇儿，大套大套的，嗓子眼儿也不干。”逢雨连忙问：“他都说些什么？”小艾看出逢雨的意思，低声说了一遍。老崔说：“你再去听听他还说什么，看看大伙儿信不信？别站在碍眼的地方，回来告诉俺俩。”小艾知道这里面的意思，便挺高兴地又出去了。

“事情是摆明了！”逢雨小声说。

“嗯！说的话看着像进步，内里全是毒。”

“那就……”躺着的苗逢雨坐了起来。

老崔沉默了一会儿，说：“先别着忙，咱们把民兵分配好，暗里监视他，等抓住真凭实据，再动手！”

苗逢雨点点头，说：“对！晚上他还要看看我的伤，我趁机盘问盘问他。”

老崔说：“伤，可不能让他给治。”

4

吃完晚饭，小艾正给逢雨的伤口换药，就听外屋门吱扭一声，窗纸被钻进来的一股夜风“呼啦”吹响了，窗台上的煤油灯的灯花，也急急地跳了几跳。

“谁呀？”小艾停住手，大声喊。

“我。”魏子津蹑手蹑脚地，探进个脑袋。

小艾一看他那张黑瘦的脸，稀稀落落的八字胡儿，还有那双贼溜溜的鼠眼，她沉了脸，看看逢雨；逢雨瞪她一眼，笑着拍拍炕沿："魏先生，进来坐吧！"

魏子津跑跳似的进来，轻轻地坐在炕上："逢雨老弟，我真为你心疼啊！我是个中医，对外科是个门外汉，也没敢张罗给你治，你可别不乐意啊！"说着，他凑过脸来，"老弟，我来看看伤口。"

"刚上药，您别看了！"小艾用手拦住。

"让魏先生看看！魏先生是个大夫，不比你懂得多？"逢雨吆喝小艾，把腿伸过去，"把药布揭开！"

揭开了药布露出伤口，伤口粉红粉红的，已经长上嫩肉。

魏子津把脸紧凑过去，小耗子眼儿瞪得滴溜溜圆，鼻子差不多要碰着伤口，半天，吸了口冷气，抬起头说："真危险哪！现在伤口封住了，快能下炕了，好好保养吧！"

"对！好好保养，下炕就跟狗日的算账！"苗逢雨冷笑着，"他给我腿上打个窟窿，我得还他脑袋上开个天窗！"

魏子津皮笑肉不笑地："对，得报仇。"

"不是给我报仇，是给人民除害。"苗逢雨狠狠地说，"跑，他也逃不出人民的天罗地网！"

"当然，当然……"魏子津点着头。

"小艾，给魏先生找个烟袋来！"

魏子津连连说："别费心，别费心！"

小艾瞪他一眼，出去了。

"您表侄这两天怎么没见啊？"苗逢雨放下一张笑脸，"人生地不熟，很憋闷吧？”

“咳！那孩子是个老实人，笨嘴蠢舌的，到哪儿都是孤孤零零。西头孙九，这些日子老跟他身前身后的，我真怕他把建禄带坏了。”魏子津装得愁眉苦脸的。

“让他到我这里坐坐，我眼下不能起炕，也实在闷得慌，倒想知道知道大地方的事情，长长见识。”苗逢雨显得很渴望的样子。

“一定，一定！跟老弟你多接近，那才是求之不得呢！”魏子津欠欠腰，“逢雨老弟，还要拜托你一件事情……”

“您说吧！”苗逢雨的话音里非常亲热。

“最近快收秋了，换工吧，咱既没畜力，也没劳力，所以我想请几门亲戚帮帮手。这些人的户口怎么办？”

“住多少日子？”苗逢雨很轻松地问。

“一个月，不会住长，住日子长了，我也养不起。”

“可以，”逢雨满口答应，“您开个条子吧！写明哪天来，哪天走。”

“好咧！多麻烦你。”魏子津干笑着，又欠欠腰，“明天他们就陆续来了。”

苗逢雨跟魏子津满有兴致地直扯到二更天，魏子津就像坐在葛针上似的，坐卧不安。等魏子津走了，在苗逢雨家的炕上，加上老崔和锁炼，整整商量到鸡叫。

第二天，常青村仍然是那么静静的……

歇晌，张锁炼背着三八枪，从高粱地里，悄悄奔山口去了。他寻找到能够瞭望山间羊肠小道的元宝树，爬了上去，把枪支和身体掩蔽在密叶里。

突然，唰啦啦一声山响，在张锁炼面前的一棵枣树上，暴雨似的落下许多半红的枣子，一块石头，从张锁炼的头上斜飞而过。

张锁炼看去，只见一个家伙从山道拐角探出头来，弯着腰，像个偷油的耗子似的，向枣树下跑来。

这个家伙跑到树下，急忙往口袋里装着枣子，一面扔进嘴里两个，贼眉鼠眼地不时朝四外溜溜。

秋风吹着山脚下的树林，簌簌地响，那家伙惊忙地缩着头，开腿就跑，一沓新票子，从口袋里落出来。

“站住！”张锁炼从元宝树上跳下来。

那家伙吓得腿一软，脚下碰上个石头坎坷，骨碌摔个跟头，张锁炼一个箭步，抓住了他的脖领子。

“你是干什么的！从哪儿来？”

“从……”那家伙哆嗦着说不出。

“找谁？”

“我也不知道。”

“胡说！”张锁炼瞪着眼睛喊。

“我真不知道，”那家伙死灰着脸，“只说这里在夜晚有人等着接头。”

“是谁派你来的？”

“嗯……”那家伙吭吭哧哧答不出。

张锁炼怕自己粗枝大叶问不出问题来，就把那家伙四马攒蹄绑起来，脑袋塞到裤裆里，扔到高粱地的豆丛中间，便急急忙忙地跑到逢雨家报信，老崔也正在他家里。

逢雨听完了，说：“咱们别声张，老崔哥去审问他，就把他送区。要加紧山脚下的放哨！”

老崔到那里盘根挖底地问了半天，原来那家伙是个小特务，详情一概不知道，只是说天黑这里有人接头。老崔便派锁炼悄悄地送区了。

晚夜，锁炼他们在山脚下放巡逻哨，猛然，看见山头有个火亮一闪，他带大家包围上去，那火亮却再也找不见了。

在魏子津家，李建禄跟孙九满头大汗，气喘吁吁地骂：“妈的！总部也真太泡蘑菇了，直到如今还不把人送来！山前山后，民兵布置得跟天罗地网似的，去一趟就不敢保准能回来。”

魏子津眼瞪起来，烦躁地摆摆手，低声吆喝：“镇静！镇静！”

他捂着脸，缩着脖子，佝偻着腰，像是一只丢落毒钩的山马蜂，在地上不停地踱着。

5

过了十来天的样子，山前的大片高粱都已经砍净了，只有魏子津那十亩，还晾着不管。

李建禄这家伙甭说下地，就连家具的名字也叫不全，他见孙九老婆玉芝长得不错，便整天到孙家胡缠。

有一天，玉芝正在纳鞋帮，李建禄进了屋，躺在身边奸笑，急得玉芝站不是坐不是。孙九儿挑门帘进来，笑着不管，气得玉芝跳下炕出去了，到了外面，忍不住掉眼泪。

“九儿！算你有福气，娘们儿挺俏。”李建禄涎着脸说。

“建禄！你放大胆吧！咱哥儿们不会吃醋。”

下晚，玉芝正在烧火做饭，柴火太湿，屋子里全是烟，呛得玉芝直流眼泪，冷不丁地，被人抱住了腰。玉芝一瞧是李建禄，伸出两手就往他脸上抓，李建禄一躲，玉芝忽地站了起来，抄起烧火棍就打。李建禄正招架不了，孙九由外进来，冷不防抓住玉芝的胳膊，李建禄过来就扯衣服，正在这时，门外有个小孩喊：

“孙九婶！借俺的马尾罗给我们吧！我们套碾子哪！”

孙九儿跟李建禄吓得松了手，玉芝趁这工夫，疯了似的跑出去了。

陈黑点家正在吃饭，玉芝冲进了屋，扑在炕上就哭起来：“妈！我还怎么见人哪！”

黑点一瞧玉芝身上的衣服，惊讶地大声问：

“玉芝！怎么啦？”

玉芝猛地坐了起来：“爹！你害苦了我！李建禄要糟蹋我，孙九儿这个狼心狗肺的还帮助他，要不是老杜家小歪在门外喊，我……”玉芝又趴在炕上哭个不停。

玉芝娘“哇”一声扑在玉芝身上，立刻晕了过去。小艾想去找苗逢雨，刚要往外跑，忽见她爹说：“小艾！咱们豁出命跟他们拼了！”

陈黑点脸白得像窗户纸，抄起一把切菜刀，拉着小艾就往外走，小艾急得嚷：“您一个人管什么事呀！赶紧去找民兵，别叫这俩小子跑喽！”

陈黑点扔下菜刀，撒腿就往苗逢雨家跑去了。

苗逢雨的伤已经好了，吃完饭正在院子里凉快，陈黑点跑进来，抱住了逢雨，一句话也说不出，眼泪流了出来。半天，才哆哆嗦嗦地说：“逢雨！我对不起你，孙九是个特务，他们的手榴弹藏在北山迷魂洞里，他们奔山里跑去了……”

“陈大爷您别着急，我集合人去！”苗逢雨说着便跑走了。

“嘟嘟嘟……”哨子在街上一遍一遍地紧起来。

三十多个民兵都来了，苗逢雨喘了喘气，开口说：

“锁炼！你带两个班把魏子津家看起来，不许走动！”

张锁炼带着人快步跑走了。

“柱子，你带五个人把孙九儿跟李建禄逮回来！”

“三个人跟我到北山去！”

不大工夫，每拨的人便淹没在夜色里。

苗逢雨和那三个民兵到了抱阳山，机警地在迷魂洞里绕了几个弯，又分头到岔道里去找，一会儿找出了几支枪，一麻袋手榴弹，五匣子子弹。苗逢雨说：“你们先把这些东西背回去，我到区上去报信。”又叮咛说：“两个人轮班背。一个人保护着，可别出了错。”

苗逢雨一路连跑带颠地到了区公所，区长和公安助理员正在乘凉，苗逢雨过去拍了一下他们的肩膀：“屋里去，有要紧事！”

区长听苗逢雨学说完了，不住称赞说：“你们办得好！”又对公安助理员说：“老黄！带几个武装部的同志，跟逢雨一块去吧！先把这三个特务捆来。”

道上，公安助理员老黄对苗逢雨说：“区上对这个特务组织早就知道了，从逮住的十几个小特务嘴里知道，他们要在抱阳山成立一拨子土匪。有的说头子姓王，有的说姓陆，后来逮住一个大点儿的特务，才知道头子姓魏；那回你来报告，我们就对魏子津注意了，前几天有些同志下去过几趟，魏子津说的话也听见了，只是没抓住真赃。”一边说着话，脚下加快了步子，一会儿就到了常青村。

孙九和李建禄叫民兵追了回来，押在村公所里。

张锁炼带领二十多个人，留几个在外放哨，其余的人都上了房，把魏子津看守在瞧病的屋子里；小艾跟几个年轻妇女把魏子津的家眷也监视起来了。

魏子津急得坐不住，好些秘密信都没藏严实，于是装出镇静的样子，吓唬张锁炼说：“你甭仗着你是民兵队长，随便扣人就不行！你妨害我的公民权，这官司咱们到最高法院去。”锁炼大声说：“你随便挑，决不含糊！”魏子津一听，硬的使不开，又来软的：“张队长！你可怜我土埋半截的人吧！咱来常青村一年多，可没得罪过谁，你叫我撒泡尿去行不行？”锁炼俏皮地说：“委屈会儿吧！就在屋里尿，等指导员回来，你要是没事，我们全体民兵给你新砖铺地。”魏子津知道软硬全不行，便假装哭了起来：“我魏子津挂牌行医，寒来暑往给街坊四邻治病，你们民兵这么欺侮我，天理不容呀！……”

这时房上有人小声说：“指导员回来了……”魏子津一听，知道事情全露了，刚要推门向外跑，张锁炼眼尖，枪机一扳，“啪”打在了门框上，魏子津吓得缩了回去。

街门“嘭”地一声开了，黄助理员和苗逢雨带着武装部的同志进来了。苗逢雨推开小屋门，手枪比住魏子津的心口：“你的反革命活动已经被破获了。”回头对武装部的同志说：“捆上吧！”魏子津又挣扎着狡辩：“你们不能拿大铁帽子给人戴呀！”黄助理员从鼻孔里哼了一声，冷笑着说："你别装疯卖傻啦！千层篱笆也得透风，你觉着比别人聪明，人民大众齐心合力，就叫你现原形。你说！迷魂洞里的枪支手榴弹哪儿来的？"魏子津没法遮掩了，又假装可怜说："助理员！我早就想去登记；眼下我吃不好睡不实，脑子里正做思想斗争呢！"苗逢雨火上来了："甭他妈废话，锁炼哥！你带五个人随着武装部的同志，把这三个王八蛋送区上去！"锁炼在房上哑着嗓子说："咱就等你这一句话啦！"

苗逢雨和黄助理员带着几个人，在魏子津家搜查起来，翻出特务来往信件跟证明，足有一匣子。

等把魏子津三个人送走以后，全村干部开了一个会，一直讨论到鸡叫二遍才停止。

6

第二天吃罢了晌午饭，值班的拿着扩音筒喊："注意啦！到大场上开会去喽！……"没喊几遍，大场上就坐满了人。

区长老早就赶来了，等老崔讲完了话，他便上了台，响亮地说：

"魏子津这个特务最毒辣不过，他是咱县的特务大头子，他小恩小惠地蒙骗了不少人。在区里他供认买陈老头的地，是为了拿收秋的名义，把小特务集合来，陈老头贪了价钱大，就上了魏子津的圈套……"区长一说，大伙儿的眼睛都一齐去瞧陈黑点，黑点老头子的脸，一阵红一阵白的。

"吭！"区长故意咳嗽一声，等大家转过脸来，继续说，"魏子津想在抱阳山成立一拨子土匪，他是司令，李建禄是谍报队长，孙九是军需。他们想暗杀苗逢雨，好少个敌手。他们的枪支子弹，还有特务证据，全叫咱们查出来了，乡亲们千万别受他的骗，这个豆腐嘴刀子心的特务，是想破坏咱们好光景的……”

全场六七百人，鸦雀无声，一千多只眼睛瞧着区长。

区长讲完了，玉芝上了台，大伙儿都瞪大了眼睛。

玉芝苍白着脸，气鼓鼓的：

“我要跟孙九离婚……”一句话没说完，气喘得接不上了。足有一袋烟的工夫，台下也没人言语，玉芝才勉强接着说：“这个狼心狗肺的东西，帮助特务李建禄，想糟蹋我。”说到这儿，她晕倒在台上。

小艾上去扶下她姐姐，老太太们用衣角擦着眼泪，年轻妇女握紧拳头，咬牙切齿地坐不住。

一个老头子站了起来：“区长，我提议把这三个王八蛋全枪毙了，这些东西改造不了，反倒留后患。”

大家一个声音：“对！”

这时，黑点老头子黄着脸走上台来，低着脑袋，羞愧难当地说：“乡亲们！我这回算叫别人当枪使了，都怨我没出息，见钱眼开。”说完，“噼啪”“噼啪”连着打几个嘴巴，含着眼泪下去了。老崔赶忙跳上台，山羊胡子动着：“这次抓住特务，黑点哥功劳可不算小哇！要不是他报告孙九背手榴弹，破获得还不能这么快！”台底下张锁炼领着鼓起掌来。

这时，方才提议枪毙魏子津的那个老头，又发了言：“我有个意见，逢雨、老崔，还有民兵队的孩子们，黑天白日放哨可不容易，尤其是逢雨，为咱们叫特务打伤了，明天咱们给他们庆庆功吧！村剧团小车会都闹腾闹腾，你们赞成不赞成？”

“赞成！”声音震耳朵。

苗逢雨的脸上笑开了花，往人群里一看，小艾正瞧着他，笑得合不上嘴。

二十多天以后，由县城里下来一辆大车，捆在车上的是魏子津和李建禄，押车的是县公安局的同志，一直奔常青村来了。

正晌午的时候，常青村外响了两枪，接着，锣鼓喧天闹了起来。

玉芝跟小艾姐儿俩拉着手来了，玉芝照李建禄的尸首上踢了几脚，小艾往魏子津身上吐了几口唾沫：“枪毙真便宜了他们，千刀万剐也不解恨。”玉芝只是低着头，咬着牙。

小艾瞧着她姐姐的脸色，便问：“孙九判了十年徒刑，你说少不少？”

“……”玉芝没言语，只是摇了摇头。

太阳照在了这姐儿俩的脸上，红红的像两颗熟透了的苹果。

保定　河北文联

原载一九五一年六月八日至十四日《光明日报》

红 花

1

运河大平原上，遍地种的是棉花。油绿油绿的棉叶下面，藏着一颗颗硕大的棉桃，圆溜溜的招人爱。

傍晌，互助组一齐收了工。井兰子领导着的妇女生产队，像一群喜鹊，叽叽喳喳地，顺着棉田里的蚰蜒小道儿往回走，穿过一块狭长的棒子地，便到了村头。村头有一排高大的白杨树，迎风发响，到了树底下，凉爽得就像扇子扇着一样。

“就在这儿吧！”井兰子指着白杨树下，“咱们开个小会。”

大家散着坐下，谁也不说话。井兰子首先发言：“昨天全体村干部会上，分配给咱们一个任务……”井兰子顿了顿，瞧了瞧大家脸上的神色。

“快说吧！别那么吐不出来咽不下去的，多困难的任务，能吓倒咱们！”有个女孩子催着说。

“任务倒是不难，就怕思想上搞不通。”井兰子稳重地说。

“怎么搞不通？咱们这群里，谁也不是落后脑袋。”

“好！我就说。”井兰子开了口，“眼下活儿少了，政府要把子母河水库扩大，咱村年轻力壮的人，要去四十多个。这一来，保苗护堤的任务，就得咱们来担当。”

“这没什么难处，全体参加。”大家都松了口气，觉得这还值得搞通思想?

井兰子听完，却摇着头，说：“问题不那么容易。等连着下两场大雨，河里平了槽，咱们就都得到堤上来睡。”

“那怕什么！又都不是胆小鬼。”

“再仔细想想，有没有别的枝节。”井兰子劝大家多动动脑筋。

沉默了一会儿，一个叫二翠的姑娘说了话：“我有问题。”

井兰子心里猜了八九成，便催促她：“说吧，让大家帮你解决解决。”

“我是怕有人在背后瞎造谣。”二翠挺不自然地说。

“还没说完哪！”井兰子笑嘻嘻地，一双长睫毛眼睛，淘气地眨了眨。

“真完了。”二翠红了脸，腼腆地说。

“我给你说完下半截儿吧！”井兰子笑着说，“你呀！是怕你的对象，听了别人胡说八道，跟你闹气儿，是不是？”

“……”二翠脸像红布似的，低下头，咬着嘴唇，不言语。

“吱声呀！我说得对不对？”井兰子成心逗她。

要是往常，大家早笑得前仰后合。可是，今天大家心里都或多或少地有这块病，所以，不但没有人乐，反倒有人给二翠打抱不平：“兰子！你甭拿别人开心，你的心病更大。”

“这又不是什么丢人的事，”井兰子说，“我才不忧虑哪！”

“你那个柳庚，在七十里以外的水库工作，别人要是添枝儿带叶一造谣，他要不生气才怪。”

“他，”井兰子脸微微发红地说，“他不那么封建。男人护堤在外面睡，女人从来没猜疑过，回来还得问冷问热，加倍地侍候。为什么女人就不许这样呢？还不是封建思想在脑袋里瞎捣鬼。”

“那……他要不愿意？”二翠问。

“跟他解释呀！”井兰子说，“年纪轻轻，谁还那么榆木疙瘩呀！让人家指鼻子画脸地喊小顽固儿。可就怕自己先打退堂鼓，就没法解决了。”

大家都不言语，低着头想，想来想去，检查出自己思想里，还有着封建渣儿。

“对！咱们就接下这个任务。”大家又快活起来。

“谁的对象要是不同意，咱们大家去给他刨封建老根儿。”井兰子逗笑地说。

像雀儿似的，她们蹦跳着，跑回家去。

2

井兰子的对象叫柳庚，原来是村里的团支部书记。子母河水库缺少干部，在麦收以后，柳庚才被调到水库去当见习测量员。柳庚曾经劝井兰子参加民兵队，井兰子怕她爹吵闹，没有肯。井兰子的心病，不是柳庚，倒是她爹。可是她自己是青年团员，处处要带头，心里有准主意，这个小难题儿，不愁没法解决。

井兰子爹井奎老头，是个外场人，好讲面子。家里家外收拾得干干净净。屋里没什么摆设，但却打扫得亮堂堂的。衣服哪怕满身补丁，也要平平整整，利利落落。喂着一头小毛驴儿，脊背就跟抹了油一样！那辆铁轮儿车，因为使用得精心，走起路来嗒嗒响得非常清脆。

井兰子跟柳庚自由恋爱，老头心里头夸奖闺女的眼力。瞧着柳庚，讲工作、论人品，都称老头的心，觉着年轻人自己去找对象，比爹妈大包大揽强上百倍。只是井兰子好玩好唱，跟年轻小伙子们也打闹；井奎老头总怕柳庚不愿意，就常常规劝井兰子："别那么傻闹！姑娘跟小伙子，总得庄重一点儿。"

井兰子是个快性人儿，从来没把她爹的话搁在心里，照样是又唱又闹。

饭桌子上，井兰子给她爹盛了碗稀饭，回过头来问她娘："娘！我那双胶鞋，您给放在哪儿啦？"

"还是那个老地方，箱子架底下。"她娘说。

"大热的天挺烧脚，穿上胶鞋脚更难受，你找它有什么用？"井奎老头问。

井兰子说："眼下年轻小伙子都去挖水库，黑夜保苗护堤，由我们担当。半夜里露水那么多，不穿胶鞋怎么办。"

娘也不表示反对，只是笑着说："你们这群野闺女，越来越疯。黑更半夜，又得让你爹给开门。"

"用不着。"井兰子笑着把筷子乱摇晃，"我们集体在堤上睡。"

"什么？那可不成，姑娘家，在野地里露宿，还成什么话。"井奎老头话很柔和，内中的意思却很硬。

“就您个别，”井兰子调皮地用手指着她爹的脑门儿，“这有什么关系，又不是没伴儿。”

“反正我不能让你去。”井奎老头固执地说。

“人家别人家里都不阻拦，偏您挡我，不怕人家笑话您！”

“你不比人家。”井奎老头说。

“我跟人家有什么不一样？”井兰子倔强地说，“年岁身量儿，不是一点儿没差？”

“别的姑娘，对象都在左近各村，不会有什么猜疑。可是柳庚却在七十里以外，他要听了些风言风语的，会不会误会你？”井奎老头一连气把心里话全说了出来。

“我当有什么大不了的事。”井兰子等她爹说完，扑哧笑了出来，不在意地说，“柳庚从前还叫我参加民兵队，这时候保苗护堤，他更没意见。”

“那时候柳庚还在呀！”井奎老头说，“眼下柳庚要是在，我也不阻拦你。”

“柳庚不是那种封建的人，想把妇女锁在家里，大门不出，二门不迈。”

“人嘴两层皮，那些坏小子们，不定编出什么瞎话；柳庚难免听进一两句。”

“人正不怕影儿斜。”井兰子大声说，“您就甭操这份闲心。新世道的事情，就不能按照旧礼法儿。”

井兰子娘一旁劝住说：“兰子爹！柳庚那么大心胸，不会小肚鸡肠的。”又掉过头对兰子说，“三句半话就红脸，这是气你爹，要是别人，人家永远不搭理你。”

“就是呀！”井兰子也笑了，“我还摸不透他的思想脾气儿？”

井奎老头琢磨不过来这个新道理，只是慢慢地喝稀饭。这时，梢门外有人小声叫：“兰子！出来。”原来那群姑娘听见这里争吵，都跑来听。

井兰子走了出去，那群姑娘们问：“究竟在不在堤上睡？”

“为什么不在堤上睡呢？”井兰子两眼扫了一下大家。

“真要有人给咱们胡说八道，怎么好？”

“只要咱们光明正大，行得端走得正，看谁敢胡造谣言。”井兰子坚决地说。

“什么时候开始？”

“今天晚上编组，明天就站岗。”

第二天夜晚，人们都正在场里乘凉。四十多个妇女，背着枪，在村东口大空场集合。

“立正！”井兰子清脆的声音，冲破了夜晚的寂静，“报数！”

“一二三四……”

“一组巡逻，二组在堤上放流动哨，别的组睡觉，等候接班！”井兰子分配完，队伍便动起来。

一道流星，从天空划过，五六个妇女钻进漫长的庄稼地里，叫得正欢的蝈蝈儿，顿时吓得停止了声音。其他的人，轻轻地迈着步子，向前面的河堤走去。

3

接连下了三天雨，才晴了天，运河的水面，仍然很平静。但是，经验告诉人们，山水快要下来了。

半夜。月色非常朦胧，圆圆的月亮上，抹了一层淡淡的白云。运河里，笼罩着迷蒙的水汽。井兰子背着一支三八枪，在河堤上溜达。从上游，传来一阵阵牛吼似的声音。井兰子自言自语地说：“山水下来了！”

河堤上，散布着十来个窝棚。窝棚里，妇女队员们睡得很熟。井兰子暂时还不想叫醒她们，她的眼睛，沿着曲曲折折的河堤往北看，北面是一片模糊，牛吼似的声音越发近了。

月色转得更加暗淡。混浊的浪花，前后排挤，水面离河堤近了，把两岸拍打得啪啪山响。

“醒醒！”井兰子把大家喊了起来，“山水下来啦！”

全体队员都从窝棚里出来，揉了揉眼睛，便听着井兰子吩咐工作：“大家在河堤上，拉成一个三里地的长线儿，出了事情，赶紧联络抢救。”

由于有了水库，三天的时间，运河又平静下来，只是水流急些。可是妇女队员们，三宿没睡好觉，一个个眼圈黑紫，显得非常瞌睡。

井兰子本来也难以支持，但是别的队员都想睡，她便和另几个团员，在这三里长的一段河堤上，放着流动哨。

她的脑子晕晕的，眼皮发涩，走起路来有些晃。她真想躺在湿漉漉的堤上，香香甜甜地睡个觉，可是她知道特务最会在这时候偷空子。于是她把手巾浸湿，围在头上，解开领扣，让夜里的小凉风吹进脖子里。

突然，有个光亮一闪，沉了会儿，扑通一声，土块落进了水里。井兰子找好了掩蔽，拉上拴，顶上子弹，喊："不许动！"

一个黑影，骨碌滚下了河堤；井兰子一扣扳机，啪！子弹打了出去，那边唉哟一声。

窝棚里的队员，提着枪跑出来，跟着井兰子追特务。跑不多远，井兰子滑倒了，原来堤当间被挖了个窟窿，往外流水，眼看就要流到棉花地边。

"春燕！把人拉成口袋，赶紧追。二翠！回村报信，堵窟窿。"

"你呢？"

"不要管我，快！"

河里的急流，拧成漩涡。井兰子紧了紧衣服，便浸到水里，脚下找着浅底，身子靠住那窟窿。一股急流，撞着她的胸口。顶得出不来气。水凉得透骨，可是她心里却像火一样发烧。

又一股急流冲来，她喝了一口水。三天没合眼，身子本来就乏，她已经支持不住。可是，一个伟大的信念，映进她的脑子里："我是青年团员，我要坚持！"

身上顿时产生了一股热力，死死地靠住那个窟窿。

一股急流，又一股急流……她喝了十来口水。这时她听见堤下人们的说话声，刚想拔出身子，却觉得轻轻一漂，随着急流，向下去了。

人们到了堤上，赶忙填窟窿。春燕她们也把特务抓了回来。忽然，一个姑娘问："井兰子哪儿去了？"

"我见她跳到水里，堵住了窟窿……"

"哎呀！一定是被水冲走啦！"

"赶紧救吧！"

十几个会水的老头，跳了下去。姑娘们在堤上跑着喊："井兰子！井兰子……"

井兰子生长在运河岸上，会浮水。她镇静地顺着水流，往对岸游。身上已经没有力量，生命就要危险，但她还担心着："窟窿大了，堤下千顷的棉花，就要淹没……"于是加了一把劲，想靠住岸。

一个浪头，将她打沉，她用力露出头，脚似乎挨住地，鼓起劲来一游，身子搁浅在浅水滩上。跟着，她昏了过去。

人们在对岸跑了十几里路，也没有找到；姑娘们在堤上喊哑了嗓子，也没有得到回声。

"等天亮再找吧！"老头们游上岸，叹口气说。

姑娘们不肯走，她们呆呆地望着河水。兰子娘哭喊着来了。井奎老头搀着老伴儿，也直落眼泪。

井兰子慢慢苏醒过来，她微微听见了哭声，好像是她娘。她想喊，喊不出；想动，动不了，又昏了过去。

"咱们找找去！"几个姑娘不等堤上的人同意，就跳下河去；顺着河心，往下游去。

月亮冲出了薄云，带来了光亮，姑娘们上了浅滩，发现了井兰子。

"兰子！"几个姑娘掉下了热泪。

她们摸摸井兰子身上，冰凉的；独有心口窝热乎乎的，还突突地跳着。

“背上岸！”

井兰子养了三天，便能下地走动了。三天里，县长、县委书记都跑来看她，给她带来了礼物。

第四天，由县委书记主持，在村东口大空场里，开了庆功会。各村都派了人来参加，黑压压的足有一千五六百人。唱歌说笑的声音，几里开外都听得见。

护堤的妇女生产队的四十多个妇女，也都红光满面，笑嘻嘻地坐在前面。

开会，首长讲完话，井兰子代表护堤的妇女们发言。台下不时地鼓掌，她那苍白的脸上，泛起一阵阵红晕。

“献花！”司仪喊完，各村的青年团支部、村妇联、儿童们，来来往往，这个回来那个去，鲜艳的花，堆在井兰子面前，堆在那些完成了保苗护堤任务的妇女面前。

“闪道！闪道！”一个穿灰制服的干部，推着自行车进了会场，车把前面，有一朵盘子大的红花。这个青年人，红扑涨脸地，滴着汗珠，可是却笑得合不上嘴。

井兰子抬头一看，是柳庚，她脸红起来；想张口喊他，又觉得不合适，反倒羞羞答答地低下头。

“主席！我要献花，还要说几句话。”柳庚把自行车倚在台前，摘下车前的大红花，上了台。

“欢迎！欢迎！”台下的人都知道他俩的关系，拍着巴掌喊。

井奎老头被邀在前面坐着，听见后面有人说：“瞧人家还没结婚的小两口儿，多光荣！”“人家是自由恋爱，当然事事顺心。”

井奎老头后面的话没听完，台上，柳庚讲了话：“今天前晌，我们在水库工作的二十五个村一千多民工，听见了井兰子同妇女生产队保苗护堤的这件事，赶忙攒了这一朵红花，要我带着大家的敬意，把这朵大红花献给我们的护堤女英雄们。”

“给她戴上！”台下的人们欢乐地喊叫。

大红花戴在了井兰子胸前，遮着她的胸口，映红了她的脸。柳庚转过身，大声说：“我们要向护堤的英雄们学习……”

井奎老头看着闺女，看着柳庚，觉得光荣，面子上好看；又觉得自己有些落后，当初不该阻拦闺女，应该追上年轻人，跟他们一样开通……

突然，有人拉了他一把：“井大爷，快上台去，报社的记者要给您全家照相！”

他向台上一看，闺女戴着那朵大红花，闪闪耀眼，柳庚在左边，老伴儿在右边，他连忙三步两步地上了台。

报社的记者给井兰子全家照了一张相，又给井兰子和戴着鲜红耀眼的大红花的妇女生产队员们也照了一张相。

这样的大红花，在运河大平原上，到处开放。

一九五一年十月通州潞河中学　高中一年级

原载一九五二年一月一日《中国青年报》

落雨季

离秋收还有两个多月，庄稼正在猛长。运河沿岸，是一片丰收的景象。粗壮的棒子秸上，长着两三个回了线的大棒子，下面，绿茸茸的豆从，挤塞住垄间空地，高大的高粱秆儿，头顶着扑簌簌的穗子，迎着南风摇摆，尺来长的谷穗儿，把谷棵压得弯弯下垂了。在这些庄稼的两夹间，种着大块大块的棉花，馒头大的棉桃，从油绿的棉叶下面，探出头来，咧开了嘴儿……

雨水勤，麦茬儿晚庄稼也像手拔似的，往高处长，往粗处憋。

枣林村村公所，坐落在村头的高台上，站在当院，可以看见广阔的田野，在脚下展开。

白窗花刚刚念完报，村公所里就留下了赐福老头、读报组长四喜子和她三个人。

“真是五谷丰登的好年景，”赐福老头指着庄前，“桂来那块棉花，一亩不愁出产五百斤籽棉。窗花！你们结婚，妆新被褥有了保证。”

“等秋后，”窗花把话岔开，“粮食进仓，每家掏个半升五合的，买些画报，买盘克郎棋，添几把耳机子，咱们读报组就改成俱乐部喽！”

“那得把村公所东厢房全占了，”赐福老头说，“要不然，你们这群闺女，叽叽喳喳的，可妨碍我听新闻。”

“稀罕跟您在一块，”窗花喊叫着，“一杆旱烟袋，呛得人出不来气。”

“想得倒挺好，就怕扑个空。”四喜说，“堤不牢靠，两场大雨，河水就出槽；到那时，哭都哭不出调儿来……”

“你呀！就是爱这么！”窗花说，“闲着没事找发愁。”

“话不能那么说，”赐福老头摆着正经，“不防千万，也防万一。”

“这条河，真是咱们方圆左近一大害……”四喜使劲地，在纳帮儿鞋上，磕了磕烟袋。

“放宽心，”赐福老头说，“咱们大家一齐加小心，就没大危险；再说，报纸上也登过，政府早有了布置。”

还是春天，劳动模范赵桂来由省里交流经验回来，国营电器行，送了他五把耳机子，让他带到乡村来传名。桂来把耳机子带回村，就交给了读报组，四喜子安装天线地线，忙碌了一整天，才归置停妥。由打那时，读报组的小炕上，每天挤得满满当当，赐福老头索性把铺被搬了来。

四喜这个年轻人，岁数不大，白头发却不少，乡亲们都说他操心过度。他一心想把读报组改成俱乐部，搞得火爆起来，瞧着今年的庄稼，快活得从心眼儿里乐，可是一想起这条河五年一大涝，正赶上今年，热火似的兴头，当头泼了一盆冷水。

“五年一大涝，”四喜说，“今年雨水勤，水不会小……”

“你又犯‘老经验’，”窗花撇了撇嘴，“桂来由县人民代表会议回来，没传达吗？咱们有水库！”

“别提这事啦！”四喜摆着手，“至今我还满肚子意见。沿河这道堤，跟头年小涨只差一韭菜叶儿高，不是护堤精心，早出了槽；不加高二尺怎么行？人民代表会议偏说要节约。”

“节约也没放钱吃利息，”窗花说，“桂来不是传达得一清二白，省下的钱，补助修水库安水闸。”

“我呀，嘴笨舌头沉，说不过你！”四喜气哼哼地走进读报室，赐福老头紧跟在后面，劝慰着。

窗花回到家，拉出她那头小毛驴，骑着到村北去放。

渐渐地，窗花眼皮发涩，倚着一棵歪脖子柳睡着了。小黑驴偷偷跑到一块棒子地，钻进去吃豆子，桂来由高洼村开会回来，把驴拦住，解开腿上缰绳，翻身骑上脊背。

窗花被铃声惊醒，抬头一看，桂来骑着驴在她身边。

“好大本事，把驴放到棒子地里，毁坏青苗，可该受罚。”

“不知怎那么困，”窗花用手指拢了拢头发，“没有过路人吧！”

“贪睡可不成。”桂来说，“保苗护堤的责任，全部都落在你们妇女肩膀上啦！”

“什么？”窗花惊讶地问，“你们葫芦里又装了什么药。”

“跟原来打算的整翻个儿，”桂来说，“会刚开始，送来了通知，区上叫趁挂锄的闲工夫，青壮年到子母河去扩大水库。”

“怕有难处，”窗花说，“青纱帐起，河堤又不太牢靠，谁都把整个心扑在了保苗护堤上。”

“把上级的指示解说明白，”桂来满有把握地说，“就没大问题，眼下谁还光瞧三指远？”

“用你说！”窗花说，“经过抗美援朝运动，人人都知道爱国，知道了往长处看；只是真的涝喽，也不好啊！”

“水库保证，要是今年的水跟头年一般大，不会出槽。”桂来由驴背跳下，“事情要看你们妇女，敢不敢担当黑夜护堤的任务！”

“怎么不敢！”窗花牵着驴，跟在桂来身后，走向村里面。

掌灯时分，人们散坐在村公所前面的空场上，听桂来讲说。

桂来手拿一把芭蕉扇，扇着凉。这个年轻人，虽然是“头顶高粱花，脚踩浆泥瓣”长大的，说话却很有本事。

他把区上的通知说完，便手扳着指头解说：

“咱们算算账儿，免得骑瞎马。一个是趁眼下挂锄的闲空儿，用一个多月去扩大水库；把咱们方圆左近这一大害连根儿拔，省着年年到这时节，把心提到嗓子眼儿，熬得眼红脸黄人打晃。另一个呢，留着这条祸根，光红眼堵家门口，于国家没好处，水稍微大些，自个儿也保不住，闹得是大篓洒油满地拣芝麻。”

人们都在盘算着，桂来顿了顿，笑着说：

“把肚子里的小算盘多拨拉几遍，掂掂分量，哪个对咱们有利，就挑哪个。”

“挑头一个呗！”赐福老头说，“谁也不是三岁的娃娃。”

“挑头一个！”“挑头一个……”大家乱嚷起来。

“那保苗护堤怎么办？”四喜子在墙角，瓮声瓮气地问。

“有我们哪！”窗花和一群青年妇女们喊，“你们到水库踏实做工，甭惦记家里，有我们，不会出差错。”

“有窗花领导，我们放心！”大家喊着。

“哼！这群山喜鹊……”四喜子不高兴地溜了出去。

接着，桂来把水库的保证说了一番，便又笑着喊：

“这趟到子母河，咱村出八十人，高洼反倒出了一百二十人，真把咱们瞧扁啦！是嫌咱村的人身子骨儿软吗？”

“可不是嘛，差那么多。”窗花嚷嚷着，“咱们不能叫高洼拿住话柄儿。”

“那一定。咱们身板硬朗的老头也算数，”赐福老头吐了一口浓烟，拍着胸脯，“老将出马，一个顶俩！”

“这不光是争强斗胜，”桂来笑嘻嘻地说，“到那里都是重活，上年纪的人还是看家吧！”

赐福老头还想争辩，却被大家的声音压了下去：“留下吧！”

“时候不早喽！”桂来拨了拨爆着花的灯捻儿，“除了该出工的户家，谁愿意自愿报名？”

“我！”“我！”“我……”几十只手举起来。文书趴在桌上，穿梭似的写着名字。

散了会，人们走净了，院子静下来；就留下了桂来和窗花。

“你怎么还不走？”桂来把桌子搬进屋，回过头问。

“我一个人不敢走黑道，”窗花在暗处轻轻笑了笑，“你送送我吧！”

他俩出了村公所，前面是一块柳子地；柳子软软的，被夜风轻轻揉动，一串串鼓肚儿螳螂，在柳叶上缓缓地爬着，柳丛深处，有一座坍塌倒坏的土地庙。

“就这么大胆子？”桂来说，“怕神怕鬼的。”

“我要是胆小，就不敢担承妇女队的工作。”窗花说，“我问你，今天这个会，你知道谁不满意？”

“不是都赞成吗？”桂来说，“个个全举了手，我亲自数的。”

“有一个趁黑溜了，你看见没有？”

“谁呀？”

“我！”从一个柳棵子里，发出了低闷的声音。

“四喜哥吗？”桂来看准了站在前面那个人。

“桂来！”四喜子挺难过地说，“我思想上转不过磨，你给我解说解说吧！”

“咱们回村公所去。”桂来说。

“就在这里吧！”四喜子说，“这里清静。”

三人坐在干沙地上，听四喜子起根发引地说：

“桂来！我不赞成去挖水库，可不是为了自家。我是说，真要是大水出槽，咱们四邻八乡都得遭难，这一来，咱村的俱乐部，就没日子搞起来……”

“就这点儿吗？”桂来问他。

“还有，”四喜子说，“说出来有些瞧不起妇女。窗花她们，平日里叽叽喳喳，山喜鹊似的，到正事上，就未必能行。”

窗花想还嘴，又咽了回去，可也忍不住小声说了一句：“下地干活也没栽给你们……”

“说完了吧？”

“说完了。”

“你这人就是爱发愁，”桂来笑着说，“说了归齐事儿不大，可你又多了几根白头发。你转不过磨，是不是担心水库的保证不保险？”

“水库保证什么了呀？”四喜子问。

“他没听，”窗花插嘴说，“一甩胳臂，走了。”

四喜子脸红了红。

桂来说：“水库上测量，说是今年发水跟头年一般大，就出不了槽。科学嘛，就不是马马虎虎‘大估摸儿’的事，咱们信得过。按说，你是个读报组长，天天跟报纸打交道，眼界更得宽广……”

“他呀！”窗花一旁搭了话，“整天忙得昏天黑地，可没看见过他拿张报纸看。”

“是吗？”桂来问。

“她说得不错！”四喜子不好意思地说。

“怨不得呢。”桂来笑起来，“你没看吗？报纸上治淮河的消息，那个工程，比咱们子母河水库，大上千百倍，怎么样？顺顺当当地完成，妇女模范可也不少。要搞通思想，常看报就能见效。”

“这赖我，”四喜子说，“整天价没头没脑乱忙一气，就是没工夫看报；我这读报组长真丢人。”

“还有什么意见？”

“大的没有喽！”四喜子畅快起来，“还有芝麻大的一点儿，我就是不放心窗花她们。”

“走着瞧，”窗花说，“非给你们做个模样儿，把你们轻视妇女的老根子拔掉！”

“好吧！我把眼睛擦亮亮的，”四喜子站起来，“你俩说知心话去吧！我走了。”说完，抖搂着沙子，钻进柳丛。

“明天你们妇女队就出动，”桂来说，“你看出来没有？人们的眼睛，都在瞧着你们。”

“好吧！你甭送啦。”窗花线似的，穿过了柳子地，连蹦带跳地跑回家去。

第二天夜晚，妇女队员们悄悄在村北集合，队长白窗花分配完工作，小声嘱咐：

“咱们谁也不要声张，来个神不知鬼不觉的。”

妇女队员们钻进庄稼地，在曲折的小道上行进。头顶上叶子搭成天棚，从空缝往上看，满天银星在闪动。到了地那头，按照分配，有的跑向河堤，有的藏在庄稼地里的豆丛下，监视着四围。

赐福老头起五更去捡粪，想到地里解手，猛然，被躲在豆丛里的妇女队员，用枪比住：

“不许动！”

赐福老头吓出了一身冷汗，这个妇女队员看清人，连忙说：

“赐福大爷，是您呀！吓着了吧？”

“好呀！你这闺女，把大爷魂都吓飞啦！”赐福老头直摸脖子。

“大爷，求您点事儿，”这个妇女队员说，“千万别叫那群人知道，省着说我们是山喜鹊。”

“我呀，”赐福老头背起粪筐，三步两步出了地头，掉过脸说，“非给你们宣传宣传不可。”

天刚亮，全村早就传遍了，这一来，人们心气更是旺盛，催促着桂来赶快走。

过了两天，鸡叫头遍，桂来领着一百多年轻小伙子，捎带着家什，蹚着湿漉漉的露水，由村公所出发。桂来走在前面，大道上，只有“嚓嚓”的脚步声。

“走啦？”

桂来惊住了，仔细一看，由豆丛里钻出一个人，那是四喜的妹子金翠；浑身精湿，精神却非常饱满。

“瞧你湿得这个样子，”四喜心疼地说，忙着脱下一件夹袄，递给她，“穿上吧，别冻着。”

“我不穿，”金翠倒退一步，躲到垄里，“哥哥！你不是不放心我们吗？我们偏争这口气。可我也担心你，到那里惦记这惦记那，干起活来没心成。”

四喜子涨红了脸，在妹子面前，不好说什么，半天才说了一句：“我不那么没脸没皮……”

队伍走远了，四喜子忙着追上去。

河水静静地流着，两岸蝈蝈叫成一片，桂来他们一百多人上了河堤。渐渐地，模糊了影子……

桂来他们到子母河已经半月，一切都随心，四喜子也很快活。半个月的时间，看了三回电影，从省里来的曲艺队，每天下晚给他们演唱。桂来这个年轻模范，也被编成大鼓词，到各处演唱，四喜子他们也都学会了。

立秋那天，下了一场大雨，接着是牛毛细雨，一直五天才放晴。

这天吃过晌午饭，桂来和四喜子躺在白杨树下，正要睡晌觉，忽然堤坡上有人喊：

“桂来！你们村来人喽！”

桂来和四喜子跑过去，一看堤坡上，是赐福老头。

“哈哈！没想到我来吧？”赐福老头笑着问。

“大热的天，您来干什么？”四喜子不等赐福老头答话，就急着打听，“念报组没垮吧？”

“放心，一概满好，”赐福老头说，“四喜子！我倒要问你，这些日子没闹情绪？”

“这由哪儿说起，”四喜子透着不大高兴，“给自己干活，又长见识，我闹什么情绪！”

“你不知道，全村人都挂念你，你妹子更是不放心……”

“这是为什么？”四喜子简直要发火。

“全怕你闹情绪呀！”赐福老头说，“前两天，不是小雨连绵吗？怕你害怕河水出槽，惦记家里，跟桂来闹气儿。”

“我当着什么大不了的事，”四喜子笑起来，“你们真是多余操这份儿闲心。我亲眼见到，山水叫咱们水库给拘住啦！”

“这么说来，你倒没什么不舒心！”

“您这趟，真是白出两脚汗。”

“没白跑道，”赐福老头摇着头，“我还没报喜哪！”

“报喜？”桂来和四喜子齐声问。

“前天半夜，窗花逮住了一个破坏河堤的特务，听说是个不算小的反革命。窗花受了一枪，就轻轻擦掉了一块油皮儿，区上表扬咧！”赐福老头从头到尾一口气说完。

“啊！”桂来深深吐了口气，“走吧！赐福大爷！给大伙儿讲说讲说去。”

赐福老头像一个鼓动家，把这一百多小伙子的好胜心都挑引出来。四喜子举起胳臂大喊：

“咱们加油干！争取第一，要不然就没脸见这群山喜鹊啦！”

竞赛结果，桂来他们得了第一。这次竞赛，提前完成水库工程，给国家节省了好几万斤小米。

当天傍晚，桂来他们沿着运河的高堤走回来。圆圆的月亮，像一盏天灯，高挂在空际。河里散发着迷蒙的水汽，静静的夜里，他们的轻快的步子，在河心上得到回响。四喜子走在最后面，歪头看了一下河堤下的高粱，高粱在夜风里摇曳，爬在尖端的螃蟹，“啪啪”摔落在地上。

“站住！”

从前面河堤拐弯的高粱地里，发出了清脆的声音，声音从水皮儿上震荡过来，登时，有几个人跑上河堤，挡住他们去路，月光下，看得清清楚楚，那是窗花她们。

一九五一年十二月通州潞河中学　高中一年级

原载一九五二年三月九日《天津日报·文艺周刊》

摆渡口

1

俞青林家住在河边堤拐角，牛腿高粱秫秸的篱笆，围着三间矮矮的土房；院子里有一棵歪脖枣树，青枣子结得压颤枝。夜里下着瓢泼大雨，傍亮时分才停住；篱笆湿漉漉的，冒着一股潮气，十几只白白的鸭子，在院子里摇摇摆摆地叫着。

青林拿着根青秫秸棒，光着膀子赤着脚板，把鸭子往河里赶。太阳从东山露出头来，照得河面冒着金光，河水白漂漂地涨着，往河边洼沟里流窜；一只大木船，拴在摆渡口的桩了上，在水皮上面漂浮着。

一辆载重大汽车，装满货品，从公路跑来；到了河边，跟车的小伙子朝青林喊："劳驾给喊声管船的，把船摆过去。"青林子说："甭啦！我来摆。"跟车的看不起他，假装没听清，还是直劲喊："喂！辛苦一趟，给找下管船的。"青林子笑着对跟车的说："你别把人瞧扁喽！靠河边长大的孩子，使船跟玩灯似的。"青林子跑过去解绳子，拿起篙头轻轻一点，船就离开河岸。

汽车上船，跟车的一瞧青林子：瘦瘦的细高挑，满脸的孩子气，往大处猜也不过十七八岁。于是叮咛着："小兄弟！稳重点，这是给合作社运的农具。"青林一听，把篙头从水里提出来。扒着车厢一看：新式步犁，手摇铡草机，收秋用的镰刀席篓；青林馋得吐舌头，看个不够。

船顺流朝下去，跟车的急得喊：

"好兄弟哩！翻船啦。"

"瞧你这大胆子。"青林说着，篙头一拄，黑红的胳臂一用劲，船斜着奔河边去，连着几回，就抛锚靠岸了。

跟车的拍着他肩膀："小兄弟！本领真高，回来还找你。"

青林说："你们得赶快回来，傍晚河里水流急浪头猛，容易翻船出危险，不让摆。"

跟车的问他姓名，给了河钱，青林送到管船老张的小屋里；老张到现在还睡得死死的。

支书关山清早起拾粪，看见青林正摆船，对抱柴做饭的青林娘说："大嫂你看！青林子多鹰鹞。"

青林娘眨着红眼圈，看了看说："十八大小子，还是那么孩子气，白胡子盘三遭，也甭想找着媳妇。"

关山把粪筐撂下说："青林地里顶上一条大汉子，学习更是拿着红旗，跑到头里；前程出息着哩！怎会耍光棍？"

青林娘喜得眉开眼笑，朝着光膀子的青林喊：

"洗脸来，该吃饭咧。"

村里，家家烟囱冒起淡白的炊烟，在半空像一团雾；清爽的风儿吹过来，烟雾渐渐飘散，露出瓦蓝瓦蓝的天空。

2

起晌，河水还是涨着，漫滩上房檐高的野麻，渐渐地被淹没；浪头在野麻上翻起筋斗。

三两只银白的水鸭子，从空中跌下来，肚皮擦着水面，一道闪似的飞走了。

青林站在堤上，朝远处瞭望，只是不见汽车的影子。管船的老张，把大船拉得靠堤，用铁索紧紧地拴在柳树上。青林说：“老张！有辆汽车还没过河呢！你等摆过去再拴船。”老张梗着脖子：“你敢情躺着说话不腰疼，船翻了你不管。让他候两天吧，水归岸再回去。”

青林还是伸着脖子张望，忽然肩膀被拍了一下，回头看，原来是支书关山，他们的互助组长。关山说：“快下地吧！大伙等你念报呢。”青林二话没说，回家扛起锄，撒腿就往地里跑。

在地里，隔着青纱帐，青林听见汽车隆隆的声音。他站起来，站在一座土岗上跷脚看，关山笑嘻嘻地逗趣：“青林子！不到三更半夜，牛郎望不着织女。”青林红涨脸，急着分辩：“清早您不是瞧见，有辆汽车是我摆过去的；回来时还是满载，大船上索风浪又大，真叫人替他们着急。”别的组员说：“管船老张也许没回家。还是喝碗枣叶茶，歇会儿吧！”

汽车上满载着整麻袋的黄豆。上面坐着一个十六七岁的小姑娘，一只手抓着扎绳，一只手打着旱伞，随着汽车的颠簸，身子来回摇摆着，两只油亮的短辫子，震动得跳起来。

跟车的一见大船上了索，跑到小屋里找管船的，屋里空空的连炕席都卷走了。跟车的急得滴溜转，瞧着半里长的河面，一团团的浪头，惊牛似的水流，脑袋直冒油。

离摆渡口不远，有两个人在树荫下歇凉。一个叫王福亮，是个“瞎摸海”，跑到河边来歇午，一下睡过劲，就懒得再下地；那个叫李有福，是村里单干典型，外号叫“财迷李”，皱着眉头来看水。

王福亮指着那辆汽车，对李有福说：“你瞧！那跟车的直转磨，咱俩敲他一下怎么样？”李有福摆着脑袋：“我可不敢。大水漫天，凭咱俩这点本领，摆个大汽车，出了差错，这个罪过担不起。”王福亮挤着鼻子：“不要紧，咱俩沉住气，顺流掌舵，不会出事的。”李有福心里有些活动，但说：“三万块钱（旧币。下同——编者注）真不值当，提心吊胆摆过去，让老张知道，还得没屁股没脸挨顿骂。”王福亮挖苦地说：“你真是傻小子，这节骨眼儿上，他们还不给个大价钱吗？”李有福说：“好吧，你把他喊过来吧。”王福亮说：“别忙，等他找咱来。你瞧，他来啦！”

“喂！劳驾，”跟车的走近来，像是嗓子眼发干，喝下口清泉水，连忙招呼，“您给找下管船的。”

李有福站起来，一点不带瞌睡的样子，摆着手说：

“管船的不在，回家啦！”

“那辛苦您一趟，给找找俞青林。”

听跟车的指名点姓，李有福瞪了眼，王福亮赶忙过来，说：“谁知道他上哪块地去啦！瞧你蝎子蜇着似的，俺俩给摆过去。”

“车上是国家的粮食，不是玩闹的。”

王福亮一拍胸脯说：“嘿！河边住的大人孩子，使船是家常便饭。”跟车的想起俞青林早上的话，就说：“那就摆吧！”

王福亮说：“咱丑话说在头里，河钱得多加；这一趟半里开外，实在够累。”跟车的连连答应：“行行！摆过去给六万。”王福亮装出行家的派头，吆喝：

“铺跳板，汽车上船。有福掌舵！”

李有福心里直敲鼓，哆哆嗦嗦地上了船。

一只青蛙哇哇地叫了两声，跳到河里；霎时间，又露出头，瞪着鼓溜溜的眼睛，盯住这俩家伙……

3

大船解开铁索，就像脱缰的野马，一直顺流下去；浪头追着船屁股，紧紧地顶撞着，溅起无数的水点子。

李有福掌着舵，左拨右拨，大船却不老老实实听从摆布。王福亮用篙头一试，已经找不着河底，他心里打个寒噤；他一瞧跟车的，急得直瞪眼，心说：“八成要出危险，跑吧！”找个空子，“扑通！”一个猛子不见了，篙头也跟着漂走。

李有福也想跳下去，跟车的就站在他背后，不错眼地盯着，司机和那小姑娘，也站在他两旁。李有福心里跟油煎似的：“唉！没打着狐狸反倒惹身骚……”他咬着嘴唇，脸色青白，黄豆粒大冷汗珠子往外冒，猛一合眼，向水里扎下；小姑娘想伸手抓住他，李有福的褂子开了花，他来个仙人脱衣，“咕噜！”沉入水底。

小姑娘身不由己，也掉到水里，跟车的急得直冒火，小姑娘却挣扎着从水里探出身子，双手扒着船帮，跟车的伸手拉上来；小姑娘苍白着脸，胸脯一起一伏。

司机铁青着脸：“甭慌！我来掌舵。”

大船像一片树叶，在河里转起圈子……

这时，小姑娘看见岸上地里有人，她扯开嗓子喊：

“救船来呀！汽车载着国家的粮食！”

话刚落音，一个小伙子像离弦的弹子似的跑来；跟着，男男女女也追在后面……

支书关山说：“鸡多不下蛋，我跟青林子下去。”说着就跳下水，一个浪头把他按下去。

跟车的瞧见是青林，喜得喊：

“小兄弟！把那两个坏蛋抓住。”

青林一看，王福亮李有福正靠着堤喘气，青林黑眼睛瞪得溜溜圆，浮着水奔他俩去，那俩家伙吓得往堤上爬，青林一只手抓一只脚，就往深处扯；两个“妈呀！妈呀！”叫起来。关山回头喊：“青林子！放开他俩，赶紧推船来。”青林狠狠地说：“过一会再收拾你们！”就松开手，向大船那里游去。

关山掌着舵，青林推着船，不到一会儿，就到对岸了。跟车的拥抱着青林：“好兄弟！多亏你跟那位老叔，国家财产没受到损失。”司机掏出十万块钱：“辛苦您俩，留着买点酒喝，压压惊。”关山立刻攥住他的手往对方的口袋里塞进去，说：“同志！爱护国家财物是大伙的事，难道还该要酬劳吗？”司机心里热辣辣的，嘴唇激情地抖动着，竟说不出一句话来。

他们紧紧地握着手。

太阳已经落山，映起一片晚霞，晚霞笼罩着他们，像是满身披红。

4

小姑娘躲在一片麻地里，脱下褂子拧着水，圆圆的麻叶，挤得严严实实，把她深深地藏在里面。

汽车扇起烟，发出“嗡嗡”的声响。跟车的喊：“喂！那位姑娘上车吧。”她急忙穿上衣裳走出来；瞧瞧天色，眉头皱个疙瘩：“到北京太晚啦！怕找不着。”

“到北京有什么急事？”青林问。

“俺哥哥从朝鲜调回来休养，去看望看望。”小姑娘愁起来，“人生地不熟，一时半会怕找不着。衣裳又湿着……”

青林看去，她的裤子直滴水点。他鼓足勇气，不让脸发红，说：“住俺家吧！”

小姑娘很欢喜：“那就搅一宿咧！”

晚上，青林抱着杆枪，坐在堤上放哨。小姑娘换下湿衣裳，穿上青林娘新缝的老毛蓝裤褂；她拿着个蒲团上堤，河风扫过来，把肥大的裤褂吹得鼓蓬蓬，身上嗖的一股凉气，她赶忙坐下。青林朝她笑了笑。

白茫茫的天河，静静地躺在湛蓝的天空中，两岸无数的星星在蹦跳着。

“你叫俞青林，今年十八，青年团员是不是？”小姑娘问。

“嗯。”青林回答，“你怎么知道？”

“问大娘来着。”

“你呢？”

小姑娘一点不封建：“俺叫李春兰，今年十七咧！春三月参加青年团，东榆林庄的。”

“你家老少几口？参加互助组没？”青林大胆地往下问。

“跟爹娘嫂嫂过日子，俺家是农业生产合作社社员。”春兰眨眨眼，“你们村里，还没有吧！得慢慢来。”

青林不服气：“完秋看！俺组准改成生产合作社；这真是瓜熟落地，一点不是半生不熟。”

静。

忽然，村里孩子们嚷嚷：“走哇！到葡萄架底下听哭的去。”春兰问：“怎么回事？”青林说：“今天是七月七，不是牛郎织女天河相会吗？”

春兰笑了，脸红红的。

第二天清早，春兰吃完烙饼摊鸡蛋，青林送她上汽车，汽车站上挤满人群，春兰对青林说：“回去吧！”青林脸上挺为难，站在道上不动。春兰红着脸说：“你跟大娘待人真亲热，完秋来看你们，住些日子。”

青林嘴角挂着笑，喜兴兴地回家了。

清清的河水，哗啦啦地向南流着。摆渡口的大船，载着人马车辆，船夫大声吆喝着：“咳哟！……”

肥沃的土地里，冒着呛鼻的清香，传出一阵阵嘹亮的村歌。

一九五二年八月通州潞河中学　高中一年级

原载一九五二年八月十二日《天津日报·文艺周刊》

一九五二年第十期《人民文学》转载

青枝绿叶

1

一九五一年阴历六月，是毒热毒热的天气。

从地里收工回来，互助组组长春果的浅花褂子，被湿得裹在身上，一双油黑的小辫子，也热得盘在脑后。副组长宝贵跟在她身旁，嘴里含着一片谷叶子，慢慢地往回走，说：“你回去劝劝永春嫂，别让她再下地，五个月的重身子，提防累出好歹来，这是你们妇女的福利问题。”春果点着头：“是咧。”又回头嘱咐宝贵：“你多跟永春讨论讨论，今晚那技术学习充充实实的；紧跟着就开展比武夺魁，省着再费一道手续——又开个动员会。”宝贵说：“好吧！我到河边玩一会儿就麻利回来。”说完，就学着布谷叫：“赶快布谷！”奔河边去了。

李满囤老婆挺着大肚子，靠着篱笆泡烟水，满脑袋汗珠子，雨点似的落在桶里，“叮叮当当”地直响。她看清春果，笑着说：“宝贵喊你哩！”春果回头看看，宝贵早不见了，只是接连着布谷叫，满囤嫂哈哈笑起来：“你听！宝贵一劲朝你喊：‘光棍好苦！光棍好苦！’”春果也笑了，指着她脸说：“你这贫嘴老婆！”

宝贵跟春果都刚十九岁，一根蔓上两个瓜，他俩真是脸对脸长大的。前年春天，一块入了团；起初联络几家帮工搭套，辗转组织起互助组。今年三月间，春果头个成了候补党员，宝贵也填写了申请表。春果到专署参加过互助组长座谈会，宝贵在农场学习了四十天；从那时起，组里政治技术学习才有个制度。

下晚，大月亮下，村西头河高崖上，互助组技术学习完了，比武夺魁挑战正欢热。永春嫂一旁咬着薄嘴片，眨着眼睛不言语；等大家静下来，她说："你们是家雀抬杠乱嚷嚷，春果！咱俩劈合同。"

听她这一挑战，宝贵直皱眉头，他看着春果，春果脸上一点不挂急；心里上下翻滚的，却是永春。老婆怀着五个月的孩子，还一股劲地争强，他想提出来，碍着自己是技术员，在组里大小算个头目，不好张嘴；又怕老婆顶撞他，老婆那两片薄嘴，他是服在口上，怕在心里。

永春正在为难，春果说了话：

"永春嫂，前晌不是跟你说啦，不许你再下地，留在家里干些零星活；你怎么不听话？"

永春嫂那薄片嘴抢过来：

"哟！我又不是千金之体，怎那么娇嫩！人家满囤嫂快生养啦，不是照旧下地治蚜虫！"

"你是明白人说糊涂话。"春果说，"满囤嫂从地里回来，哪回不是龇牙咧嘴！只是家里没人手，不硬强下地，地里就得乱营。单干户跟互助组，这点就瞧出不一样。"

宝贵说："就是呗！咱组眼下正耪四遍，大家稍微加点油，就能把你替换下来，你就该安生生地留在家里。身子骨儿是本钱，这工夫你跟它过不去，早晚它也跟你过不去。”

春果跟宝贵这一番话，说得永春嫂闭口无言；她暗里却用手拧永春。永春装出没关系的样子，说：

“她自己愿意，就依她吧！”

一个俏皮小伙子嚷起来：“永春嫂！你白机灵，我瞧得清清楚楚，永春大腿快让你拧肿啦！永春，亏你五尺男子汉，也真受得下去。”说得他们夫妻俩，脸涨得红布似的。

大多数组员都说：“留在家里吧！”“人家春果跟宝贵那话正确。”永春嫂还想争辩，春果笑着拦她：“没有你发言权啦！这是大家的决议。”宝贵说：“咱组该立下这个章程。”他瞧了一下那些不发言的年轻媳妇，“省着日后再费口舌。”

夜深人静，大家回家去了。

宝贵夜晚睡在河崖上，仰着脸，瞧着天空，拉长调子，学着布谷叫：“赶快布谷！”春果刚要睡着，听见一声接连一声的“光棍好苦！光棍好苦！”在静静的夜里，声音非常清响。她爬起炕，到河边找着宝贵：“睡吧！别叫啦。”宝贵说：“叫几声怕什么！多好听。”春果一双水汪汪的眼睛，盯问他：“你心里想什么？”宝贵背过脸去，说：“想咱组哩！一个个心气这么旺盛，秋收一定超过爱国丰产计划。”春果说：“咱俩更要加油，按照区委的指示，往合作社的路上引。”宝贵抢过说：“不止哩！还要朝集体农庄引；到那时节，屋里有电灯，黑夜能演电影，耕种收割有拖拉机，闲在时，坐上农庄的汽车，到北京参观参观。”春果一串铃似的笑个不住声，她推推宝贵：“你想得真是一步登天，这得慢慢来，互助组这个地基砸结实，才能盖上高楼大厦呀！”

宝贵笑着说：“有毛主席指引，有苏联的榜样，还不快当。”春果说：“互助组搞得满堂红，往上升到合作社，再到集体农庄；咱们离北京这么近便，毛主席也许抽空来看看，我想那时咱俩也不过三十上下。”宝贵说：“再过十年，你早嫁出去咧！还能老留在家里作闺女。”

春果脸红红，不言语，一个蝈蝈在邻近叫起来。

宝贵回过头：“不早啦！你回去吧。”春果站起来说：“你也睡吧！别再‘光棍好苦！光棍好苦！’地叫，叫得人心里不踏实；不到二十岁，就担心起这些没影的事来，谁还会眼瞧着你打光棍。”说着，就顺着小道跑走了。

过了半天，宝贵想起春果那话，故意长长地叫了一声：“光棍好苦！”可是春果早睡着了。

2

花开两朵，各折一枝。

永春夫妻散会回家，永春嫂奔村南小道走，永春说：“糊涂啦！这条道绕远。”

“你明白！啰唆什么，走吧！”

永春听出老婆正在生气，便不再搭腔，低头跟在后面。夜晚，这条道最清静，只有他俩脚步嚓嚓的声音。永春嫂瞧着四下没人，于是雹子雨似的，数落永春：“你是座泥胎？在一旁就不帮我说话。”永春笑嘻嘻地说：“你呀！三十岁的人啦，还是小孩性情，就不知道心疼点自己。”永春嫂气哼哼地一甩袖子：“甭跟我嬉皮笑脸的！”就撇开永春，自己走了。永春在后面笑着说：“嘿！好一个三十岁的娃娃！”

永春躺在炕上，心里暗暗想道：“春果跟宝贵他俩，照顾得真周到呀！咱平日干活没拿出十分劲，总觉自己是技术员，多干不上算，真他娘的自私脑袋！都像我这种脑袋，这辈子也上不到社会主义。”他推推永春嫂，永春嫂已经睡着。他说：“喂！你说状元红旗谁头个抢上？”永春嫂迷迷糊糊地回答：“不是宝贵就是春果。”永春说：“好！你等着瞧。”

第二天清早，永春修理一下锄杠，听宝贵哨子一响，就集合下地了。这块地坐落在运河旁边，四十亩满种棒子，眼下已是暑伏时节，花红线一缕缕地秀出来，黑绿黑绿的豆秧里，开着绛紫色的小扁花；从地里冒出闷闷的热气。地头，立着一个高大的木牌，牌上写着黑真真的字，那是这块地的爱国丰产计划。

春果一声令下，一群燕似的，大家扑向地里，起始就像一字长蛇阵，并排着向前；后来，宝贵领在头里，春果赶紧追上，永春透过叶子一看，照着手心唾口吐沫，握紧锄杠，跟了上去。

歇息时，宝贵跟永春平，宝贵让了，状元红旗插在永春地头。在遍地碧绿上面，一片艳红轻轻飘拂。

傍晌收工，永春回到家，坐在葫芦架下吃瓜，永春嫂一边放桌子，一边问：“状元红旗谁拿上啦？”永春装得不起劲。说：“你猜呢？”永春嫂说：“跑不出宝贵。”永春说：“他抢着一回。”

“那两回呢？”

“那两回呀！嘿嘿！”永春绷不住脸，拍着胸脯，“咱的。”

“你？说瞎话。”永春嫂不相信。

永春急啦：“你这个人，我什么年月骗过你！”

永春嫂知是真的，也按不住高兴：“你这可是太阳从西出来，别乐得驾起云，认不清东南西北，有本事天天保住！”

今天永春嫂特别喜欢，格外给永春炒了五个鸡蛋。

3

天麻麻亮，睡在房檐下的李满囤，早就醒过来。他伸起胳膊，敲着窗棂，吆喝他老婆：“起！”满囤嫂披上褂子，揉着眼睛，嘟念着：“谁像咱家，脸不洗饭不吃，披星戴月就下地，人家春果他们……”满囤说：“你就会说泄气话，这时劳累劳累，看秋天咱那庄稼！春果他们眼下是挺欢热，鸡多不下蛋，不定搞出什么名堂！”满囤嫂还想说两句，满囤说，“走吧！亲娘总是疼亲儿，自己耕种顶牢靠。”说着，就直奔河边那五亩棉花地。

水灵灵的棉花，自从上了蚜虫，就像秋霜打过；枝上叶上，一层层地爬满蚜虫。满囤一看，登时青筋暴起，眼睛瞪得滴溜圆，提起一桶烟梗水，生牛似的奔向一垄。满囤嫂累得站在地头，扶着扁担，大口喘气。

太阳露头，地里冒白气，春果互助组也下地来了。宝贵喊叫着：“满囤哥！你们两口子真卖命啊！挑灯夜战！”满囤抬起头，笑笑没言语。春果说：“大嫂快坐月子啦！应该多歇歇。”满囤嫂用袄袖擦把汗，刚要说：“从鸡叫……”满囤瞪她一眼，就憋了回去。

互助组歇头歇，满囤地里还不声不响治蚜虫。春果对宝贵说：“满囤嫂实在够累啦！叫她过来歇歇吧！”宝贵说：“满囤哥怕不高兴。”春果说：“咱俩去。”

他俩刚直起腰，那边突然吵得热窑似的。满囤蹦跳着，骂他老婆：“懒骨头，我说瞧不见你，原来坐在垄里偷懒！”

满囤嫂坐在地上，嚷叫着：“谁偷懒呀！打鸡叫干到现在，歇会儿都不让，你是成心把我折磨死。”

满囤还是直劲吆喝：“起来！”满囤嫂说：“我就不起！”满囤说：“不起也得起！”说着动手就扯，满囤嫂也打起千斤坠。

春果跟宝贵赶来了，宝贵把满囤推推搡搡拦在一边。春果说：“满囤哥！你就是老煤油桶——点火就着的脾气。累得慌就歇歇，两口子还能动不动就粗脖子红脸！”

满囤说：“春果大妹子，你看：棉花让蚜虫缠得打蔫，不紧着治就要完蛋；她一死要歇着。歇！秋后你他妈拿筷子支起上膛，坐在房脊上喝西北风！”

春果说：“蛤蟆跳三跳，还要歇一歇。大嫂没几天就要坐月子，真累出好歹，你的急处更大。”

满囤嫂鼻头一酸，眼圈儿一红，朝着春果诉起苦情：

“春果大妹子！人家永春媳妇多福气，刚五个月就不下地。我好苦呀！”眼泪“噼嗒啪嗒”落在衣襟上。

满囤蹲在一边，闷着头，一锅一锅地吸起旱烟。在浸过烟水的棉杈上，蚜虫又露出来了……

吃晌饭时，满囤嫂端上香喷喷的菜汤，黄灿灿的饼子，摆在满囤面前；满囤叼着烟袋：吧嗒！吧嗒！其实烟叶儿已经烧成灰末末了。满囤嫂说："吃饭吧！"满囤说："你说，咱的棉花怎办呀？"满囤嫂说："大热天，别急出毛病来；过晌我还跟你下地。"满囤摇摇头："甭啦！你也该歇几天了。我想跟王富家借把喷壶，使唤这个物件，快当得多。"满囤嫂说："那个小气鬼，你还去找他！春果他们有三把呢！不是张手就借来。"满囤说："王富小气也要分跟谁，跟咱不会。"吃过饭，他便去借，半晌光景，空手回来了。

满囤嫂说："我说他不借，你还偏去碰钉子。"满囤说："这家伙日子越过越旺，却变得不懂情面，咱家的东西，永远不许借他！"

晚上，满囤翻过来掉过去睡不着，棉花上的蚜虫，像是钻进他的心窝里。坐起来，想去找宝贵，几次三番又躺下："春天劝咱参加互助组，咱一死不肯，说是单挑鞭满顶；人家表面不露，心里可记下哩，眼下出了难题，再去找人家帮忙，咱脸往哪搁呀！"

蚜虫在他心口窝爬呀爬，躺不是，坐不是。屋里满囤嫂说："把被子盖严实，留心房檐风。"满囤说："你怎么也没睡呀？"满囤嫂笑着说："我都睡醒一觉哩！"满囤抬头一看，启明星已经有些偏西，村里叫驴"吼吼"地叫，已经是半夜了。

满囤硬着头皮，来到河崖，宝贵睡得正香甜；满囤把他叫醒，宝贵说："你还没睡！"满囤叹口气说："火烧眉毛尖，还会安心睡觉！棉花眼看要完蛋啦！你给想个法子。"宝贵说："俺家存着鱼藤粉，你再找点煤油，咱俩起个五更，赶紧配药。"满囤笑咧开嘴："好咧！你安心睡，傍亮时分我来喊你。"宝贵说："你要忙碌不过来，俺组给你拨俩工。"满囤笑着说："你真把我看扁啦！五亩棉花再整治不了，那真对不起每天三顿饱啦；兄弟！不是大哥吹牛皮，论力气你还得赶个三年五载的。”满囤那股愁闷，好像雨过天晴，他乐颠颠地回到房檐下，脊梁骨贴墙，不大一会儿就睡着了。

4

六月六，看谷秀。

满囤家河边的棉花，好像一丛丛树棵子，四外伸满枝丫，一朵朵淡粉色的花，夜里开得遍地全是。

满囤坐在地边，眼睛眯成一条线，烟袋不离嘴，眼睛不离棉花。赶着胶皮轱辘车的宝贵，路过这里，在半空打了个响鞭，满囤“机灵”清醒过来。宝贵说：“我看你都着迷啦！棉花长得不错，大嫂瓜熟落地，真是人财两旺。”满囤从嘴里拔出烟袋，笑着说：“棉花是比往年强些，心里多少凉快点。你配的药真灵验，立秋那天请你吃饺子。”宝贵说：“等大嫂养个胖娃娃，满月喝喜酒吧！”满囤说：“好咧！你套车上哪？”宝贵抓紧缰绳，把牲口拦住：“眼下挂锄啦，河西修工厂，拌三合土用白沙，我这是出车拉沙子。”满囤咂着嘴：“出一个月车，干落也是笔大钱。那些人呢？”宝贵说：“盖场房哪！秋后组里家具多啦，又摊些公分，得有个妥帖地间存放；再说三九天，组里开个会，学习政治技术，都要占屋子。三五天就上梁，过后到工厂包上半月临时工。”

傍晌，漫天黑云下来了，小风清凉地吹着，庄稼叶子唰啦唰啦地响，满囤赶忙往回走，嘴里打着口哨。村里，小孩们蹦跳着，唱：“大下小下，下到今儿个明儿个，淅沥沥，哗啦啦，扁豆角，架黄瓜……”

满囤说："下吧！六月连阴吃饱饭，一滴雨点一粒粮食。"

大雨瓢泼似的，从傍晌到天黑，还是不止。满囤嫂躺在炕上，肚子疼得哼哼着，对坐在旁边的满囤说："快啦！请收生员去吧！"满囤推开门，大雨就像开了锅，震耳响，道上伸手不见掌；他往前跑着，差点跟前边的人撞个满怀，一个女人呀了一声，满囤被人揪住。

"谁？"是个女人的声音。

"我是满囤。你是春果吧？"

春果松了手，忙问："大嫂要生养吧？我们跑来帮帮忙。"满囤说："正躺炕上哼哼哩！"刚才呀了一声的女人，"咯咯"笑起来，满囤听出是永春嫂的声音，心里热辣辣的："弟妹！黑更半夜大雨天，辛苦你啦！"说着，把身上的麻袋披在她俩身上，自己却顶着大雨，去请收生员。

好半天，春果跟永春嫂在外间屋，听见屋里孩子"哇哇"哭出声来。永春嫂笑着说："满囤哥！恭喜恭喜。"满囤笑了，大嘴咧得瓢似的，连说："大家同喜……"

这时雨住了，满天星斗，月亮像盏灯，照亮了院子。满囤推门一看，登时眉头皱起来，刚才那张笑脸，抹上一层青灰。春果说："雨一住，腰花[①]存水，清早太阳一晒，就得烂掉啦。"满囤说："就是呗！种棉花顶怕夜雨脱桃。那七亩高粱站在迎风口，准吹得东倒西歪，地带又洼，垄里雨水没脚腕；又要赶紧地排水，又要忙着收拾，唉……"两手捧着脑袋，坐在锅台上叹气。

---

① 棉枝丫上开花有三种：尖花、腰花和底花。腰花就是棉枝丫上中腰里的花。

满囤嫂在屋里清醒着，有气没力地说："趁着月亮天，还不麻利下地！唉！都怨你……眼瞧着庄稼受害救不了。……"

满囤从屋角拿起铁锹要走，春果拦住说："你伺候大嫂吧！"满囤站住脚，扶着铁锹，说："那地里呢？……"春果说："甭愁。明天让宝贵他们去拾掇棉花，他有办法。高粱地也帮你收拾。"满囤一听，眉眼舒展开了，可是又一想，满腔高兴憋回去："春果，你知道我日子不富裕，这些人的工钱真掏不起，青黄不接，管饭都犯难。……"

"不用！"春果摆着手，"写在借工账上，眼下欠工，秋收时还工。""好咧！"满囤笑了。

"还是互助组好哟！"屋里满囤嫂眼睛漂着泪花。……

5

清早，李满囤睁开眼，从棉花地的窝棚里走出来，到河旁洗洗脸，就回家去做饭。迎面，宝贵赶着大车，小伙子们坐得满满当当。"干吗去呀？"满囤问。宝贵说："到河西做工去，你的棉花怎样啦？"满囤说："亏得你跟他们几个帮忙拾掇，棉桃结得压颤枝。"宝贵说："棉花是宗细水长流的活，够你们两口子忙碌的。"满囤笑着说："只要丰收，日子好过，累点倒不怕。"宝贵一摇红缨鞭，大车过桥到河西了。

满囤家的烟囱刚冒烟，春果带着妇女们，已经下地了。

半月过去，小雨淅沥淅沥下个不住。好容易盼个晴天，永春套上车，进城到医院给老婆检查胎位。春果去找宝贵："趁着好天，咱俩也进趟城吧！"于是他俩追在车后，坐在车厢上一同去了。

满囤嫂苍白着脸，给满囤送饭，看见永春嫂坐在车上，头上打着旱伞，喊道：“他永春婶！出门上哪呀？”永春嫂笑着回答：“到医院检查去。”满囤嫂说：“你真福气哟！”永春嫂说：“都是春果摆弄我，说实在的我真害怕。”满囤嫂又问春果跟宝贵：“人家两口子检查去，你俩凑什么热闹？”宝贵眨着眼，说：“嘿！俩警卫员陪着，走起来多威势！”春果说：“听他胡扯！眼看就要秋收，进城买些家什。”满囤嫂说：“你们河边那四十亩棒子，秧子小树似的，镰刀不锋利，非得崩刃。”又低声对满囤说：“人家那棒子，一棵秧三两个歪歪着，真是聚宝盆。”

傍晚，大车回来了，车上装着笆筐席篓，还有杈把镰刀；永春嫂挤到车头，春果跟永春坐在两边车辕，宝贵好神气，骑着一头大青骡子，跟在后头。满囤嫂老远就喊：“嘿！买来这些东西。”满囤眼尖，早瞧见那头大青骡子，连跑带颠跑过来；拉住笼头，掰开嘴岔：“嘿！六口正当年。”宝贵说：“一百六十万，贵不贵？”满囤说：“便宜。这骡子身挺四胯都好，你俩眼力不差。”满囤嫂看见骡子，叫嚷起来：“哎哟！瞧这大青骡子，真是龙种；秋上一点急甭着。”满囤问：“每家摊几石粮食？”春果说：“半点没掏，用的是那半月工钱。”

车走远了，满囤望着那头膘肥腿壮的大青骡子，露出话口：“还是人家呀！……”

6

满囤整天长在地里，一点捞不着闲空；晌午回到家，从满囤嫂怀里接过肉头肉脑的胖儿子——儿子名叫双旺，取的是人财两旺的吉利——

亲亲胖脸蛋，抽袋黄烟，自自在在地坐在桌旁，喝起汤来。

吃到半中腰，宝贵来了，满囤赶忙让座：“尝尝！煎饼卷大葱，吃个新鲜。”宝贵说：“麻利吃吧！回头咱俩看看你那高粱去。”满囤瞪眼问：“高粱怎啦？”宝贵说：“你这家伙真偏心眼，一心扑在棉花上，就不去照看照看高粱。我打地头路过，一大群鸡正吃豆角，再往里一看，青草夺垄，野猫乱窜；你是顾脸不顾屁股。”满囤已经吃不安心，把碗一推，筷子一撂：“不吃啦！赶紧瞧瞧去。”说着，也不穿褂子，光着脊梁奔高粱地去了。

回来时，满囤眉毛锁个蛋，瓮声瓮气地对满囤嫂说：“过晌你也下地去吧！”满囤嫂说：“孩子呢？”满囤说：“搁家。”满囤嫂说：“他是五岁六岁，放他满处跑，刚刚出满月，撂在家里不是找吓着。”满囤拧着脖子喊：“你是想躲懒，拿孩子当倚仗。”满囤嫂“啪！”把筷子摔在桌上，吵起来：“胡说！老街旧坊谁不知道我勤俭，炕上地下哪样干得比你少！不是我，你能挑起这份家当！”这一叫喊，一个多月的双旺，两手一抓，咧嘴哭起来。

春果听见声音跑过来，把满囤嫂劝到她家；春果抱起孩子，对满囤说：“刚出月的娃娃，你就想摔打他，还早哩！”满囤赶忙解释：“孩子是眼珠，咱会不疼！可也不能光顾人旺，财不旺呀！真要是那七亩高粱收不下粮食，日子还是过得紧。”春果说：“这就是自家人手少的难处，我给想想法子看吧！”满囤追着送出门，连说：“那真谢谢你哩！”

过了一顿饭的工夫，满囤嫂抱孩子回来了，脸上绷不住喜欢。满囤忙问：“春果给想了什么办法？”满囤嫂说：“把孩子搁家。”满囤说：“那不像话。”满囤嫂扑哧乐了：“那真不像句人话。春果说，把孩子交给他们托儿所，秋后给老太太缝缝连连，换工互助。”满囤喜得点头：“互助组真搭帮咱家，这才是两全其美。”满囤嫂说：“参加互助组更美。”满囤说：“再瞧瞧，秋忙帮工倒合算。”满囤嫂撇撇嘴：“你又瞧上那头大青骡子，跟那辆汽胶车；人家宝贵跟春果是机灵里挑出的，撅屁股就知道你拉什么屎，能白白叫你占便宜？”满囤说：“碰碰试试，碰上是运气，碰不上拉倒。”满囤嫂说：“没脸没皮，没羞没臊。”

晚上，民兵下地护青，宝贵背枪往河边去。满囤早在路旁等候，一把拉住他：“跟你提件事。眼看收秋了，我想跟你们组帮工，你掂量掂量……”宝贵想了想，说：“行啊！只是骡马车辆都要合工，实在麻烦。”满囤说：“我也有头小驴，都甭算工。”宝贵说：“那不行，大家不能吃亏呀！”

宝贵刚走，春果背着枪又来了，满囤又跟她念叨一遍，春果说：“让大家吃亏，这话说不出口；你不用三心两意，爽得加入互助组吧！”满囤不言声，蹲在道边发愣。

二更天，春果在地当间碰见宝贵：“坐下，咱俩商量商量满囤的事。”宝贵靠她旁边，坐在豆丛下，说：“满囤真不嫌寒碜，像这找便宜的话，也说得出口。”春果说：“满囤肚子里的小算盘，正紧着算账！话里话外，透着对互助组眼热，咱们该找他谈谈。”宝贵说：“谁去？”春果说：“咱俩呗！”

第二天下晚，春果跟宝贵去找满囤，坐在他窝棚外边，说到小半夜，宝贵困得直打哈欠。春果问满囤：“想得怎样啦？”满囤脸上挺为难，嘴张得老大，只是一劲：“这这……”他百年不遇有点结巴，这工夫，却当作台阶装起来。

宝贵跟春果往回走，宝贵说：“满囤这家伙心眼太杂。”春果说：“他肚里算盘还拨着，容他算完账，自会找上门来。”

7

七月末尾……

宝贵被批准为候补共产党员，还有几个姑娘小伙子，被吸收为青年团员。永春提议：“这是咱组一件大喜事，一定要热闹热闹。”永春嫂拖着快到月的重身子，提着柳条篮，找来香瓜和早熟的葡萄，地点在场房前头。

宝贵跟那几个新团员，穿着年节的新衣裳；春果也穿上新缝的碎花褂子，辫子插着两枝浓香的桂花，黑红的脸上挂着喜气，今天她是主席。

永春把香瓜葡萄摆在当间，说：“吃吧！大喜兴的日子，欢喜欢喜。”春果说：“大家吃着，也甭拘束；今天给宝贵他们提提优缺点，日后他们好改正。”宝贵说：“咱是党员哩！就得严格着点；平日里的错误，瞒不过大家的眼睛。提吧！越多咱越高兴。”

春果掌握着，一直到月亮西斜才散会。春果说：“咱组今天迎来个大喜，明天动手收秋，再来个出门见喜。”

永春两口子回到家，永春说：“本想吃吃喝喝，不料像开个批评会，党员就是跟咱不同。”永春嫂瞪他一眼，说：“平时你是瞎子，咱组不是春果跟宝贵两个党员领导，会有这大成绩！”永春拍着凉洼洼的心口窝，说：“这话不错。秤锤压千斤，人小骨头重，别看春果、宝贵在组里顶年轻，领导得实在不差。瞧咱组那棒子豆子，真是压倒往年。”永春嫂抱怨起来：“早不赶晚不赶，偏偏赶到收秋重身子，关在笼里见不着天，捞不着下地砍高粱掰棒子。”

永春笑着说：“嘿！嘴噘得都能拴头驴，不管你怎么生气，反正不让你下地。”永春嫂说：“瞧着吧！我跑到地头坐着去，也不在家闷着。”

第二天，月亮挂在东南天角上，趁着天气凉爽，互助组要下地抢割。宝贵的哨子，一紧一慢地吹着，男男女女带着镰刀，小跑着到大场集合。

永春嫂提着水壶，头前来到地头，她瞧着那棒子，红澄澄的一尺多长，长在青竹竿似的秆上。她手心痒痒着，可是组长不准她拿镰刀。她抱怨起永春……

宝贵跑进场，组员已经到齐，只差还工的满囤没来；永春拉着那头大青骡子，正在套车。宝贵说：“喜歌念在头里，今年咱组是五谷丰登，一定超过爱国丰产计划，等算出数目，就写信给毛主席报喜……”永春套上车，一旁接过下语：“告诉毛主席，咱组是青枝绿叶，俺那组长春果、宝贵，是两朵盛开的大红花，互助组好比台阶，咱们是登着台阶一步一步朝社会主义走。有毛主席教导，咱农民是万年长青！”

春果跳上土堆，在出发前讲几句话，大家静下来……

哨子响时，满囤正跟老婆商量，满囤嫂说：“爽爽快快说出来，加入吧！”满囤说：“这不是玩闹，再瞧瞧。”满囤嫂用指头戳了一下他脑袋："瞧个甚？在组的家家比咱强；宝贵眼下又入了党，有春果跟他领导着，还不是年年兴旺。"满囤想了一阵，说："那就入呗！"满囤嫂说："今天就跟春果说，想加入的不少咧！咱们抢个早。"满囤点头："是咧！"满囤走出门外，满囤嫂放心不下，又追出去，连连叮咛："一定说啊！别不敢张嘴。"满囤不耐烦地说："我又不是三岁的娃娃，用得着一再嘱咐，不嫌絮叨！"

满囤到场里，春果讲话正在收尾，他心头"怦！怦！"直跳，沉下气来听，春果那清脆的嗓子，正说：

"要想年年五谷丰登，家家人财两旺，那就得听毛主席话，跟共产党走——组织起来……"

北斗星当头照着，闪着长长的白光。……

一九五二年七月儒林村—潞河中学

原载一九五二年九月五日《中国青年报》

选入一九五三年人民教育出版社《高级中学语文课本》第三册

大青骡子

1

一群家雀，躲在院墙外榆树上的窝里，亮晶晶的圆眼睛，滴溜溜地望着天空；天空像一张绷得紧紧的黑帐篷，有几点雨花飘落着。

从天边的黑云层里，钻出一只山喜鹊，像夜晚的一道流星，斜投在这棵老榆树上，吓得麻雀叽叽喳喳一阵乱糟糟。

桑老奶奶站在榆树下，“咕！咕！”地叫鸡，十几只鸡在场里找烂高粱粒吃，桑老奶奶叫干嗓子，照旧不挪动。她生气了，捡起一根榆树枝子，便追赶起来，鸡子在秋大吃得肥囊囊的，摇摇摆摆跑得不利落，秋雨声在背后响起来。

秋雨下起来了。桑老奶奶把鸡赶进棚子，回到北屋盘腿坐在炕上，张着嘴喘气。

房檐稀里哗啦地流着水，在影壁旁边拧个漩子，潺潺地从阴沟流到院墙外，影壁后头那一簇矮小的洋槐，被秋雨浇得弯着腰。

忽然，有个老太太顶着锅盖，一拐一拐地跑来了。桑老奶奶脸贴着玻璃窗，看清是她的亲家婆，她赶忙喊：

“亲家！快进来避雨吧！”

亲家婆跑进屋子，冷得直打寒噤。桑老奶奶从吊竿上拉下手巾，送过去：“擦擦吧！上炕暖暖，好不容易赶上这个天气，咱老姐妹俩可该唠叨唠叨啦！”说着，便从炕角拿过烟笸箩。

亲家婆把烟袋拦下，深深吐口气：“老姐姐！俺家正忙碌着，找不出闲空陪您坐坐，等到三九天，再扯那些陈谷子烂芝麻。俺顶雨来，是想求您一件事……”桑老奶奶笑着说：“说吧！儿女亲家，还说什么求不求的。”亲家婆发愁地说：“俺家的豆子还晾在地里，这场秋雨准给浇烂喽！俺想顶雨拉回来……”

“好咧！”桑老奶奶抢着答应，“等您亲家放牲口回来，俺老两口子就紧着去。”

“不是。”亲家婆连连摇着小疙瘩髻，“俺家人手足够，就是缺牲口；那头黑牤子太慢，就像屎壳郎推粪蛋，半晌拉不回一车。全家急得眼蓝，您闺女……”她脸红红，瞟瞟桑老奶奶，“您闺女就打发我来，借您家这头大青骡子。”

桑老奶奶笑着说：“好吧！您亲家把牲口从河滩拉回来，就登时给您牵去。今天赶上下雨，社里不用骡子。”亲家婆站起来，满脸挂笑地说：“谢谢您，过会儿我来牵。”桑老奶奶说：“甭啦！让您亲家给牵去吧，泥水浆汤的，省着您再来回跑。”亲家婆笑着顶起锅盖，又拐拐地走了。

桑老奶奶送到外间屋，手扶着门框，朝大道上望望，雨水顺着车道沟哗哗地流，在甩洼坑里鼓起白沫沫。

她纳闷：老头子怎么还不回来？八成是躲在场房里闲扯呢！她从锅

台上拿起斗笠，刚想顶雨去找，这时就听见院墙外，桑贵老头正跟亲家婆说话：

“亲家！雨天有什么忙碌的，怎么不多坐会儿？”

“不啦！”亲家婆笑着说，“您怎么光着脊梁呀！不怕受秋寒？”

桑贵老头嘿嘿笑起来：“咱老骨头硬朗，秋雨浇浇更结实。咱受点委屈倒不怕，可不能让傻青淋个好歹，这头大青骡子是俺社里的珍珠宝贝。”

“啊！啊……”亲家婆结结巴巴地应声着，赶忙走了。

桑老奶奶听老伴光着膀子，顾不得秋雨淋，颠颠跑出去了。一边直唠叨：“你半疯啦！秋雨天脱光脊梁，大棉袄淋湿再晒，干吗这么小气！……”

她走到院墙外，眼睛吓得发花：老伴笑呵呵的，抹着山羊胡子上的水珠，脊梁背上，一串串的流着雨水；那件里面儿三新的大棉袄，披在大青骡子背上。大青骡子仰着头，紧紧地站在桑贵老头旁边，皮笼头上的红缨缨，像是秋雨里一朵艳红的鸡冠花。

2

早晨，白窗纸上，刚迷迷糊糊透出窗棂，桑贵老头用腰带缠紧棉袄，把大青骡子拉出棚来，到井台饮饮，就到大场套车去了。

大青骡子拉着沉重的铁瓦车，跟车的小伙子坐在车厢上。桑贵老头摇起大鞭：“嘎啦啦！”像是出门见喜的一串鞭炮，铁瓦车随着渐渐消散的声音，跑向光秃秃的野地。几只田鼠，在豆铺儿里钻着。

天气阴沉沉，铁瓦车在格巴巴的硬泥道上，一趟一趟地来回运着，豆铺儿堆得塔高塔高，桑贵老头坐在车辕上，怀抱着红缨皮鞭，头上冒出一层汗珠。

前面有辆牛车，摇摇摆摆地走着。一堆一堆的豆枝子，从车上落下来，一个女人跟在车后头，落一枝就连忙弯腰拾一枝，然后再扔在车上。

桑贵老头喊："喂！劳驾让让道，秋雨要来啦！"大青骡子听话地摇摇耳朵，放开四蹄，一霎间就追上牛车，后面的几辆汽胶和花轱辘，也追赶上来。

"爹！"

桑贵老头看清是闺女，笑着问："你们拉几车啦？"闺女脸上干巴着尘土，说："从鸡叫到这时分，总共拉三趟，黑犍子太慢，俺那几个小姑子，都用麻绳背呢！"桑贵老头歪头看，果然在漫天野地上，有几个黑点点。

他把铁瓦车开过去了，直奔村头大场。

"拉完了吧？老叔。"关主任站在破墙头上问。

"完啦！那几辆是瘸羊跟在后头。"

"回家吃饭去吧！"

吃完早饭，天不破晴也没落雨，桑贵老头骑着大青骡子，到河滩去了。

大青骡子绊着腿，啃着河滩上的青草，嚼着满香甜。桑贵老头叼着烟袋，靠着河边的馒头柳，听着大青骡子嚼草沙沙的声音，河水在他脸前哗哗地向南流，他慢慢合上眼皮，烟袋落在胳臂弯里。

秋雨唰唰地落着，馒头柳像把雨伞，雨点淋不着桑贵老头，他照旧安安生生地睡。大青骡子溜达到远处，雨落起来，它慌忙奔回跑，腿绊着跑不快当，秋雨追着屁股迎着前脸地淋。大青骡子打着响鼻儿，浑身上下浇得精湿，像是抹上一层油。

大青骡子跑到柳树下，桑贵老头还没醒，它也不声不响地卧在旁边。秋雨下大了，雨点从柳叶儿的空缝里落下来，落在桑贵老头的脖梗儿里，桑贵老头“激灵”醒了，他揉揉眼，四外大雨瓢泼似的，河滩上迷迷蒙蒙。他照着大青骡子揍个耳光，笑骂着：“傻青！雨下大啦，也不把我喊醒喽！”大青骡子从地上站起来，傻个隆冬直愣着眼睛。

桑贵老头想骑上去，伸手一摸，骡背上潮漉漉的，冒着稀稀的热气。他想：“河滩到村头二里多地，跑起来傻青准出一身汗，再让秋雨一淋，还能不受秋寒？这头骡子是咱社里的宝贝，可不能有个好歹……”这时，馒头柳就像筛子底儿似的，雨点冰凉冰凉地淋着。

桑贵老头按按头上的斗笠，紧紧地系起飘带；他解开光杆大棉袄，露出瘦骨嶙嶙的肋骨，秋风裹着雨点儿吹过来，登时激起鸡皮疙瘩。他把棉袄披在骡背上，自己也蹿上去，照着骡子屁股一巴掌，大青骡子跑起来，大雨紧赶着，淋着桑贵老头的光脊梁。

桑贵老头“呜！呜！”地打着口哨，大青骡子像是擦着地皮儿，向村头跑着。

村头，一座旧瓜棚下，七八个小伙子挤在里边避雨，他们笑着说：“老爷爷！您是吃饱闲的吧？在雨地里消化食！”桑贵老头想搭腔，只是上下牙紧磕，张不开嘴。他们生产合作社的关主任，从瓜棚里探出头，看清他是光着膀子，棉袄披在骡背上，忙说：

“咳！您真是死心眼，牲口淋淋怕什么？您这把年纪，万一受着秋寒呢？”

桑贵老头哆嗦着发紫的嘴唇，笑着说：“这场秋雨下完了，就该墒地啦！咱病几天没关系，傻青要是有个毛病，咱社里得多遭难？”

“您快回家吧！身板要紧。”关主任眼送桑贵老头走了，笑着朝大家说，“真是黄忠八十不服老。”

远远的秋雨里，传来桑贵老头清脆的口哨：“呜！呜！”大青骡子跑过溅起的泥点子，落满道旁的酸枣丛上。

3

桑贵老头把牲口拴在棚里。一根枯干的爬山虎藤儿，从棚顶上垂落下来，傻青仰着脖子，咬着干边的叶儿；桑贵老头揪下来扔在槽里：“等着！这就给你拌草。”说着，从屋里端出满瓢香料面，和着干草，洒了半瓢清水，就搅拌起来。手指头冻得麻木了，胳臂也有些发僵。

桑老奶奶在北屋喊：“半疯子！还不穿衣裳来！”

“给牲口拌草哪！”

“不是在河滩上放半天了吗？”

桑贵老头拍着手上的尘土，撩门帘进来，说：“雨来了，傻青没吃十成饱。”说着，摘下斗笠，用手巾擦干身上，桑老奶奶给他披上一件旧棉袄。桑贵老头长出一口气，想脱鞋上炕歇歇，老伴拦住他：

“别忙！把骡子给亲家牵去，回来再歇着。”

“给他家牵去？”桑贵老头脚蹬着炕沿，瞪着眼问。

“刚才亲家婆顶雨来，”桑老奶奶说，“借咱骡子去拉豆子，他家的豆子在地里淋着哩！”

“秋雨天，让牲口去挨淋——主任批准了吗？”

“哟！好严的管束。”桑老奶奶不高兴地从鼻孔里哼出声来。

“家有家规，铺有铺规，咱社里要是没个章程，不就成了一窝蜂。”桑贵老头本来是麻雷子脾气，今天却装出“政策通”的样子，给老伴解释着。

“牲口搁在咱家，咱就不许做主？”桑老奶奶叨叨着，“参加生产合作社，也不能六亲不认呀！”

桑贵老头压不住气，红涨着脸：

“社里的章程，社员都得遵守，你怎么个别？再说，豆子淋了也不登时就烂，干吗偏挑这个时候？”

桑贵老头把鞋甩在地上，倚着被窝垛，合起眼来。

桑老奶奶气急了：“亲家婆求上门来，你就来个不搭理……”

桑贵老头不等老伴说完，半截腰插嘴说：

“珠子她婆家，谁不知道是个尖头，跟咱借去大青骡子，就不套他家的黑牤子啦！牲口是咱全社二十多家的，咱不能让全社受损失！”

桑老奶奶气得直哆嗦，手指着桑贵老头嚷：

“你不是红脸汉子，连个人情都不懂！”

“你才真正不懂人情！”桑贵老头坐在炕上，吆喝着。

老两口子吵得像台戏，闺女珠子闯进来，她用麻袋围着身子，戴着一顶吓唬老鸹的破斗笠，红扑涨脸地进门就喊：

“娘！怎么还不把骡子送去？俺婆婆直劲叨唠。”

桑贵老头不等老伴搭腔，抢过来说：

“骡子禁不住淋，找别家借吧！”

珠子气哼哼地撩起门帘：“心里要是不愿意借，嘴上就别答应呀！”

桑贵老头板着脸：“谁答应的？”

“俺娘！”

“你娘是生产合作社主任？”桑贵老头硬邦邦地问。

珠子噎得直咽唾沫，坐在炕沿上干喘气，说不出话来。

桑老奶奶怕闺女心里难过，连忙安慰：“甭跟你爹生这股肮脏气，咱娘儿俩一条心……”闺女回过脸来，指着靠在炕角的桑贵老头，没鼻子没脸地数落：

“干什么跟我身上出气……”

桑老奶奶怕他们父女俩吵起来，又劝说闺女：

“你爹心不顺，跟我嚷叫半天啦！回去跟你婆婆说清楚，咱从心里愿意借骡子，就是拧不过社里的章程。”

桑贵老头插嘴说：“你娘说得不对，不是生产合作社不借，只是赶上下雨的天气，不能让牲口受委屈！雨住天晴，只要你们张嘴，咱社里没个不答应。”

闺女气得脸发青，嘶哑着说：

“我什么都明白，您参加了生产合作社，就黑眼白眼瞧不上单干户的闺女。”

桑贵老头锁着眉头，说：“你嫁出去十几年，真是一盆泼出去的水。你爹妈都是六十开外的老干柴了，不是照旧下地受累，你是帮过割把豆子，还是帮过砍棵高粱？”桑贵老头咳嗽两声，瞥瞥闺女，“要不是有生产合作社，俺老头子在技术组，你娘在托儿组，就凭这土埋半截的岁数，见天能吃上香油白面？”

闺女站起来了，眼圈红红着，声音有些哆嗦：“我不是不能当家做主吗？……”说着，一摔帘子跑出去。

在哗哗的秋雨里，传来珠子呜呜的哭声。桑老奶奶站起来朝外就走，桑贵老头从炕上跳下来，拉住老伴的胳臂：

“你家坐着吧！我去……”

桑老奶奶站住脚，说：“你去牵骡子呀？”

“不……”桑贵老头已经跑出屋子，他在雨地里使劲摇摇头，“我去安慰安慰她，别让孩子太伤心。……”

秋雨渐渐小了，淅淅沥沥地落着。影壁后头的洋槐，滴滴青地抬起头，在微微的秋风里，抖落叶子上亮晶晶的水珠。

一九五二年十月通州潞河中学　高中二年级

原载一九五二年十二月一日《天津日报·文艺周刊》

运河滩上

1

秋夜。

田野白蒙蒙，满地是秋虫吱吱的叫声，村外的白杨，在夜风里哗啦啦地响，青幽幽的月光，在薄扇似的叶子上蹦跳；一只山喜鹊，在窝里低低地喳喳叫，一两片青黄的叶子，轻轻地飘落在地上。

何梅子从场房回来，脸蛋像秋天的苹果，熟红熟红的。她的脑子乱得像是一团麻，一股夜风吹透她的豆青夹袄，头脑登时清醒过来。

她把披着的棉袄，紧紧地掩住怀，猛然想起：

“咳！这棉袄是林茂的……”

秋分那天，耿林茂到县委会去，在县里住了几天，县供销合作社跟他商量，要跟他们农业生产合作社订个五万斤小麦的结合合同；中秋节头天，他跟在农场学习完毕的春满一块从县里回来。当晚，就召集生产合作社全体社员，开个漫谈会。

大家挤在场房屋里，开着窗子，外面青石板似的天空上，银钉般的星星眨着眼。

从开头，就光听春满跟松福老头吵：

“老爷，您呀！您真是经验主义老祖宗，眼睛光瞅着牛角尖，就不会朝四外瞟瞟。”

“春满，别看你上半年上过农业技术训练班，那些书本上的学问，又没见真，未必顶用呀！咱这老经验，十顶十，没半点掺假……”

“老爷，咱说这小麦密植，农场里都试验出来啦！俺那班种的十多亩，每亩就收下八百三十多斤哩！”

“嘿！”大家吸了口气，咂着嘴。

春满赶忙补充说：“别看收下八百多斤，那还算是二不流呢！”

这番话，把大伙心气说旺啦，就像冬天的炭火盆那样热。

松福老头提高嗓子：“咳！咱们拜堂再唱喜歌，眼下还早呢！”大家登时寂然无声。松福老头又说：“春满那话咱全信，可是咱运河滩跟农场两股劲，地脉有分差，条件更比不上啦！”春满刚想插嘴，耿林茂站起来，点着头说：“松福老叔这个意思想得周全，您往下说吧！”

松福老头听主任夸奖，于是说得更带劲，那条铜钟似的嗓子，这时候分外响亮：

“咱运河滩有个歌：有钱难买五月旱，六月连阴吃饱饭。可是年年春天，眼睛瞪得核桃似的盼雨，麦子在那时节正叫渴，没有雨怎会旺盛？再说，咱这是头回试验，大家还是掂量掂量……”松福老头坐下，嚓！点起烟袋，吧嗒吧嗒吸着，大家的心气凉下来，春满皱着眉头，两洼清水的眼睛，盯着南山墙。

林茂说：“咱们的结合合同还没签名画押，种一顷五十亩小麦的提议还没有决定，大伙儿动动脑筋，人多出韩信，看松福老叔提出的那些难处，能不能解决？”

二号煤油灯的灯捻儿啪啪爆着花，林茂说：“大伙儿想着，我去把油瓶儿提来。”

他刚走出门，何梅子跟着出来。

“林茂，我脑子麻木麻木的，俺头前走啦！”

林茂拍拍她的肩膀：“穿这么单薄，小心受夜寒……”

何梅子点点头，说：“俺回去啦！”林茂轻轻紧赶两步，把棉袄披在她身上。

何梅子回到家，敲敲门环，院里吱扭一声响，东厢房出来人了。

“谁呀？”是个小姑娘的嗓音。

“我。”何梅子回答着，赶忙把棉袄穿上。

门开了，小姑娘披着件红棉袄，喜眉笑眼地看着梅子：

“姨，他们回来啦？”

何梅子扑哧笑出来：“他们他们的，谁呀？”

小姑娘淘气地眨着长眼睫毛：“俺姨夫他们。”

“小丫头片子，好厉害的薄片嘴！”何梅子笑着，要扯小姑娘的脸蛋。

小姑娘跳着躲闪，喘着气说：“姨，等我把门插上。”

她俩躺在炕上，小姑娘看清那件棉袄，小声嚷：

“姨，这是谁的？”

何梅子红着脸：“支书的，我给穿来啦！”

“嘿嘿……”

“兰香，春满……”何梅子急忙改个话茬，小姑娘果然不再言声，“春满可漂亮哩！穿着公家发的制服，脑袋上还留着个学生头，长得像杉篙杆子，还是那么瘦骨嶙峋；肚子里可装下不少学问，俺社的种麦计划，就是他跟支书一块核计的……”

“呵！他……”小姑娘在黑暗里抿着嘴笑。

“小丫头片子，喜得说话都不利落，小心咬下半截舌头。”何梅子给兰香掩严实棉被，自己躺在炕头，却合不上眼。夜，静静的，一头叫驴在吼叫。

2

太阳光把白杨树顶抹上一层金黄，村庄上空飘散着薄薄的炊烟，从炊烟里钻出一群麻雀，落在运河滩的田野上，几只长尾巴喜鹊，站在白杨枝头，朝着村里“喳喳”报喜。

村里，传来一阵阵杀猪声。松福老头靠着白杨，眯缝着眼睛，用胳臂碰碰蹲在旁边的何永发：

“老伙计，今年八月节，家家是喷喷香的炖肉，你怎么着？又是菜籽儿油炸豆腐。”

“你别挖苦我啦！”何永发敞着油泥磨亮的棉袄，“今年咱家也割下十斤肉呢！”

松福老头笑骂着：“你真不害臊，合家老少六七口，割下十斤肉，还不够塞牙缝呢！”何永发老头子一点不脸红，说：“你这老干柴，没儿没女没牵挂，咱拉家带口晚生下辈一大堆，不给他们积攒下些家业，日后让他们去喝西北风？”松福老头笑呵呵地说：“你简直是挑灰灌浆的老脑筋，死钻牛角尖；你没听林茂说过，将来到社会主义，凭劳动享福，不许指租子吃饭。你妹子就算是眼亮，年轻轻的寡妇，要是跟别人伙种那六亩地，撑破天也不过收十石粮，可参加农业生产合作社呢，今年人股地股得分二十石花红。”

“二十石？！”何永发眼瞪得像两颗核桃。

“那还有错！”松福老头高声喊。猛乍地，他看见梅子正朝这里走来，说：“你要是不信，就亲自问问她。”

梅子穿着豆青夹袄，茉莉花的夹裤，阳光照在她黑红的圆脸盘上，越显得美丽。

松福老头高喊：“梅子！你打扮得真漂亮，没听说你的喜信，怎么把嫁妆穿上啦？”

“老叔，您也跟我贫嘴。”梅子笑着说，“今年五谷丰登，咱乡下女人也该讲讲穿戴啦！”

松福老头笑啦：“梅子，老叔可喜欢你穿红戴绿，二十多岁正年轻！再说，你有那么多粮食。”

梅子没看见白杨树后的哥哥，她爽得站下来，跟松福老头闲唠叨：“一年到头，风霜雨露的，我真没白劳累，等过节后分红得把我那墙柜胆瓶，盆盆碗碗的全装满。”松福老头抢过来说：“也多亏农场给咱们的种子，还有按新技术方法整治……”梅子插嘴说：“咳！怎么把您的功劳忘了呢。”松福老头捻着山羊胡子，说：“你倒是不该把林茂忘喽，不是他奔波劳碌，处处新事新办，咱们社也不会这么满堂红。就说他提议小麦密植吧，我也从心眼儿里信得过他，一定不会砸锅，只是头回试种，又没个经验，也实在危险；还有春满那孩子，初生牛犊不怕虎，由他负责也不太牢靠。”梅子说不出话，只是一劲地“呵呵……”松福老头笑着说：“我知道你年轻，脑筋豁亮，不爱听老叔这些婆婆妈妈的话。忙你的事儿去吧！”

梅子低着头，拐过一堵墙角，听清场里砍肉的声音。迎面，春满提着半扇五花三层的猪肉，笑嘻嘻地走来。

“梅子婶！”春满朝她叫，“这是咱两家的肉，整整三十斤，支书临走嘱咐，让你去一块过节。”

“他到哪儿去啦？”梅子抬起头。

“到区委会去啦！昨晚半夜才散会，大伙提出满盆满碗的难处；天麻麻亮，支书就骑马走啦。”

“什么时候回来？”

“傍晌午。他急着吃你的炖肉呢！”

“那我就帮帮忙，要不然他得生吃烂咽。”梅子说着，径直奔宰猪的场里。

春满问：“肉够吃啦，还挑拣什么？”梅子说：“我去割十斤，送给我姐姐。”春满说：“她家喂着口猪，还张罗往外卖肉呢！怎不给你娘家送点节礼。”

“我，哼……”梅子摇摇头，“我还想给兰香扯两身花裤花袄呢！小丫头片子可懂得爱漂亮啦！”

春满提着半扇肉，慢慢往回走。迎头，兰香爹丁山旺挑着豆腐挑子，唱唱咧咧地从外村回来。

“山旺叔，您好啊！”

"呵，春满你长高啦！"山旺把挑子放下，拍拍春满肩膀。

"塔高塔高的，多糟蹋二尺布。"春满笑嘻嘻地回答。

山旺喜得合不上嘴："这半年都学习些什么？"春满笑着说："没跑出五谷杂粮。"

"饭食苦不苦？"

"一天三顿细粮。"

"好福气！晚上到我家去吃苹果。"

"好咧！"春满答应着走了。

山旺挑着挑子，路过白杨树下，何永发老头子正在瞌睡。山旺喊："石锁爹，我留下十几斤豆腐，给你们跟肉一块炖着吃吧！"何永发醒来，"呵呵……"地揉着眼睛。

一阵秋风吹来，从白杨树顶，洒下一团团黄叶。

3

中秋节。

梅子坐在林茂家炕头上，抱着林茂的儿子小地，小地睡得甜甜的，手里还攥着一个鸭梨；林茂满面红光，喝着香喷喷的茶水。

"你是社里的委员，可不能带头泄气，"林茂劝说梅子，"今年虽说是个满堂红，也值不得知足……"

梅子低着头："俺说还是种灯笼红的棒子，这两年都是丰收，牢靠。"

"你呀，玻璃镜子似的脑瓜，怎么糊涂起来？"林茂笑着说，"咱们运河滩上收下麦子，还能种晚棒子。”

“要是落个一窝烂呢！”

“不会。”

梅子抢过来，说：“眼下就摆着一片蒺藜狗子似的难处。”

“不怕！”林茂说，“我跟春满到县里跑跑，一定得解开咱们这个困难疙瘩。”

梅子不言声。门外，春满骑着辆自行车，朝院里喊：

“支书，俺到河边等着你！”

林茂向外回答：“好咧！”他朝梅子笑笑：“唉，你真是个死心窟窿。孩子跟你睡吧！夜里不尿炕。”

“好吧。”梅子仰起脸，干笑地说，“松福老叔还说我年轻心眼儿活呢！”

兰香家在村边有个苹果园，太阳斜照着一串串艳红的苹果，闪闪发光，密密的果树枝，挂着几片金黄的叶子；兰香把竹篮吊在枝丫上，她摘下一颗颗苹果，便轻轻地放在篮里。

春满骑着车跑来，兰香在树上看得清清的，她连忙挑两个顶肥实的苹果，塞在口袋里，抱着树干溜下来。

“春满！”兰香跑过来，眼睛笑得像两枝花，“你不是说到俺家吃苹果去吗？”

“这下子吃上嘴啦！”春满笑着说，“半夜赶回来，也不能敲你家的门去。”

“我给你留着，留顶红顶甜的。”兰香从袋里掏出那两颗苹果，“给你。”

春满接过来，笑嘻嘻地啃着，酽甜酽甜的果汁，从嘴角流下来。兰香看他已经快要把一颗苹果啃光，刚想问问农场里的新鲜事儿，这时，她娘在园里叫："兰香！快把果子抬回家。"

兰香噘着嘴，使劲地甩下袖子，嘟囔着走了。半途里，又折回来，悄悄地对春满说："明晚在白杨树下等你。"

"下晚太冷。"春满皱着眉头。

"不怕！"兰香摇着小辫子，跑向果园。

耿林茂骑着匹黑亮黑亮的马赶来，春满摇着手里满红的苹果："支书！尝尝。"林茂笑着点点头，刚要催马，背后丁山旺叫："林茂，站站。"林茂回过头，山旺从他们互助组的场里跑来，身上落满粮食的糠皮，他气喘喘地叮咛林茂："替咱给李县委捎个话，要他有空到咱村来。"林茂笑着说："捎话得捎个清清楚楚，要不然得埋怨我不会学舌。"山旺吞吞吐吐地："告诉他，咱想听听他的指示。"林茂插嘴说："你想听他什么指示？爽爽朗朗地说。"山旺不好意思地笑笑，说："别怄我啦！你肚里明镜似的，不说你也知根知底。"他不等林茂再搭腔，又说："顺便给看看土产公司苹果的牌价。"说完，就急急忙忙往回走，林茂在马上笑起来。

从村口到河边，是一条直溜溜的土公路，快到深秋，枯干的野花，散乱地倒在路旁。春满骑着车，林茂骑着马，他俩并排走着。

"兰香爹跟你说什么？"春满问林茂。

"你猜呢？"林茂吃着苹果。

"准是入社的事。"春满说，"兰香爹倒是个生产能手，就是墙头草。"

“今年咱社丰收，可真打动他的心啦！”耿林茂把苹果核儿扔到路边，“眼下他听说咱们要密植种麦子，又有点磨磨蹭蹭。”

“哼！也别笑他磨磨蹭蹭，咱们的社员呢！”春满越说越气，“梅子病病怏怏的，谁还看不出她的心思？松福老头吧，说话枪药味。”

“没关系，咱们从县里回来，就能治好大伙的心头病。”耿林茂抖动下缰绳，黑马一溜烟似的跑起来。

太阳快落西山，田野一片橙红，一群群肥囊囊的麻雀，从运河滩飞回来。

4

兰香家北屋炕上，圆溜溜的苹果堆得满满的，阳光斜照下，屋里亮堂堂，飘浮着香气；梅子、兰香和兰香娘，一溜坐在炕角，挑选顶肥实顶漂亮的放在旁边；小地在炕头，不声不响，独自个儿玩着绣花枕头。

兰香娘直起腰，擦擦鬓角的汗珠，看见小地在炕头磨蹭，笑着对梅子说：“你看，咱们也忘记给孩子苹果吃，这孩子也真乖，不哭也不喊叫。”说着，挑个满红的递给小地：“吃吧！甜的。”小地看看，摇摇头：“不吃，爹骂。”兰香抢过来说：“吃吧！娘让你吃，爹不敢骂。”梅子有姐姐在旁边，脸唰地通红，兰香娘白瞪白瞪闺女：“贫嘴！”小地眼睛瞧着梅子，梅子轻轻地点点头，小地连忙把苹果接过来。

“呵！满院子香喷喷的。”一条粗嗓子在影壁后头喊起来。

“石锁，来吃苹果吧！”兰香娘笑呵呵地朝院外喊。

“您甭张罗啦！”黑壮黑壮的石锁，笑眯眯地走进屋来，伸手就挑个顶肥实的吃，兰香红着脸，低着头不抬眼。

“姑！”石锁朝梅子跟兰香娘说：“俺爹让我来请您姐妹俩。”

兰香娘笑着问道：“这是干什么？”

“吃顿包饺子。”

兰香娘笑着说：“我是没闲空，一会儿你姑夫回来，还得把苹果装筐过秤，明天清早，就得送到城里土产公司。”

“您没闲空，那就让二姑去吧！”石锁眼瞧着梅子。

“我不去！”梅子板着脸，“石锁，替我问你爹好吧！”

兰香娘笑着拍拍梅子的肩膀：“妹子，去吧！头年秋天，哥哥私自给你找主，也不是想图彩礼……”梅子插嘴说：“不想图彩礼，倒想图我那几亩地。”兰香娘赶忙说：“哥哥千错万错，眼下总算跟你说下软话，燕子有个泥窝窝，咱们也有个娘家，看姐姐的面子，去吧！”

石锁吭吭哧哧地说：“二姑，俺爹是死脑筋，俺这当侄子的……”

“好吧，我再吃两个苹果，登时就去。”梅子长出一口气。

何永发家，坐落在村东头，半砖半坯的院墙，围着青蓝青蓝的四合房；院里，两只长脖白鹅，“哇哇”叫。

梅子走进院来，那两只白鹅弯弯曲曲地伸长脖子，梅子脸绷得硬邦邦，拾起一根青秫棒：“滚！不是要饭来啦。”正在土棚里筛草的长工老曹，跳出来吆喝：“这狗日的禽兽，真是有眼无珠，连姑奶奶都认不清。”梅子撇撇嘴：“哼！两眼不离财，还认得出姑奶奶。”

老曹走过来，压低嗓子：“梅子，不是老哥当面捧你上青天，你眼力真不差，支书那样的对象，真是提着灯笼都难找。跟着他过日子，永远不会走岔道，挑个喜兴日子，赶快结婚吧！”梅子脸上红红的，心里甜甜的，她岔过话头：“老哥，明年你还扛不扛长活？”老曹使劲地照地上吐口唾沫：“熬出来啦！欠你哥哥那五石粮食，本利还清。”

“冬天有着落吗？”

“有啦！”老曹摸着韭菜茬儿似的黑胡子，“我找支书去啦。他让我参加农业生产合作社，咱心里乐开了花，冬天在粉坊帮工。”

这时，石锁娘笑着走出来：“他二姑，怎么不进里院来？”

梅子冷冷地笑笑：“外院有鹅，里院有狗，我哪敢迈步？”石锁娘笑着说：“你别挑嫂子的错吧，光顾着包饺子，哪知道你来，进屋去吧！”

饺子盛在绿盆里，往顶棚上冒热气，一盏煤油灯，被熏得发蒙；何永发老头子朝梅子说：“吃吧，猪肉白菜的。”梅子品着味，说：“怎么不叫老曹一块吃？”何永发说：“不用啦，有荞面的，明天他就该吃下班犒劳。”他猛乍地转过话头：“听说老曹要参加你们合作社？”梅子点头：“支书的介绍人，大伙怕没意见。”“噢！”何永发问道，“今年你们是五谷丰收吧？”梅子说：“收成是不坏。”何永发仰起脸来，说：“风言风语，听说你分下二十石粮。”梅子心里动弹一下：“二十石还零几斗呢！”何永发单刀直入：“这些粮食，你打算怎么花？”梅子眼睛眨眨：“粮食还没分妥当，心里也没个算计。”

“我看还是买几亩死契地。”

“不……”梅子摇着头。

“你还是心眼直，人是苗地是根。”

“合作社不许买地；我把剩下的粮食入股，扩大再生产。”

“明里不露暗里买，我给你种着。”何永发盯着梅子，夹起的饺子忘记往嘴里送。

梅子从心里发呕：“不，我不想剥削人。”

“梅子！”何永发的脸紫红，嘴里喷着热气，“你真想嫁给耿林茂？”

“嗯！”

何永发把筷子放在桌上：“梅子！你知道林茂不顾家。”

“不怕！”

“他还有孩子呢？”

“孩子跟我亲生的一样，你还是别给俺俩挑拨吧！”

何永发气得暴起青筋：“我是一片好心，你却当成驴肝肺！”这时，石锁娘撩帘进屋，脸上像下层霜，指着老头子：“你就是人嫌狗不待见，人家心甘情愿，你犯得上多嘴吗？”

梅子从炕上站起来：“嫂子！你别指桑骂槐，妹子走不上岔道，你们瞧不着笑话。”说着，一阵秋风似的跑出屋来。

老曹从厢房出来，嘴里嚼着荞麦面饺子：“来！我给你看鹅。”他把梅子送到院墙外，笑着说：“梅子！别看你年轻轻的寡妇家，真有骨气。”

中秋节的夜，月亮藏在层层的白云里，梅子静静地在路上走着，她回味老曹的话，她盼林茂赶快回来……

5

半夜，春满骑着林茂的黑马，先从城里跑回来，跑到运河边，一股股湿漉漉的水腥气，迎面扑来，一簇簇野苇子，在月光下摇摆。

村里，公鸡已经在啼叫，春满把黑马拴在牲口棚里，抖抖露珠淋湿的衣裳，就径直奔村中间的兰香家来。

兰香起夜正清醒着，听见门环响和“兰香、兰香”的叫声，她穿上棉袄，拿起支窗棍子，悄悄地走出屋来；她靠着影壁，低声吆喝：“谁？”

“我。”

“你是谁？说名道姓。”兰香用棍子敲着地面。

“我是春满，快开门吧！”门外直跺脚。

“三更半夜，你找我来干什么？”

“快着！我刚从县里回来，傍亮李县委、张技师到咱村，把你给我留的苹果招待他们。”

“你等等。”兰香把扣子扣上，慢慢地把门闩拉出来，春满轻轻地跳进门槛，一把攥住兰香的手，兰香低声叫：“哟！你的爪子怎么冰凉冰凉的？”春满嘴唇哆嗦着：“从城里跑来，身子都冰麻啦！去吧！快把苹果拿出来。”

兰香从屋里背出盛得满满半洋面口袋的苹果，春满接过来，朝着兰香嘻嘻地笑；天空渐渐发蓝，小鸟在树枝上喳喳乱叫，兰香推着春满：“走吧，俺爹就要起来磨豆腐啦！”

兰香把春满送出门外，春满说：“你吃完清早饭，就跟俺们到运河滩去，张技师要验验地脉，县委要是有闲空，请他给咱团员讲讲话。”兰香咬咬嘴唇，说：“俺真想参加你们社，只是俺爹……”春满笑着说：“谁不知道你爹那脾气，光是看风使舵。”兰香生气地说：“俺爹呀！就是傻子过年瞧街坊，永远是尾巴桩子。”春满摇摇头：“你爹才不是傻子，他比谁都机灵，不出头露面，小算盘白天黑夜噼里啪啦响。”

“机灵？”兰香不肯信。

“他是正月十五观灯，瞧着合作社到哪步田地。”春满笑嘻嘻地说，“兰香，把你姨叫醒，让她去给县委预备饭。”

兰香刚要进屋，他爹从西厢房探出头来：“兰香！”

“唉！”兰香吓得声音直颤颤。

“春满来跟你说什么？”

“他说李县委傍亮到咱村来。”

“李县委要来？”兰香爹喜兴兴地，“兰香，快给县委送些苹果，光要满红的。”

“……”兰香没言语。

丁山旺朝北屋喊：“兰香娘！你来看磨，我看看县委去。”

兰香像一只狸子，轻轻地跳进屋里，一片月光照进来。

6

在耿林茂家东屋，炕上放着红漆饭桌，李县委坐在热炕头，吃着白薯粥，鬓角冒起汗珠，他笑嘻嘻地说：“真甜！真甜！”歪过头问张技师："喂，你说呢？"张技师眼镜上一层白雾，也连连点头："不错！不错！"李县委问耿林茂："老耿，这是哪位好把式，种出的白薯吃着像栗子味？"耿林茂笑着用筷子指指松福老头："远在千里，近在身边。"李县委笑起来："老叔的种地经验，那我知道得清楚，土改那时节，跟我讲了三天种园子。"说得松福老头腼腆起来。

"老张，"李县委对张技师说，"你得多请教这位老把式呢！"

"那当然，"张技师把碗放下，用手绢擦擦嘴，"论起种地来，咱还是晚辈。"

"不敢，不敢。"松福老头心里喜得冒油。

梅子撩帘进来，她挽着袖子，脸烤得透红；她不敢看李县委，却低低问林茂："粥够不够？"李县委笑着点头："够啦！够啦！真辛苦你。"他朝四外看看，春满正稀里呼噜地喝着，赶忙改嘴："说错啦！俺这个小伙子还没吃饱。"

"饱啦！"春满把最后一口粥咽进肚里。

太阳照窗棂，大家直奔运河滩，耿林茂陪着李县委，张技师和春满把松福老头夹在中间，无边无沿的人流跟在后尾；刚出村口，碰见从外村卖豆腐回来的丁山旺，他笑着说："县委，晌午到我家去吃饭，记住！"

"李县委！你好。"一个小姑娘清脆地喊。

"好，借你的吉言。"李县委跟那小姑娘逗笑；他低声问耿林茂："这小姑娘是谁？好眼熟！"

"丁家的兰香。"

"呵！那小鬼丫头，土改时节不是儿童团副团长吗？眼下出挑得这么漂亮。”

“嘿，正跟春满谈恋爱呢！”

李县委的眼睛，看着前边扶犁的梅子：“老耿，你俩不错吧？”耿林茂脸通红，说：“还没说到结婚……”

“她是个能吃苦受累的人，跟你死去的老婆差不多。”李县委瞧瞧耿林茂，“小地娘出殡，我也没空来送……”

来到地边，一顷五十亩黑土地，躺在运河滩上。春满牵着牲口，梅子摇起鞭子，一条线似的耕起来，黑土翻着花，露出深深的垄沟。张技师捡起一块土疙瘩，用指头碾得粉粉碎，检验半天然后给大家看：“这土脉多肥，有股子香味；再看！阴湿阴湿的，正好种麦子。”他问松福老头：“您说呢？”松福老头微笑点头，张技师笑着说：“老叔，您别客气！”松福老头笑着嚷：“咱在自家炕头上，还能客气？咱从心眼儿里说吧，你真是个好把式。”

“哈哈……”田野上一片笑声。

新犁耕完两垄回来，松福老头跑过去量量，皱起眉头：

“麦垄挤得太严紧，上起虫子就得乱营！”

“不怕！”春满插嘴，“勤耨草，让垄里老是清爽；麦子再勤整治，虫子就闹不起来。”说完，眼睛盯着张技师。

“对！”张技师点点头，“人勤地不懒。”他从绿帆布袋里掏出一个纸包，揭开来看是冬小麦种子，亮晶晶饱饱实实的。

“这种子不会上虫子。”

“这块地得紧出多少条垄！”耿林茂满脸喜气，“大伙算算账，密植怎会不丰收？”

李县委笑着说：“大家心里都有什么难处，尽管抖搂出来，县里一定钻天劈缝给想法子！”耿林茂指指运河：“县委，咱想从这条河挤出油来！”

“走！到河边看看，瞧瞧怎样挤油！”李县委带领大家，踏着田野的生土疙瘩，跑向河边，春满像一只燕子，领在前头。

秋季里，运河的河水清蓝清蓝的，西风吹起一片片水波，静静地向东流；几只黑油油的燕子，在阳光下闪着紫光，白肚皮儿擦着运河河面，钻上瓦蓝瓦蓝的天空，一道亮闪似的飞向南方。

在河拐弯处，有一条洼沟，洼沟长满蓬丛丛的河柳，斜对着生产合作社的地头；耿林茂站在沟边上，笑着对李县委说：“俺们核计着，想把这条沟引到麦地，就再不怕春旱。”

“你们得借道别家的地呀？”李县委看着耿林茂。

耿林茂笑着回答：“没关系，咱们加倍赔偿。”

“大家同意吗？”

大家豁着嗓子喊：“同意！听您的意见啦。”

“你们也没吃亏，还占着老大便宜，怪不得你们齐喊同意！”李县委逗笑地说，“这一来，往后就旱涝全收哩！”

春满等不住，说：“县委，您说政府允许吗？”

“这还要商量商量，上级倒是有过指示。”李县委说，“我跟农建科谈谈，租给你们十几辆水车。”

掌声像夏天的暴雨，混着哗哗的河水，像是一串串的雷响。

耿林茂高喊：“咱们回村吧！县委还要给咱们讲讲话；吃完晌饭，合作社全体社员在场房跟县委座谈。”

兰香跳起来："县委！俺代表团支部，请您给全体青年团员作报告……"

李县委认出是兰香，笑呵呵地问："你担任什么工作？"

"团支部宣教委员。"

"不是儿童团副团长啦？"

"年岁大啦！"

大家愉快地笑着，陪李县委回村。

运河滩上，荡漾着幸福的笑声。

7

老曹吃着下班犒劳——猪肉白菜的饺子，嚼在嘴里喷喷香；何永发叼着烟袋，坐在门槛上，慢慢地说："兄弟，尽饱吃吧！这饺子油多肉肥；说真话，咱从来没把你当长工看，往后你自己刨种，咱还帮工搭套。"老曹嚼着饺子，咕哝着："咳，过两天再说吧！"何永发敲敲烟袋锅："我的地多，可是有辆黄光瓦亮的花轱辘车，还有匹六岁口的灰儿马；咱们两下都不吃亏。"老曹站起来，抹抹嘴角，伸个懒腰，笑着说："这饺子真香！"

"喝碗茶吧！"何永发指指锅台上的茶壶茶碗。

"不啦！"老曹已经走出门外。

"怕什么的，不多坐会儿？"何永发喊。

"李县委给讲话呢！"老曹在院墙外回答。

石锁娘气哼哼地数落老头子："你是假鬼头，一顿饺子能把他留住？耿林茂早把他说活心啦！那天梅子来，也跟他嘀咕老半天。这顿饺子糟蹋多少油跟肉，过节时都没舍得吃！”何永发不言声，闷着头吃那些剩饺子。

“石锁呢？”

“还不是到运河滩乱跑去啦！”

“这孩子心眼儿也活动啦！”石锁娘叹口气，“都是兰香那丫头片子……”她用个绿花碗，给石锁留起冒尖冒尖的饺子。

石锁跟大伙一起欢笑在运河滩上，李县委逗兰香的时候，他脸上一阵阵发热，心里却慢慢凉下来，当他抬起头，一双眼睛落在他脸上，那是瘸杨五家的玉莲。

在小学教室，李县委要给青年团员讲话，李县委跟春满商量一会儿，春满就抢着朝外喊：“兰香！把团员都喊来吧！”

“好咧！”兰香摇着小辫子，到各家吆喝。

在外面徘徊的青年团员，咧着嘴走进屋子，剩下孤零零的几个，挤眉搭眼地要回家；春满忙问县委：“非团员能不能听？”县委点点头：“可以。”于是他高声喊：“石锁、玉莲，你们回来……”

春满把桌子摆正，放个藤套暖壶，李县委就讲起来。春满刚刚坐下，兰香就贴他耳边，悄悄说：“怎么石锁也来啦？”

“听听怕什么？年纪轻轻的，谁愿意当榆木疙瘩？”

“他……”兰香皱着眉头。

春满白瞪她一眼，低声说：“听讲！满脑袋光想私事，就不想想团结广大青年群众。”

石锁跟玉莲背靠背坐在墙角的桌子上，听县委讲农村互助合作运动。玉莲低低问石锁："咱两家换工互助，你家怎没回音？"石锁说："我还没敢跟我爹念叨。"玉莲撇撇嘴："你家也不吃亏。俺家不过是图你家有牲口车辆，免得河滩地白糟蹋；种西瓜可脑袋疼哩！"石锁说："我知道，就是俺爹……"玉莲说："让春满帮帮忙。"

散会时，石锁头个走出屋外，等到春满从里边出来，他拉着春满到小学校外面。

"什么事儿？"春满问。

"瘸杨五家的玉莲，前天傍晌午跟我说，她跟她爹给俺家种老荒坡的三亩西瓜，俺家给她种运河滩的七亩地。"

"太合算啦！瘸杨五是种西瓜的老把式，你愿意吗？"

"我是愿意；这是小互助组呀！"石锁说，"就怕俺爹死不答应，你给想个法子。"

兰香瞪着眼睛，看见他俩钻进柳丛，坐在白沙滩上。

8

夜晚，耿林茂跟春满，把李县委跟张技师送到公路上，耿林茂说："老李！你有什么嘱咐？"李县委想起来，这像是在三年前的春天，他调到县委会工作的时候，耿林茂也是送他到这里，也是说："老李，你有什么嘱咐？"

李县委想想说："要把你跟我说的计划，来个满堂红。"

耿林茂点着头："保证！"

"赶快分红，吸收一批新社员。"李县委慢慢地说，"县里把你们看作是一杆大旗……”耿林茂点着头。

“有难处，就赶紧找区委，我已经叮咛他们，”他看看耿林茂，“组织全区力量，支持你们丰收！”

那边，张技师叮咛春满：“要时常到农场来，咱们大家常碰头商量。”春满高兴地回答：“好咧！”

李县委说：“春满这小伙子，将来很有希望成个农业专家；他根底儿清白，性情爽朗，你要帮助他入党。”

“我正帮助他！”

春满跑过来：“县委，给我下个命令吧！我保证完成。”

“立正！”李县委笑着喊，“要跟松福老头紧紧团结，多多请教老把式；把技术组领导起来，提高农业技术；你不要骄傲自满，自己要成个技术能手。能办到吗？”

“能！”春满立正回答。两洼清水似的眼睛，在月光下发闪。

李县委拍拍他的肩膀：“好小伙子！麦收时节我要来，要是没完成命令，我可不答应。”

他俩又送出半里地，李县委说：“回去吧！农场的麦种很快就送来。”耿林茂红着脸，把李县委拉到道旁，低声说：“老李！你对我跟何梅子的事，有什么意见？”

李县委敲敲脑袋：“咳！瞧这个坏记性。何梅子是个好妇女，你跟她结婚很配；别让她做你的尾巴，像你死去的老婆，瞧见你的缺点，就一点不留情面地提出来！”

“……”耿林茂使劲地点着头。

耿林茂和春满回到村子，路过白杨树下，“林茂！”是何梅子在那里。

“李县委解开了我的思想疙瘩，”她笑笑，“俺们妇女组全体通过，同意你跟春满提出的种麦计划。”

银白银白的月亮，照亮运河滩，这正是中秋美丽的夜。

9

朝霞在东山顶飘浮起来，运河滩上慢慢布满金色柔和的阳光。合作社的场里，堆满照花眼的粮食，耿林茂和春满抱着账簿，会计清脆地拨着算盘，几个小伙子掌秤过斗，何梅子跟松福老头把住场口，朝外喊：“孟老婶家的车，进来吧！”……

外村的像是来赶庙会，在场外围得密密麻麻，丁山旺卖豆腐跟他们是熟脸，在他们中间笑嘻嘻地说话。

这时节，林区委带外村几个准备转社的互助组长，急急地走来，他们看着丁山旺，笑着说：“你们互助组怎么样啦？”山旺笑嘻嘻地回答：“瓜熟落地！随了林茂他们。”他指指场里：“看我闺女！”兰香正轻巧地给孟老婶往车上扛粮食。

“石锁他姑夫，你出来！”石锁娘在圈外气喘喘地喊。

丁山旺挤出来，石锁娘把他拉到墙拐角，说：

“石锁跟他爹吵嘴，气得他爹摔了四五个绿花碗哩！”

丁山旺跑进石锁家的院子，白鹅在猪圈旁窝缩着。里院，何永发老头子正在吼叫：

“你个浑小子，想给我败家……”

“春满的主意正确。”石锁叉着腰嚷，“那片荒坡，不种西瓜，秋天能落下什么？”

“混蛋！春满……”何永发看丁山旺进来，忙咽回肚里。

“爷儿俩拌什么嘴？”山旺笑着问道。

“姑夫，您听我从根到梢说说。”石锁咽口唾沫，湿湿干哑的嗓子，“春满帮忙，俺跟瘸杨五叔换工互助，俺家在老荒坡的三亩破烂地，他家也有二亩多，由杨五叔种西瓜；他家在运河滩的七亩地，俺家给折工代耕。”

“你爹答应吗？”

“答应啦！这明明是便宜事！”石锁说，“眼下人家要耠麦子，俺爹偏让我去赶脚赚零钱。”

“石锁爹，赶脚每天能落多少钱？”丁山旺问坐在房檐下的何永发老头子。

“赶上好运气，落个两三万块钱（旧币）！”何永发说。

“两三万？！”石锁抢过来说，“别做梦吧！”

“石锁爹，你真是不会算账。”丁山旺说，“耠麦子费三天工夫，合七斗棒子；那三亩荒坡种西瓜，比杂粮多收多少？”

“那太多啦！”石锁笑着说，“往年在荒坡上拼死拼活，每亩也就收下八九斗；人家瘸杨五叔保证，这三亩荒坡得出产六石粮！”

“你瞧瞧！”丁山旺点点何永发。

何永发咬着烟袋，喃喃地说：“过晌午给瘸杨五叔去耠麦子。”说着就走进土棚子，要收拾那落满尘土的老木犁。

丁山旺拉住他的胳臂：“晌午再收拾，去看看合作社分红！”

合作社场里，响起来一片歌声，兰香那清亮的嗓子，就像是夏天树林里歌唱的布谷。

一九五二年丰收的秋天，耿林茂合作社的满堂红，惊动着运河滩的村村庄庄；明年，他们会更加根深叶茂，会开放出更鲜艳的花，结出金色累累的果实，运河滩也会有更加丰收的秋天！

一九五二年十一月潞河中学　高中二年级

原载一九五三年六月四日《天津日报·文艺周刊》

收入短篇小说集《中秋节》时改题为《中秋节》

山楂村的歌声

1

七月，正是运河这一带平原长期落雨的季节。

急雨像饿狼似的吼叫，运河滩是一片白茫茫的世界；穿过一道刺眼的闪电，跟着便在半空中响起山崩似的雷声，一阵狂风夹着豆大的雨点，骤然间哗哗地倾倒下来，雨更大了。

在山楂村头，一棵歪脖儿枣树，青枣子结得黑郁郁的，被拦腰劈裂开来。

富贵老头，顶着个麻包片，从村外奔回来，急雨打得睁不开眼，那棵横躺在道上的半截枣树，绊了他个筋斗，他爬起来，身子踉踉跄跄的，到了家门口，便一头倒在篱笆上。

“爹！”正在外屋端着脸盆接雨水的银杏，一声尖叫，扔下手里的盆子，从门槛里跳出来，两手沾满稀泥，跑到篱笆外扶起她爹。

富贵奶奶正在东屋忙碌，她把被子堆在炕角，卷起炕席，炕头摆满盆盆罐罐，雨水从屋顶漏下来，叮叮当当地乱响。听见银杏那声尖叫，她忙跳下炕，这时老伴像个泥鬼似的被女儿搀进来，她急问：“哟！我的老天爷！这是怎么啦？”

富贵老头坐在锅台上，眼珠一动不动，沉重地喘着气，不言语。

在西屋炕上躺着的福海，趿拉着鞋走出来，问他爹：“咱村东地里的水怎么样？”

富贵老头白瞪了一下眼，长出口气：“完了！”

“怎么？”富贵奶奶惊惧地问。

“水窝住了，足有蹲裆深！”富贵老头的脑袋耷拉在胸前。

屋里的人都沉默了。富贵老头两手紧紧地捧着头，福海在靠墙根圪蹴着，瞅着这一堆人，眉头子耸起个小疙瘩。

“唉！”富贵奶奶拍打着手，“老天爷，要命的老天爷！”

“哼！要命的不是老天爷，是咱们的大姑奶奶。”福海老婆在西屋里说了话，“河滩三亩好地，红英带走了，留下个蛤蟆坑，怎会不遭罪呀？”

富贵奶奶听见儿媳妇这一搭话茬儿，怕惹起没完没了的闲言淡语，便吓得不敢言声了。

银杏噘着嘴，不服气：“那块地俺姐姐带走正好，要不然咱在人家合作社的大块地里插一脚，两不方便。”

“我知道你想学她！”富贵老头暴躁地喊叫。

福海老婆一阵冷笑：“爹！这您倒别先提着心，还没听说咱二姑娘找着对象了呢！”

银杏气急了，委屈地喊：“一家子拿我出气，我是个铁石头子，嚼不碎，崩了牙，咽不下，卡住嗓子！”

“住嘴！”福海霍地站起来，闷声闷气地吆喝，“快饿死了，还斗嘴，快把屋子收拾收拾，我再到地里去看看。”

说着，披起麻袋，跑出院子，扑进急雨里，不见了。

“怎么办？东屋没法住了。”富贵奶奶低声叨咕着。

银杏胆怯地瞟了一下她爹，小声地说：“我到俺姐姐那里借宿去。”

“不许去！”富贵老头闷雷似的喊了一声，然后就痴呆呆的，像一座泥胎，一动不动地坐在锅台上。

2

福海紫涨着脸，从自家的地里蹚出来，气急败坏地奔麻宝山家去了。

麻宝山在家里也正发愁，低着脑袋在屋里蹭蹓；他老婆在炕头拆铺衬，儿子坐在靠炕沿的椅子上，无聊地翻着一本破唱本。

麻宝山站住脚，听了听，说：“雨住了！”他咬了咬嘴角，又溜达起来。

“怎么办？”他像是问自己，又像是说给老婆、儿子听。“地里窝着水，可怎么戽下去？只有一条道，扒开垄埂子，借道福海家的地，入合作社的引水沟，进村东水池子，再往河里流。福海家跟咱们有疙瘩，合作社……”

儿子把那破唱本扔在炕上，翻着白眼：“春天合作社开渠，跟咱们两相宜地换地，咱们跟人家为难，眼下求人家，舌头短！”

麻宝山一天天感到儿子不听话了，但是却越来越害怕儿子跟自己两股心，因此儿子说出的话，虽然噎得难受，也就忍了，他仍旧默默地溜达。

“麻宝山，你出来！”突然，院墙外有一个粗野的嗓子喊叫。

“谁呀？”麻宝山在屋里问道。

“你出来！”福海已经站在门外。

麻宝山老婆脸贴着小块玻璃窗，向外招呼：“他福海叔，屋里坐。”

麻宝山也笑着说：“福海兄弟，进来吧！”

“别装模作样啦！你做了亏心事。”福海在外面跺着脚喊。

麻宝山唰地变了脸，走了出去：“福海，你这是从哪儿说起？”

福海圆瞪着眼睛，挺着脖子，“问你自己，就知道了。”

麻宝山压着怒气，冷硬地说：“打开天窗说亮话，别这么不干不净的！”

“我问你，”福海手指着麻宝山，“你为什么扒开垄埂子，往我的地里放水？”

“胡说！我压根儿没出门。”麻宝山脑袋都气涨了。

“你甭狡猾！”福海向他走近一步，“明明有口子。”

这时周围已经挤满人，福海全家都赶来了，银杏抱住一棵湿淋淋的小枣树，一对水溜溜的黑眼睛，胆怯地望望像头惊牛似的哥哥，望望麻宝山那蜡黄的脸，抹回头，一溜烟跑了。

福海老婆从鼻孔里哼出一声冷笑：“春天下雨，你怕雨水流进俺家地里，垒了一圈垄埂子，如今下大雨，你又扒开口子放水，你倒真会送礼啊！”

“天地良心！”麻宝山拍着胸脯，嘴唇直哆嗦，声嘶力竭地喊叫。

福海一把抓住他的褂子：“我不听你的花言巧语，你给我把水淘出来！”

“你欺侮人！”麻宝山也揪住福海的领子。

“住手！别打架！”

一个小伙子，从外面闯进来，他两手急忙抓扯住福海和麻宝山的腕子，两眼滴溜转地看着他们，谁也动不了手。福海一看，是合作社的新式农具组长、村团支部书记春宝，也就怔住了。

他捯过一口气，说道：“你们打的是糊涂架，有破坏分子！”

“咦！”大家惊叫起来。福海跟麻宝山软软地松了手。

“抓住了吗？”麻宝山儿子大声问。

“人跑了。”春宝大口喘气，“治安委员带上民兵追去了。你们两家人打架，不正好中了坏分子的诡计？”

“大家别心慌，区里已经知道这回事，咱们村里加强警惕就是了。”

圈外一条响亮的嗓子，平静地说道：“咱们洼地里窝着水的各家，紧要的是想办法排水！”

那说话的是合作社主任、党支部书记刘景桂。大家自动让给他一条路，他走到人堆里面，刚才一阵吵翻天，跟着哑静下来了。

“宝山哥，你去把垄埂子堵上吧！”

“不是我扒的，我不吃这个哑巴亏。”

刘景桂笑着劝福海说：“那么福海兄弟你去堵上。”

“不能去！”福海老婆厉声地命令丈夫。

刘景桂老婆冷笑道："福海家，你这是存心跟谁过不去？"

刘景桂严厉地瞪了他老婆一眼，仍旧笑着劝道："你们别闹气，还是去堵上口子。"

福海挽起袖子，骂他老婆："滚回家去！"然后道歉地说："景桂哥，你别过意，我去堵住。"

"福海叔，我跟您去。"麻宝山儿子从人堆里挤出来，到院里拿出两把铁锹，递一把给福海，两人踩着路上的稀泥浆，噗嗒噗嗒走远了。

3

跟着是个响晴的天气。

湛蓝的天空，仅有几朵不动的白云。吉鸟躲避着毒热的阳光，在密密的树叶下烦躁地叫；村头树丛里，山鸽子不停声地、单调而沉闷地歌唱；银白的水鸟，像一道暴风雨中的闪电，在运河上嬉闹。

多么美丽晴朗的夏天！这正是运河平原充满希望的劳动季节。

但是，在富贵老头家，却像往日一样，弥漫着忧愁的空气。

富贵老头坐在屋檐下，一袋袋地吸烟，眼睛里生出一道道红丝。地里像是一口热水锅，庄稼看着就要煮死；他的心，也像被泡在滚烫的水锅里，一阵阵发麻、疼痛。

青纱帐里，飘出合作社排水队欢唱的歌声。年轻小伙子们的心胸，就像这晴朗的天空，这边歌声刚落，那边又升起更高的姑娘们的声音。他们那嘹亮的歌声，穿过一望无边的绿色的庄稼地，震动着整个运河平原。

银杏听得呆了，后来歌声被南风吹断，她看看她爹，说："瞧瞧人家合作社，一边排水，一边还人工授粉。再瞧瞧咱们，哼！"她白瞪着眼，撇撇嘴。

"小孩子，不知道替大人省省心，总是爱多嘴！"富贵老头无可奈何地数说女儿。

"多嘴！我走。"银杏站起来就走了。

福海老婆坐在蒲团上，搂着孩子吃奶，一面说："反正不能输这口气。麻宝山倒不傻，春天天旱，他垒埂子，眼下窝了沥水，想从咱们地里借道，还不肯把埂子扒了。哼，不行！不能让他得着便宜卖乖乖。"

全家都不言语，死静死静的。

"不管怎样，这让景桂作难，人家是一片好心，想搭帮咱们。"福海抱歉地说。

他老婆抢嘴说："这又不是咱们跟他过不去，是麻宝山啊！"

富贵老头磕灭了烟袋锅，高兴起来："景桂心里一定不满意麻宝山。你们想想，春天里，合作社急得像热锅上的蚂蚁，想开渠，吃着亏跟他换地，他还存心拿大头，这能不结疙瘩？再说现在，景桂一心成全两家，他偏偏不让步，这真是跟景桂过不去！"

富贵奶奶突然趴在老伴儿耳边，机密地说："我看不如求求红英，让她说说情，单给咱家排水；你知道，红英她女婿是社里的技术组长，社里又特派他到农场去学习，景桂可另眼看待她家哩！"

富贵老头皱皱眉头。

"除了这条道，就真没路可走了。"富贵奶奶看着老伴儿并不坚决反对，就大着胆子决定了。

福海老婆很快地就看出是怎么回事，但是这次却没像从前似的冷笑几声，说几句不酸不咸的讽刺话。

看着儿媳妇把睡着的孩子抱进屋去，儿子也到外面去了，富贵奶奶连忙到下房里，拿出藏起的一小篮鸡蛋，偷偷地奔红英家去了。

女儿是娘身上落下的肉，但是如今却生分了。一年半前，红英出嫁的时候，因为她的女婿根旺是合作社社员，所以她坚决要河滩跟合作社搭边的那三亩地做陪嫁，而那三亩地却是全家最上等的地。当时福海两口子跟红英吵翻了天，但是终归让红英带走了。富贵老头心疼那块好地，又看着儿子离了心，当时狠心地对女儿说："你祸乱了全家，就永久别再想蹬我的门槛！"

红英，那时刚十八岁的姑娘，一滴眼泪也没有，绝情地说："打棍要饭，也不从你们家门口路过！"

她跟着根旺，跟着社里的人们，幸福地过着日子，真的一年多没回过娘家的门。

就是这样，他们虽都住在一个村里，却不再往来，不通信息，富贵奶奶怕儿子儿媳，又怕老伴儿，不敢去看闺女，有时候在路上偶然碰见，磕磕巴巴地也说不出个什么来，而红英脸上那种故意躲避她的神色，反倒使她伤心。

红英家住在村南，是个窄小漂亮的院子。富贵奶奶进了门，从玻璃窗看见红英侧靠窗台，正剪着小衣裳，旁边还坐着个姑娘，背着窗户，看不清是谁。

富贵奶奶走进外屋，里屋并没有发觉，她突然一阵心酸，喉头哽咽了。

“红英！”她眼泪簌簌地流下来。

红英撂下剪子，吃惊地回过头，慢慢地转过身子，她的腰身已经显得非常圆实饱满了。

“娘！”红英叫。

富贵奶奶进了屋子，猛一见炕上坐着的姑娘，原来是二女儿银杏。

“银杏，你也来了？”

“在家里受着一肚子肮脏气，还不许躲出来！”

银杏噘着嘴，溜下炕，不高兴地走了。

“娘家人把我忘死了，有个亲妹子惦记着，倒是我的福气呢！”红英眼圈红了。

“傻丫头，难道娘没揪心挂肠地惦记你？”富贵奶奶用衣角擦擦眼泪，一面把鸡蛋从小篮里捡出来摆在炕上，“你快坐月子了，给你送几个鸡蛋；娘是块窝囊废，不能当家理计，这是瞒着你那刀子心的嫂子，一天一个积攒下来的……”

红英没有说话，捡起剪剩下来的一个小布条，在左手指上使劲地绞来绞去。

娘呆呆地坐着，许久，长叹口气，眼泪挂在皱巴巴的脸上：“整天累得直不起腰，还要听闲言碎语，真不如参加你们合作社。我就在托儿组挣分，加上你那三亩地分红，也吃不了喝不了的呀！”

女儿呆坐着，长时间的隔离，母女感情疏远了，虽然心里也一阵阵发痛，鼻孔酸溜溜的，但是却说不出一句安慰母亲的宽心话。

富贵奶奶把女儿屋子角角落落的收拾了一下，看着还没剪裁好的小花衣裳，禁不住又流下泪来。她用手背擦了擦眼，轻声地说：“红英，我走了。”

红英送出来，说：“娘！您常来看看我，我心里也想你们，您替我问俺爹好。”又红着脸，“我还有一个多月，那时候他也该回来了，俺婆婆伺候得很周到，您甭惦记。”

富贵奶奶点点头，难过地走了。快走到自己家门口时，她才猛然想起来，原来自己把正经要说的，叫女儿到合作社去求情的话，全给忘记了。

送回母亲，红英回到屋里，又坐在炕上剪起小衣裳来。刚刚动了几剪子，忽然想起从银杏口里听到的娘家的情形，她出神地想了想。……要是把娘家的情形跟景桂说一说，看合作社可不可以帮助把田里的水排出去，景桂该不会说她完全是出于私心吧？……她扔下剪子，到景桂家去了。

她刚踏进门槛，就听见北屋不同声调的语声，像是辩论得很激烈；她不好硬直闯进去，打断他们的话，也怕被他们看见，终止了讨论。于是她便躲进院角落的葡萄架里。

从层层葡萄叶子的空间，她看不清北屋晃动的人影，但仍能从语声听出是三个人：一个是刘景桂，一个是刘景桂的老婆秀芝嫂，另一个是病倒很久的副主席春枝。

刘景桂那坚强的声音：“不能再强调困难了！你们队虽然抽出几个人去排水，也还要出往日那么多活，不然，人工授粉错过了节气，就要减产；咱们洼地里的水戽干了，还要去帮单干户，你们得紧张几天。春枝说得对，在这次突击里带头的人，完秋社里要发给奖金！”

这一定是指示秀芝嫂工作。

好像秀芝嫂不满意地低声唠叨了几句。

“我看，我也跟你们下地吧！”是春枝那病弱的声调。

刘景桂笑着说：“你在家里养身子吧！别把病拖拉到秋后还不复原，那时候全社都该骂你了。这个任务，你放手给她们！”

刘景桂一方面是关心同志，一方面也是相信自己的老婆。

沉了沉，红英以为他们争论完了，她刚要从葡萄架里出来，又听春枝问道：“福海跟麻宝山他们两家怎样了？”

刘景桂慢慢地说：“还没结果呢！麻宝山不肯全扒了田埂子，福海就不肯让他借道，他地里的水排不出，论理，福海家没有不是；看样子麻宝山不答应也没办法了，再搁两天庄稼就会烫死。”

“得啦，半斤八两，针尖对麦芒，福海老婆那心肠，哼！”秀芝嫂抢白丈夫。

“景桂哥，咱们也不能不小心，”春枝低低地说，“因为有红英这层关系，别让人家说咱们偏向福海家，挤对麻宝山。那样一来，咱们帮了忙，倒没起到好作用。”

刘景桂忙说道：“我也想到这一层了，福海找过我，让咱们单给他家挖沟戽水，我没答应。”

听到这里，红英陡地一阵脸热，赶忙从葡萄架里出来，慌慌张张地回家去了。她心里暗暗说，但愿他们没有看见我的影子。

4

就在同一天的夜晚。

秀芝嫂坐在炕上，两个孪生的孩子在炕角静静地睡着。她呆呆地从玻璃窗望着小院子。小院子笼罩在夜色里，银白银白的月光铺满地上。院角落那架将熟的葡萄，散发着薄薄的香气；从那密密叠叠的叶子里，垂露着累累的葡萄珠子。一股股清凉的风，吹得葡萄叶子簌簌发响。

秀芝嫂长叹一声，把脸埋在手掌里，窗根下，有一声单调的蛐蛐叫，许久许久，她抬起头。

刘景桂无声地走进屋来，秀芝嫂胆怯地望着他。

“还没睡？”刘景桂把褂子搭在吊杆上，在炕上摸索着芭蕉叶儿扇子。

秀芝嫂没言语，默默地把扇子递给他，低下眼皮，又忙抬起来。

丈夫跳上炕，脸上闪过一片月光，“明天在你们生产队下地前，要公开批评你，春枝去代替你的工作。”

秀芝嫂好像看见了丈夫铁青着脸。

秀芝嫂的睫毛抖动了一下，心陡地收缩了，她死死地咬着嘴唇。

刘景桂靠着窗台，沉默地扇着扇子。村庄静静的，院子里满地的月光，一动不动。那一对孪生的孩子，踹开了盖在他们身上的小花被单儿，露出穿着红兜肚的肥溜溜的小身子。一个孩子睡个仰八叉，另一个孩子侧着小胖脸儿，平静地出着气，香甜地沉睡着。

“你想想，你犯了多大错误，”丈夫的声音里一点原谅也没有，“十二亩人工授粉的任务，只完成七亩，春枝带病下地检查工作，批评了你，你还不服气，争嘴。误了节气，你给全社造成多大损失！”

秀芝嫂脸白了，月光照进来，这个小巧的女人，就越发显得瘦小；她许久许久地捂着脸，丈夫那种严厉的态度，使她那傲性的心，疼痛得痉挛起来。

半夜，丈夫醒来了，看见她还坐着没睡。

“你还没睡？”他睡意蒙眬地问，但却温存多了。

“怎么还不睡呢？”丈夫坐起来了。

“不困。”她的嗓子堵塞住了，轻轻地回答。

丈夫望着她。

“心里真难受！”她长叹口气。

丈夫靠近她，低沉地说：“你想想，你们人工授粉不能按照计划完成，咱们排水的人心里都不踏实了。谁还去想帮忙单干户？眼下麻宝山跟福海家好容易撮合一块，就等咱们搭帮他们了；你们这一来，他们多心了，福海老婆就说，这全是秀芝嫂报私怨。你看，影响多坏。”

丈夫的声音虽然还很冷峭，但已经是平心静气的了。

“是我错了。”她把头靠在丈夫的胸膛上。

丈夫轻轻地拍着她的身子，说：“困难是一点不假，头顶上毒热的太阳，脚底下一步一陷的湿泥，青纱帐里跟蒸笼似的；可是泄气的话不能从你嘴里说出来啊！大家跟着你打仗，你先缴了枪，难怪人家春枝不放心。”

她把双手紧紧扒着丈夫的肩膀，激动地出着气。

“睡吧！”丈夫把她按倒，给了她扇子，她躺下，背朝着丈夫，眼泪落下来，她用手去捂，落在手心上。

天蒙蒙亮，刘景桂不声不响地醒来了。拍着被他惊醒的孩子，下了炕，洗了脸，便悄悄地做起饭来。

秀芝嫂睡醒，只闻见一股饭香气，她忙坐起来。刘景桂进屋来说：“吃饭吧，快到春枝那里去。”

秀芝嫂踌躇了一下，说道："别让春枝下地吧，不是我脸上过不去，她的病实在重啊。"

丈夫笑着似乎要打断她，她忙抢着说："下地前，我一定跟大家检讨，你不信我吗？"

丈夫笑了。

5

第二天晚上，吹着清凉的小风，银白的月光，满洒在运河平原上。

春宝吹起口哨，那尖锐而急促的声音，把树上的宿鸟惊得飞起。在十字路口的一排白杨下，合作社给福海跟麻宝山家排水的十几个小伙子集合一起，为了不让地里的水再被太阳多晒一天，他们带着还没有恢复白天疲乏的身子，又投入夜晚更辛苦却是无偿的劳动中。他们不计较这些，他们都有一颗火热的心，他们只希望运河平原在晚秋是一片丰收的歌声，而不要在这歌声里有一家低声地哭泣。

长寿老头的小儿子老四，挣脱开他爹的手，扛着锹从家里跑出来。

"春宝！"长寿老头喊道，"你小四叔这两天给社里排水，身子熬乏了，你让他回来吧！"

"不理他，老自私！"长寿家老四对春宝说，"谁熬乏了？还不是让我明天下地挣个劳动日，不肯白白帮人家忙！"

麻宝山的儿子也悄悄地加入队伍，春宝低声问他："是你爹让你来的吗？"

"我自己来的，"那小伙子阴沉地说，"跟你们在一块儿，心里就觉着爽快得多。”

月光下，青纱帐变成一片墨绿色，夜风吹得沙沙发响。十几个小伙子越干越欢，歌声从青纱帐里传出来：

年轻人，
火热的心，
跟随着毛泽东前进，
紧紧跟着毛泽东前进！

福海全家插不上手，只好在院子里乘凉。富贵老头摘了几个熟透的大西瓜，准备送到地头去。银杏泡湿一大盆衣裳，低着脸儿，在小河沟边搓洗，一面静静地听着地边传来的歌声和笑声。

福海摇着芭蕉叶儿扇子，说：“不能白白劳累人家，他们社里有的人家漏了房，院墙坍了一角，明天我跟爹去给他们收拾收拾。”

银杏插嘴说：“我去跟他们人工授粉！”

“你会吗？”富贵老头抢白她，“毛毛躁躁的，一马勺坏一锅，别耽误了人家的事！”

“我跟俺姐姐学过！”银杏一点也不隐瞒，大胆地说出来。

富贵老头不言声了。

银杏站起身，说：“我去给他们送西瓜！”富贵老头不满地制止她：“你待着吧！”银杏不理她爹，挑着浅筐出去了。

青纱帐，被淹没在朦朦胧胧的月色里，那白茫茫的银河，像是直泄到运河平原上了。

“春宝！”银杏放下筐，低低地叫。

一个影子很快地从青纱帐里跳出来，问道：“谁？”

“你过来！”银杏着急地叫，“我给你们送西瓜来了。”

春宝跑过来，他的身上带着一股湿漉漉的水汽，面孔被太阳晒得黧黑，深凹的眼眶，闪闪发光。他笑眨着眼，静静地看着银杏。

突然，银杏抓住他的手：“我问你，你跟我好，为什么又躲我？”

“怕你爹知道了，又闹得人仰马翻。”

“闹！我就学俺姐姐。”银杏那美丽的眼睛闪着光。

“嘘！”一声口哨，跟着青纱帐里哄笑起来。

银杏一点也不怕，她说：“明天，我跟秀芝嫂她们下地。”

“快走吧！”春宝催促她。

“瞧你！”银杏不满地一转身，也忘记了拿回浅筐，就像一只野鸟似的飞走了。

从平原上青纱帐起以来，在每个夜晚，当村庄沉睡了的时候，刘景桂总是隐在最浓重的黑影里，仔细地在村前村后巡逻一遭。这时他那魁梧的身影，从一棵高大的榆树背后走来，用惊喜的眼光，看着那个大胆的小姑娘从田塍上跑过来。他又关怀地望着青纱帐里的小伙子们，向他们喊叫。

小伙子们围上来，在月光下，拧着身上湿漉漉的水滴，谈笑着，啃着西瓜。然后，他们又投入工作了，直到三更天还不歇工。

6

沟挖成了，水放干了，村头贮水的水池子，已经满得快和岸平了，青年们分拨在夜里放哨。

田野上刮过一阵阵清凉的夜风，春宝抱着枪，坐在弯弯的小堤上，背靠着的小叶儿杨轻轻发响。他仰起头，注视着前面那颗蓝色的星，心有一股清爽的感觉，他的思想，突然跑得远远的。

背后，响起一阵细碎的脚步声，他赶忙隐到树后，警觉地注视这越来越近的轻巧的影子。

“银杏！”他跳出来。

“好容易找到你了！”

银杏疲惫地长出口气，跑到春宝跟前，轻轻地坐下来。

“跟你一块儿干活多好啊！”银杏激动地说，“你知道我今天比往常多干了多少活？在河滩人工授粉，跟社里的人说说笑笑的，就唱起来了，你听见了吗？”

“听见了，”春宝笑着说，“就是听不出你的声音。”

银杏的脸色突然阴沉了，忧郁地说：“明天，又该回到自家的地里，愁闷死人了。”

她靠紧春宝：“我不走，我跟家里要出三亩地，我入社！”

春宝安慰她：“别着急，别着急。”

“又是别着急！”银杏噘起嘴，生气地喊叫，“你说过多少回了，俺家会转变，哪有个转变的样子啊！”

春宝笑着说：“真是别着急呢！你没看出来，这些时你哥哥跟支书多亲近，那是他脑筋慢慢活了；别着急，慢慢来。”

银杏长叹一声，说：“你知道，我多盼望着咱们在一块儿！”

“别着急，”春宝羞怯地小声说，“早晚有那一天。”

他把脸贴着她。

夜，静静的，一颗流星从天上划下来，被初秋清凉的夜风吹得飘飘地落在运河平原上了。

一九五四年三月潞河中学　高中三年级

原载一九五四年第七期《人民文学》

布谷鸟歌唱的季节

1

太阳收尽了平原上最后的一片阳光，薄薄的夜色，渐渐笼罩了运河滩。

一辆绿色汽车，在河西公路停下来，春枝从里面跳下。照明灯亮了，到渡口去的蜿蜒小道儿，曲曲折折地，伸向弥漫着轻烟薄雾似的运河，春枝加紧了脚步。

河对面，山楂村紧紧地坐落在运河边，就像是一棵肥实的香瓜，结结实实地长在瓜蔓儿上。夜色，像是一张大叶子，覆盖在上面。

她是从县供销社回来，最后确定了油脂作物跟粮食的结合合同，供销社给他们开渠在物力财力上的支援。

到小渡口，她跳上小船，摆船的老张，紧眨着老眼，看清是春枝，问道："闺女，咱们社里开渠的事怎么样了？"

"快了。"

"还看不出影儿来呀！"摆船老张摇摇头，"清明了，该春种了，可别错过了节气。我真替你跟景桂为难！"

“您放心吧！”

河水潺潺地流，春枝不言语了，她的心情很抑郁，她感到老头的话是一个沉重的负担。这摆船老张，是个孤苦伶仃的老头，只有一个女儿，嫁给党支部书记、合作社主任刘景桂，他有三亩地，也入了社，自己在小渡口摆船。

春枝想到不应让这孤独的老人悬念，于是坚定地说：“大爷，水渠就要开了。”

摆船老张看了看她，没说话。

她跳下船，走不多远，就进了村口。月亮升起来，照见长寿老头家的小园，月光下，长寿老头拿着把瓜铲，坐在地上，春枝再细看，在篱笆影下，蹲着一个人，正跟长寿老头低声说话。

春枝知道准是麻宝山，也知道他们说的什么话，但看到麻宝山那诡秘的样子，心想吓他一吓，便喊道：“长寿爷爷，该吃饭啦！”

“啊！春枝你回来了。”长寿老头仰起脸。

麻宝山却躲向更黑的角落去。

“宝山大哥，”春枝从篱笆旁擦过，“你也不饿？”

麻宝山在黑暗中挤咕挤咕眼。

到十字路口，一个魁梧的身影走过来，春枝看出是刘景桂，她站住脚。刘景桂走近了，他背着一口袋没用药品拌过的种子。

“景桂哥，我回来了！”

“这么晚。”刘景桂慈爱地望着她。

“家里情况怎么样？”春枝心急地问。

“麻宝山还在躲躲藏藏。”刘景桂把口袋放在地上，“根旺那伙年轻人，嚷嚷让长寿老头出社，含着眼泪答应麻宝山那拿大头的条件。”

“不能啊！”春枝低低地叫，“这盲目带头得说服教育呢！”

“一定要让麻宝山服输！”刘景桂把口袋又背上，“你也别歇着了，广元他们几个互助组，要引村东黑龙潭的水，人力不够，想跟咱们合股。咱俩先商量一下，吃完饭就开管理委员会议。”

春枝一边走，一边汇报跟供销社订的合同，刘景桂的脸上就越发兴奋起来。

2

春夜，山楂村睡着了。

月亮照南窗，根旺怎么也睡不着，而夜晚宿在河边树林里的布谷鸟，却不时清亮地叫。他烦躁地坐起来，看看熟睡的红英，轻轻地走出院子。

街上，一股春寒的凉气，直钻进他的骨节里，他打了个寒噤，就急急忙忙奔合作社办公室去了。

办公室是一溜三间土棚子，四周有几棵老虎眼枣树，篷搭在土棚上。根旺慢慢走近窗根下，就听里面一阵喧嚷过后，春枝那清脆的声音说话了：

“咱们就决定合股开渠了！”

沉静了一会儿，窗纸上一个高大的影子闪动了一下：“关于长寿老头的事，我想说两句，因为咱们管理委员会也有人主张让他出社。”

根旺听出说话的是刘景桂。

“他不肯把自留地拿出开渠，是给社里添了不少麻烦。可是咱们别忘了，他是开春入社的，入社前，他把那五亩地种了麦子，为的是有个说口，把地留下一年，比比收成，看看风色。咱们管理委员会也答应了他。眼下需要他拿出二亩，他不自觉自愿，咱们要是动强迫命令，这在方圆一二十里影响可就坏去了！再说，大家光瞧见长寿老头顽固，可没瞧见背后……”下面声音压得很低了。

下面的话听不清了，根旺便退了出来。不远的小园背后，是个小空场，根旺走过去，坐在一个青石碌碡上。

他要等候刘景桂，无论如何，他不能同意对长寿老头这么忍让。社里要开渠，引运河的水，偏偏又没有紧靠河的地，他那五亩自留地正好把河边，却不肯拿出来，让麻宝山趁着机会拍大价拿大头，这像什么社员！景桂却说不强迫命令，也不让他出社，说是影响不好，他想不开。就因为不让长寿老头出社，他们那伙年轻人情绪很低，这影响难道还好吗？

他不能让社里着急，他豁出去自己吃亏，拿他那三亩上等地换麻宝山那靠河的二亩薄砂地。

他的眼光，孤寂地投向远远的平原上。

这时，办公室的小院子里，传来嘈杂的脚步声和说话声。根旺知道散会了，他从青石碌碡上站起来，拐过小园，迎面，景桂和春枝跟着一个人踱过来，他赶忙躲进一个篱笆角落里。

走近了，根旺看出那人是麻宝山，他们站在十字路口的白杨树下。

“咱们是两不吃亏，”麻宝山紧盯着春枝，“再说，又是你们来找我的。”

“咱不吃亏，哼哼！”春枝一阵冷笑，“你那二亩薄砂地出产金疙瘩，换人家根旺那三亩好地。”

麻宝山慢声地说：“货赶行市，值不值就在这节骨眼上了。”

“那就等着赶行市吧！”一直没说话的刘景桂，锐利地瞥了麻宝山一眼，硬硬地说，“开渠，我们有办法！”

麻宝山心里猛地一跳，慌忙问道：“长寿老头答应了吗？”

“答应不答应你就别操心了，反正开渠是有办法！”春枝报复地说，“你回家再算算细账，别贪多嚼不烂！”

“宝山，”刘景桂脸色铁青，沉重地带着情感地说，“你这样越过越孤独，跟自己人越离越远！”

麻宝山低垂了脑袋，说道：“我想想，我想想。”便搭讪着走了。

“回家歇着去吧！你还一直没喘口气呢！”刘景桂笑着对春枝说，“明天咱们还得到黑龙潭去测水位，还要跟那几个互助组长研究动工计划。”

春枝疲乏地点点头，清秀的身影，便淹没在夜色里了。

根旺看见刘景桂长长地出了口气，低低地咳嗽了几声，默默地站了许久。

看他要回家，根旺急忙叫：“景桂哥！”

刘景桂站住了，睁开困顿的眼皮，问道：“你还没睡？”

根旺走上前来，闷闷地说：“景桂哥，我还是那个要求。答应麻宝山的条件，让长寿老头出社，我愿意牺牲个人利益，让咱们社顺利开渠！”

“不行！”刘景桂冷冷地摇摇头，“往后困难重重，多着呢！不想办法克服，光知道‘牺牲’，那全社早晚还不‘牺牲’垮了。再说，你们家又不是你一个人‘专政’，这三亩地是红英的陪嫁，她能答应？”

根旺低下头，许久，猛地一个急转身，跑了。

3

景桂的话一点不错，根旺回到家，就为这事跟红英闹起纠葛。

红英用被子裹着身子，窝缩在黑暗的炕角，吸溜吸溜地哭，就像深秋半停不止的牛毛细雨。月光偷偷地流泻进来，静静地照着在炕头用被子蒙着脑袋的根旺。

不远处，一只孤独的布谷鸟，凄凉地叫。

“你别哭了好不好？”根旺掀开被子，急躁地央求。

“我偏哭！”红英使着性子。

根旺长叹了口气：“你怎么就舍不得呢？”

“俺怎么会舍得？”红英高声地叫，“陪嫁时，为了要这三亩地，跟俺哥哥费了多少口舌！”

“你低点声，娘听见了。”

“为了陪嫁，俺把那三亩地收拾得没一丁点儿毛病，累得腰酸腿疼，心里发呕，衣裳泡湿了太阳晒干了，晒干了又泡湿了。如今硬要跟麻宝山换那二亩薄砂地，狼不叼谁的孩子谁不心疼！”

红英声音低了，但是态度仍旧强硬。

“你难道不明白，这还不是为了大家。”

“为了大家，也不能就把自己勒死！”

“你说怎么办吧？”根旺气恼得想发火。

“别人为什么不拿地换？”红英明知理亏地小声说。

“不嫌害臊，这自私的话也说得出口。”根旺无可奈何地叹着气。

红英像是停止了哭泣，从被口里露出苍白的脸。

根旺靠近她，轻轻摇着她的肩膀，柔声问道：“你说呢？你说呢？”

红英不言语，半天：“我……”她哽咽住了，“我舍不得……”

根旺趴在她耳边，低低地说：“咱们是团员，就应该不怕吃亏，为什么跟群众比呢？我跟景桂哥已经说定了，话说出口，就是铁板钉钢钉。你愿意让人家说我是三心二意耳软心活的人吗？”

红英把头顶住根旺的胸口，全身猛烈地搐动着：“那就换吧……”

“你答应了？”根旺眼眶发酸，感激地问道。

“……”红英说不出话来了，强力压抑着的哭泣，噎得胸膛胀痛。

“你说话呀？”根旺小声地央求。

“换吧！”

红英从胸膛崩裂出这两个字，就再也压不住心头的难过，呜地高声哭出来，她想憋回去，但是就像泛滥的春水，憋也憋不回去了。

“你换我不换，说什么也不能换！”

窗根下，根旺娘哆哆嗦嗦地喊叫。

“坏事，娘知道了！”根旺急忙穿衣服，一面低声骂红英：“你号什么！”说着就跳下炕来。

红英嘴里塞着被角，痛苦地堵住哭泣，全身抖动着，胸膛里像要胀裂似的发痛。

根旺跑出家，在月光下，他看见，景桂陪着母亲回来了，而且后面还跟着一群刚刚被惊醒的年轻人。

4

根旺醒来，太阳已经照窗棂了，他坐起来靠着窗台，听着外面，一只麻雀在房檐下啄泥。他想起昨夜的事，想到景桂跟他坐在村头，一直谈到黎明。他霍地坐起来，洗洗脸，饭也没吃，就去找长寿老头。

长寿老头的小园外，卧着一头燕皮黑驴，他知道谁在那里，便不声不响地站在篱笆外。长寿老头佝偻着身子，抱着腿，坐在小井台旁，在阳光下，赤裸着一身衰老的骨肉，一道道鼓鼓的青筋就像爬满无数条蚯蚓，眼前放着一个烟笸箩，一口口地咽着浓烟。

“您站住脚跟，不听蝼蝼咕叫，”在根旺紧靠着的园角，一个低低的声音，“河边那五亩麦子，您不能放手，头一年入社，谁不是脚踩两只船？”

长寿老头低沉地说：“我知道，社里那伙毛孩子，骂我是绊脚石，嚷嚷让我出社，越这样，哼！我越……”

他的手哆嗦着，怎么也装不上烟。

根旺一腔怒气，直冲上来，大喊道：“麻宝山！你别挑拨我们社内团结吧！”说着三步两步进了园子，吓得长寿老头烟袋落在了地上。麻宝山黄了脸。

“长寿爷爷！”根旺鼻孔一张一合，说道，“嚷嚷让您出社的，是我！这是因为我看您眼瞧着社里的困难不搭把手。可是我没看见那拉您后腿的，您放心，我再不说您了，您也别再受那拉后腿的骗。”他嗖地回过头，“麻宝山！你花言巧语瞒哄长寿爷爷，为了让你靠河那二亩薄砂地多换社里的好地。你想想，你这还够做乡亲的本分！”

一番雹子雨似的话，把麻宝山劈头压下来，他讷讷地说不出话，当他看到长寿老头眼角冒出泪花，他发疯了似的跺着脚，“你胡说！你胡说！”

“别吵嘴！好话好说。”刘景桂喊道。

霎时间，鸦雀无声，刘景桂泥头巴脑地走过来，说道：“宝山，咱俩走吧！根旺，你闲着没事，帮长寿爷爷种园子，一会儿春枝也来。长寿爷爷，快种吧！咱们社里就要动手春种了。”

长寿老头惶惑地搓着手。

麻宝山牵着驴，跟在刘景桂旁边。刘景桂眼盯着他，说：“宝山，咱们凭心说，社里拿村边那二亩换你那二亩薄砂地，你没亏吃；社里还知你的情，谁也忘不了，困难的时候你帮了忙。你不愿意呢，也没什么，我们打算从村东黑龙潭引水，费点工也不算多。你要还愿意换呢，咱们还可以。”

麻宝山咬着嘴片子，脸焦黄，说道：“我再想想。”

“这样吧，”刘景桂站住脚，“明天听你信儿，不然我们在黑龙潭就动工了。”

他回到小园子那里，春枝拧着辘轳，正跟长寿老头说笑，根旺低着头在一边干活。春枝裤脚挽到膝盖，露着饱满的小腿，浅蓝褂子的前胸上一摊稀泥，脸上刚用井水洗过，鲜红鲜红的。

“快完了吧？”刘景桂喜兴兴地问道。

长寿老头站起身，仰着脸，说道："进来吧，景桂，坐坐。"

刘景桂进了园子，笑着问道："您跟春枝说笑什么呢？"

长寿老头呵呵一阵笑，"春枝这闺女嘴儿甜，会说话，说什么'您走过的桥比我们走过的道还远，吃过的盐比我们吃过的饭还多'。让我过晌到社里去给播种计划提意见，这怎么行呢？我是越老越糊涂。"

刘景桂说："您这老把式，比我们做晚辈的懂得多，不跟您讨教，那真是太目中无人了。"

长寿老头更加高兴，"景桂，春枝批评了我，说得对！先前我是对社里的事不经心，有意见肚子里藏着，生闷气；往后呢，咱得改。"

"老爷爷，等找个空儿，咱爷儿俩好好拉扯拉扯。"刘景桂笑着说，"春枝，咱们走吧！还得研究那动工计划跟用水章程。根旺，你陪着长寿爷爷，跟他老人家说说油脂作物的计划。"

长寿老头望着他们的背影，想喊他们回来，却又咽了回去，心情沉重地蹲下来，望着地上的瓜铲出神。

5

天不明，刘景桂披着件破棉袄，从屋里出来，呛不住强烈的春寒，于是一阵激烈的咳嗽，他赶忙严实地掩住怀。他慢慢走到院角落里，拿起长把竹扫帚，扫起院子来，并且把院土倒在院外的猪圈里。

怕惊醒酣睡的老婆跟孩子，他没有响动地挑起水桶，到靠河的井台，挑来最甜的井水，先浇院角落那铺刚刚返青的葡萄。

他想起昨夜，长寿老头用自己才听得见的声音，说愿意拿出一亩。

根旺那小伙子，靠着他身边，眼泪晶莹的，嘴里咬着指头……

想着想着，他笑了，春三月的早晨，清凉清凉的。

“景桂哥，景桂哥！”

他陡地清醒过来，春枝在门外。

“景桂哥！”春枝急急地说，“我刚挑了一挑水，麻宝山来饮牲口，他灰沉着脸，跟我说他愿意按照咱们的条件换了。他还说，咱们别记着他，往后他还断不了求咱们呢！”

“噢，”刘景桂沉思地应声，“长寿老头也说拿出一亩了。”

“依我说，咱们还跟他换！”春枝激动地说，“咱们不能光顾自己，那几个互助组也要引水。”

“换！”刘景桂果断地决定了，“吃完清早饭，找那几个互助组长来，咱们得修改这动工计划，这一来，可节省下不少工呢！”

“是啊！”春枝的声音像唱歌似的，“今年咱们交到县委的生产计划，又超额完成了！”说着，喜兴兴地又挑水去了。

“春枝！回来。”景桂的声音里带着捉摸不定的意思。

春枝站住脚，回过头。

“春枝！看你这么早起，睡不着，想必心里有喜事吧？”

春枝眼里闪着明亮的光，跑了。景桂第一次的，一阵响亮的大笑。

一对布谷鸟，头并头，像是两颗春夜蓝色的星，掠过湛蓝平整的天空，一声声清亮地叫。

一九五三年十月潞河中学　高中三年级

原载一九五四年八月十九日《天津日报·文艺周刊》

私访记

夏天，杜梨树林弥漫着发酸的甜蜜的香气，布谷鸟最爱在这里停留歌唱，情人们最爱在这里聚会倾谈。

正晌午，太阳照着浅蓝色的河面，一只破旧的小渔船，拴在岸边的一棵老龙腰河柳上。几只贪馋的水鸟，在河面上低飞嬉闹，想偷吃船舱里的鲜鱼；而在白云下，一只雄劲的苍鹰在盘旋，追逐着愉快轻捷的水鸟，想要伺机捕捉它们。于是，地面上便有一片浓黑的阴影在移动。

一棵枝叶繁茂的杜梨树下，躺着两个年轻力壮的小伙子。他俩都脱下了上身的破褂子，铺在白干沙地上，把两只鞋叠起做枕头。一个约有二十五六岁，显得苍老、忧郁、沉着；一个大概是二十一二岁，显得粗犷、热情、调皮。

他们吃完了几个玉米饼子和两条咸鱼，那年轻的小伙子便鲤鱼打挺坐起来，跑到船上抱来一个斗大的绿皮黑纹大西瓜，抡起拳头把西瓜打成两半。他俩便各抱半个啃起来，一股股黏腻的甜汁，从他们的嘴边流到紫搪色的胸脯上。啃光了瓤，他俩便顺手把瓜皮掀到河里去，河面上溅起一团洁白的水花，两个半圆的西瓜皮随着静静的运河，流向下游的远方去了。

那年纪大些的小伙子吃完西瓜，“唉”地叹了口气，两手交叉在脑后，闭上了眼睛。

“春夏哥，别为娘儿们的事伤心吧，不值得！”那年轻的小伙子像是哀求地劝道。

“我跟她情义已断，伤什么心！可是问题不是这么简单啊！”那叫春夏哥的小伙子发火地嚷道。

“有什么不简单？她不是闹着离婚吗？离就离吧！凭你刘春夏在咱们杜梨树的威信，还愁找不到更好的老婆？我早就看出来，陆秋莲可盼望你离婚呢……”

“住嘴！”刘春夏暴躁地喝道，“一回被蛇咬，十年怕井绳，娶了这个老婆，受了这么大的害，我宁肯绝后，也不结婚了。可是问题不在这里！”

“问题到底在哪里呀？”那年轻的小伙子眨巴着眼睛。

“问题是她威胁我，不答应把六亩地全给她，她就把咱们这个秘密社揭发了！”刘春夏痛苦地说。

“揭发就揭发吧！天塌了有众人撑着，决不能让你一个人担罪名。”

“可是我这是拿党籍做的赌注啊！”刘春夏声音低沉地说，“现在离秋收还有两个月，是不是能丰收还不敢肯定。如果暴露了，高书记怎么会饶得了我？春天他亲自警告我说，要是再违令办社，就把我开除出党！”

“是啊！问题严重。”那年轻小伙子也愁眉苦脸起来，“那就把六亩地全给她。”

“这怎么行！”刘春夏大叫道，“咱们全社四户，总共三十几亩地。让她给拐走六亩，得受多大损失啊！再说，我没一亩地，社里也会有意见。”

“凭劳力吃饭，谁会有意见？”

“可是咱们并不是苏联的集体农庄呀！”刘春夏又长叹一声，便翻了个身，不想再说话，闭着眼睛假睡了。

“农业社，农业社！”那年轻小伙子仰脸望着杜梨树枝上的小青果，自言自语地嘟哝着，“就是因为没有农业社，刘兰不肯跟我结婚，可是咱们的农业社哪辈子公开呢？唉！……”

他们躺在杜梨树林的阴凉里，太阳照射不下来，一阵阵温润清凉的河风拂过他们的身体，炎热的天气，使百鸟鸣虫都倦怠了，一个个躲藏在浓密的枝叶下歇息起来。只有那彩色斑斓的啄木鸟，不知疲倦地啄着树干，啄完这一棵又飞到那一棵，发出单调如一的声音；还有那愚蠢迟钝的山鸽子，躲在树丛里或粗树枝上，傻子似的，沉闷地叫，于是把杜梨树下躺着的人催眠了。

他们刚刚睡着，突然对岸有人喊道：“杜梨树下的二位同志……”

刘春夏并没睡熟，他坐起来，推推那年轻的小伙子：“喂！石榴，对岸有人喊咱们呢。”

“不理他，准是想白坐船过河的家伙！”那年轻的小伙子翻了个身，照旧呼呼地睡。

“二位同志，肯不肯过来呀？”是个苍老的南方口音。

刘春夏揉了揉眼睛，跳了起来，向前走了几步，站在河边望去。只见对岸沙滩的芦苇丛边，站着两个人，一个个子高，一个个子矮，一个年纪轻，一个年纪老，一个扬着草帽，一个挥动着手帕，向他们打招呼。

“石榴，起！”刘春夏又重回到杜梨树下，拿起褂子，穿上鞋，摇醒了那年轻的小伙子。

那叫石榴的年轻小伙子爬起来，但是睡意仍然很浓，揉揉眼睛又想躺下来。刘春夏一把扯起他，小声说：“快把船划过去！恐怕是外地的干部，走差了路。”

说着，他俩跳上渔船，解开拴在河柳上的绳子，篙头一抵河岸，船便划向河心了。

一个五十多岁的人，从芦苇丛边走过来，后面跟着的是一个三十多岁戴眼镜的同志。这老头个子不高，斑白的头发，两道大扫帚眉，阔嘴巴，宽鼻梁，那一双眼睛像两颗寒星似的闪闪发光；上身穿的是一件薄绸旧汗衫，下身穿的是一条旧蓝咔叽的裤子，脚下是一双千层底布鞋，背着一个大草帽。

船还没有靠岸，那人便笑着伸出大手，用他那南方口音说道：“打扰你们了！”

“没什么。”刘春夏跳下船，惶恐地握了下手，嘴里咕哝了一声，便去拴船。

“二位同志贵姓？”那人和蔼地问道。

“我叫刘春夏。”

“我叫王石榴。”

“什么村的？”

“下游白杜梨树村！”两个同声回答。

“好漂亮的村名！”那人微微显得口吃地喊了一声。他眼睛瞥了一下那个三十多岁戴眼镜的同志，那人也微笑着点点头。

“我们白杜梨树不只是村名漂亮，而且风景在运河滩这一带也最美丽！”王石榴骄傲地挺着胸脯说道。

惶恐不安的刘春夏也平静下来了，问道：“请问二位同志，在什么地方工作？”

“我们是从这里路过的！”那三十多岁戴眼镜的同志抢着答道。

那年老的同志不动声色地微微一笑，问道：“现在河里的鱼多吗？”

“多！”刘春夏回答道，“我们俩驾着这只小船，一张补过的旧网，一天能打四五十斤鱼。”

“多少钱一斤？”

“想买吗？”王石榴顽皮地笑道，“我们运河打鱼的规矩，不在河边卖鱼，过路客人想吃，我们可以白送几条，要买得到村里。来，您挑吧！”

那年老的同志爽朗地大笑了，他矫健地跳上了船，弯腰从舱里提起一条活蹦乱跳的大鲤鱼，笑问道：“如果我要上岸到村里去买，多少钱一斤？”

“一块钱十四……”王石榴想抢着回答，但是刘春夏使了个眼色，他咽了口唾沫，把后半句话咽回去了。

“一块钱十二斤，同志！”刘春夏红着脸说，显然他没掩盖住他的说谎。

“十二斤？”那年老的同志心疼地叫了一声，那条大鲤鱼便从手上落到舱里了，“是供销社的收购牌价吗？”

“不是！”刘春夏摇摇头，“这是我们自己定的价钱。”

“为什么不卖给供销社呢？”

“他们只收购农业社渔业组打的鱼，并且要订长期的合同，我们的……他们不要！”刘春夏的声音低得听不见。

“你们不是农业社的？”

“不……不是。”

“你们村有没有农业社？”

“没……没有。”

“来，咱们到那边去打一网鱼好吗？”那年老的同志指着不远处的河柳丛下。

“我们的网破了！”刘春夏很难为情地说。

“没关系，我给你们补！”那年老的同志高声笑道。

“同志，您？”王石榴不信任地、嘲弄地望着他。

“小同志，你可别看不起我，”那年老的同志豪迈地拍着胸膛，“我不是跟你吹牛皮，讲起打鱼这营生，我还是个行家呢！从七岁起，我就跟我父亲到江上打鱼，我们的长江，要比你们的运河宽得多，深得多！”

“你们长江的鱼，可没我们运河鱼多，没我们运河的鱼大！”王石榴傲气地说着大话。

“我不跟你打这个架，你没到过我们长江，我却到过了你们运河！”那年老的同志诙谐地笑道，“来，欣赏欣赏我补的网吧！还请你这位运河的打鱼能手多多指教。”

“我虽然没到过你们长江，可是却在地图上看见过，只不过是一条青色的窄道！”王石榴不服气地狡赖着，“走吧！领教领教您这位长江的打鱼老将怎么补网。”说着，篙头一点，小渔船轻快地划到河柳丛下了。

小船停泊在满是阴凉的河面上，那年老的同志脱下他的汗衫，掏出手帕，弯腰浸了河水擦着他的头、脸和脖颈，浑身湿漉漉的，便盘着腿补起网来。

王石榴瞪着滴溜溜圆的黑眼睛，追随着那年老同志的灵活蹦跳的手指，惊讶的舌头伸出老长，流下了一股股的口涎。

一阵阵凉丝丝的河风，夹带着芦苇和树林的暑热的香气。那年老的同志一面熟练地补着网，一面随随便便地问道：“你们村里有多少人家？”

“我们村是穷户庄，”刘春夏回答说，“二十九户贫农，十七户中农，没有一家地富。”

“有没有共产党员？”

“有，有一个……”刘春夏猛地脸红了，前额也出了汗，结结巴巴地说，“我……我就是。”

“这位小同志呢？”年老的同志微笑地指着王石榴。

“我是青年团员，正在准备入党！”王石榴仰着头，挺着胸脯，响亮地答道。

“他是青年团支部书记！”刘春夏补充介绍道。

“有多少青年团员？”

“一个班，”王石榴自豪地说，“十二个！”

“同志，”那年老的同志温和地问道，“你们村有共产党员，有不少青年团员，而最主要的，你们绝大多数都是贫农，为什么不组织农业社呢？”

“因为……”王石榴又要抢话，但是碰到了刘春夏那严厉的目光，说了半截又咽回去了。

“这位刘春夏同志大概是有什么烦恼吧？”那年老的同志已经补好渔网的窟窿，非常内行地抛撒到河里去，问道。

王石榴对那年老的同志的补网本领，已经佩服得五体投地了，像面对着运河上那些可钦可敬的老头一样，快嘴地说：“他那胡搅蛮缠的老婆要跟他打离婚！”

“为什么？”那年老的同志好奇而又关心地问道。

“因为农业社的问题……”

“你再多嘴！”刘春夏威胁地对王石榴喝道。

“那么你回答我，”那年老的同志笑呵呵地说道，“为什么你们村有这么好的条件，却没有组织农业社？”

刘春夏的目光正注视着在不远的河面上盘旋的苍鹰，他突然把视线收回来，暴跳如雷地嚷道：“因为我们不敢！”

“为什么不敢？”

“我怕开除党籍！”

“可是，我们党什么时候有过这么一条规定？”那年老的同志眼睛眯小了，但却炯炯闪光。

“没有这规定，”刘春夏倔强地抬起头，眼睛挑战地凝视着那年老的同志，“可是县官不如现管！”

“那么，是谁立下的这条规定呢？”

“我们区委副书记高通海！”刘春夏咬着牙，抑制着激怒，低沉地说。

年老的同志那锐利的眼光，突然投向那三十多岁戴眼镜的同志，那人已经面红耳赤了。

“那就请你讲讲这个新奇规定的故事吧！”那年老的同志满有趣地催促着，“我也长长见识。”

“同志，您是只想听听这个新奇故事呢，还是要帮我们打抱不平呢？”刘春夏一肚冤气，被那年老的同志的悠闲猎奇的态度惹恼了。

这一声粗暴无礼的喊叫，把那三十多岁戴眼镜的同志吓呆了，王石榴也变了脸色；他们不约而同地把眼光投在那年老的同志身上，空旷无声的河滩上，就越发空旷无声了。

年老的同志把手搭在刘春夏的肩膀上，像老妈妈似的说道：“讲吧！我们不是只听故事，然后拍打拍打屁股就走的，我们要打抱不平！”

刘春夏的眼眶酸了，一股辛酸的委屈涌上心头，眼泪禁不住流下来。他用手抹了抹眼泪，甩了一把从鼻孔里流出来的稀鼻涕，说道：“我们村有个秘密社……”

“讲吧！”年老的同志镇静地说。

“春天里，我们村的穷户像烧起一把野火，全村呼啦一下子就合作化了。可是到春耕的时候，因为没有管理经验，怎么也调配不开，不知道谁又在里边拆台，牲口病了，犁杖坏了。于是便打起架来，像一窝乱营的马蜂，全社哗啦一下子散了。区委副书记星夜赶到，总结了两天两夜的经验教训，得出个结论：白杜梨树缺乏骨干，缺乏经济基础，在相当长的时间内还不能成立农业社。我们把社缩小到十多户，高书记仍然摇头不准。我们去投奔山楂村农业社，他们正在挨整，连明带夜地开会，检讨盲目冒进的错误，动员新入社的退社，也就不肯收留我们。后来我们合伙养一头骡子的四户贫农，组织了一个小社。我三番五次地到区委会去蘑菇，高书记火了，他咬牙瞪眼地跟我喊叫，说我再这么故意捣蛋，就要用党纪处分我！我回到家，愁得吃不下饭，睡不着觉，越想越没路：单干吧，这头骡子怎么办？那就只有切成四份了。我们四户核计一下，分开没活路，不管他！咱们来个明散暗不散，大家选了我当主任，我也狠了心，先对党隐瞒这件事吧！等办好了再跟党谈，如果办垮了，我自动请求把我开除出党！”刘春夏说到这里眼皮发红，声音也哽塞了。

“那么你们现在明白没明白，为什么会哗啦一下子垮台了呢？”年老的同志急不可耐地问道。

“不知道！”刘春夏难过地摇摇头。

“你说里边有人拆台，那么这个拆台的人是谁呢？”年老的同志又焦急地追问道。

“不知道！”刘春夏的声音已经低得听不见了。

“周檎同志！”年老的同志沉痛地对三十多岁戴眼镜的同志说，“这难道不正是勾画出我们官僚主义的面孔吗？他们只会抡大斧，左砍右砍，恨不得把党员和群众的积极性砍得不留一寸，可是却不帮助他们认识存在的问题，找出方向，仍然让他们糊涂着。”

刘春夏猛地站起来：“啊！这是我们的县委书记，春天山楂村整社的时候见过他的面。”

周檎同志垂下了眼皮，低沉地说道：“我虽然不是像高通海那样拿刀硬砍，但是我用软锯来慢慢锯，像整山楂村那样，一截一截地锯掉群众的社会主义积极性。”

那年老的同志面对着刘春夏，两只严峻的眼睛闪着光：“刘春夏同志，你们做得对！坚持社会主义道路，是好党员，谁敢说是违反党的纪律？我们应该向你，向白杜梨树的贫苦农民检讨。”

“这……”刘春夏和王石榴都向后倒退了一步，惊讶地望着这个冷峻的老头。

“毛主席亲自到农村调查访问过……”那年老的同志庄严诚挚地说道，他顿了顿。

滨河村庄响起了钟声和哨笛声，嗡嗡地在热风里震荡，田野上的歌声交织着唱起来了。

“他看出了我们的错误，前不久，他严厉地批评了我们。他说，农业社不是要缩小和砍掉，而是要大大地发展和扩大，农村社会主义革命高潮已经到来了！”

“毛主席！……”刘春夏惊叫了一声，却呜呜咽咽地哭了，“我们心里憋着多少委屈呀！”

这时，在岸边的青纱帐里，闪动着几个人影。年老的同志用手把刘春夏的头抬起来，给他擦干了眼泪，说道：“刘春夏同志，你愿意不愿意领我们沿运河滩跑一趟，到群众中去，让我们了解了解农民们的委屈？”

“愿意！”刘春夏像腼腆的孩子似的低声说，“那太好了！”他还想说什么，但是激动得没说出来。

王石榴像小猴子似的跳到年老的同志面前，神色紧张地问道：“可以不可以把毛主席的话说给乡亲们听听，算不算小广播？”

年老的同志笑了：“就算不是小广播吧！”

“我们社的招牌现在可以不可以挂出来？”王石榴眼里闪耀着喜悦的火花。

年老的同志重重地拍了一下他的肩膀，笑道：“这是光荣体面的事，又不是违法丢脸的事，为什么不可以挂出来呢？”

王石榴一蹦多高：“这下子可大快人心啦！只要我把毛主席的话跟乡亲们一说，把我们那白底红字一直没见太阳的招牌挂出来，那我们白杜梨树就滚了锅啦！”他狠狠地揍了刘春夏一拳，“离婚就离婚吧！她想威胁你把地全带走，那可是猫咬尿泡空欢喜啦！”说着，他跳到河边去解船绳。

“让你们的运河翻江倒海吧！现在实在太平静了。”年老的同志粗犷地大笑，高亢地喊道。

“请您先行一步，我跟他说几句话就来。”刘春夏红着脸，非常不安地说。

那年老的同志和县委书记周檎，踏着灼热的干沙滩，慢慢地向前面走去。

刘春夏看他们走出十几步了，便压低声音说道：“石榴，你说这个老头是谁？”

“是谁？”王石榴茫然地望着刘春夏。

“看着不眼熟吗？”刘春夏狡黠地反问道。

王石榴搔着后脑勺，“眼熟，可一时想不起来！”

“省委书记！”刘春夏一字一板地说。

“省委书记？”王石榴吓得睁大了眼睛，“对！是他，在报纸上看见过他的照片。”

“所以，他的话非常重要！”刘春夏显出一副极其严肃的神色，“你回去只能向乡党支部书记刘景桂汇报，不许对其他任何人泄露秘密，等我回来再说。”

王石榴本想向乡亲们第一个报告这个神秘故事的欲望，被泼了一瓢冷水。他翻了翻眼皮，不情愿地点点头：“好吧！”

刘春夏突然顽皮地眨了眨眼，说道：“快向刘兰求婚吧！咱们可需要干部。”说着，他扭头便去追赶省委书记。

王石榴终于忍不住，他跳起脚，大喊道：“省委书记同志，不到我们村去吗？”

“不，我们还要赶到前村呢！”省委书记他们齐声回答。

他们一边走一边还回头招手，直到影子都在青纱帐的小道上不见了，王石榴才像从大梦中醒来，急忙撑起船；小船像离开河面似的飞向下游去了。

小渔船在山楂村头打了个急旋停下来。王石榴跳下船，汗流满面，气喘吁吁地，在河边的向日葵丛中站住了脚，用手做成喇叭筒，向不远的果园里叫道：“喂！刘景桂同志在吗？”

果园里正在拾掇果树的姑娘们，在茂密的果树丛中和富有弹性的果树枝头，唱着，叫着，欢笑着，像一群布谷鸟、花胡不拉鸟、山喜鹊、黄鹂、麻雀凑在一起喧闹。

“你们是聋子吗？我问党支部书记刘景桂在不在这里！”

果园里一下子静下来了。

沉了沉，站在最高枝头的果树队长银杏，手搭凉棚望了望河面上，眨巴眨巴黑葡萄似的眼睛，弯下腰，低声对下面的姑娘们说：“是白杜梨的王石榴，嘻！”

“你是从哪个山上石头缝儿里蹦出来的，不认得你！”银杏笑着喊道。

“哈哈哈！”姑娘们大笑起来。

“你们是瞎子呀！睁开你们那杏核眼，仔细看一看，我是白杜梨树的王石榴，找景桂同志有急事！”王石榴从向日葵丛中跳出来，又急又气地跺着脚。

这时，一个穿紧身碎花小褂儿的姑娘，从高高的雪梨树上抱着树干滑下来。她跳过果园的篱笆，向小船那里招了招手，就跑向靠河岸的杜梨树林去了。

“我们这里没有刘景桂同志，可有个刘兰同志！”银杏耍着鬼脸儿尖着嗓子叫道。

“我们知道你的本意也不是找刘景桂的！”一个薄嘴皮儿爱说俏皮话的姑娘喊。

王石榴气得向果园啐了口唾沫，一拧脖子向杜梨树林跑去。姑娘们在后面起哄地呼叫。

在一棵枝叶伸展、篷搭着像雨伞似的杜梨树下，有着几点雀斑的刘兰已经靠着树喘息着在等候了。

“你这么急火流星的，有什么紧要事？”刘兰看见王石榴走近来，上前问道。

“大喜事！”王石榴故意皱着眉头，噘起嘴。

“什么大喜事？”刘兰瞪大眼睛问道。

王石榴鼓着腮帮子，不说话。刘兰推了他一把，“你看你！”

“刘景桂同志呢？”王石榴气哼哼地问道。

“他到村南玉米地检查去了，你有什么事？”

“我碰见省委书记了，要向他汇报。”

“什么，省委书记？”刘兰将信将疑地叫了一声。

“你爱信不信！”王石榴生气了。

“信，信！”刘兰啄木鸟似的点着头，“你快说给我听听！”

王石榴立刻又兴奋起来，他像陶醉了似的，绘声绘色地讲起来……

“完了吗？”刘兰不满足地问道。

“完了！”王石榴擦着脑门子上的汗，咽着唾沫湿润嗓子。

“毛主席的话说得多好啊！省委书记多好啊！”刘兰激动得说不出话，她举起手去杜梨树上摘下一颗酸杜梨果，“你张开嘴，含着它就解渴了。”

“我现在胆子可大了！”王石榴嘴里含着酸甜酸甜的杜梨，口齿不清地说道，“在社会主义大道上，我敢迈大步了，不！我要跑，撒开腿向前跑，也不！我要张开翅膀飞！”

“你多好，你多可爱呀！”刘兰抑制不住自己，投到王石榴的怀抱里了。

他们陶醉在杜梨树林沁人肺腑的芬芳气氛里，呢呢喃喃地，谁也听不见谁在说什么，只听见两人的心都在怦怦地猛跳。

“刘兰，到我们白杜梨树来吧！我们多么需要你。”王石榴喃喃地说。

猛地，在他们旁边的杜梨树枝头的一只布谷鸟，短促地叫了一声，他们连忙松开了。

“你说什么，我没听清？”刘兰轻声问道。

“咱俩结婚吧！现在我们也有农业社了，你还有什么不满意的？你要知道，我们是多么缺乏有经验的骨干啊！只要你一来，我们就会选你当社务委员。”

“什么，我……”刘兰摇摇头，眼睛不敢看王石榴，望着地面上的一朵火红的野花，“我离不开我们山楂村，我们山楂村有优越的条件，我进步会快。你别难过，咱们可以结婚，可是我还要在我们山楂村农业社劳动，城里的工人，不是有很多是夫妻在两个工厂工作的吗？”

“你看不起我们白杜梨树？”王石榴跳后一步，瞪起眼睛。

“我……”刘兰扑过去。

“去！”王石榴气恨地推开她，“你嫌贫爱富！”

说着，他一扭身，跑走了。

河边，小船不知被哪个恶作剧的姑娘解开了，推到河里去。小船在河面上像是一片落叶似的漂浮着，王石榴狠狠地骂了一声，扑通跳下了河，爬上了船，狠命地一划，小船飞走了。

果园里，姑娘嘲弄地哈哈大笑起来。

刘兰伤痛地哭了，她追出杜梨树林，跳起脚对果园里的姑娘们喊：“你们！……”便不顾一切，沿着河边的羊肠小道，疯狂地跑，哭着喊道：“你站住，你站住！我愿意跟你去呀！……”

果园里一下子鸦雀无声了，姑娘们都睁大眼睛，伸长脖子眺望。只见刘兰像一只受伤的小布谷鸟，追赶着前面飞奔的小船，身影儿越来越远了……

一九五六年一月初稿五月重写

原载一九五六年七月《新港》创刊号

初春夜

晚霞在西山的树林上染了一抹红，但一会儿就消失了，山影和树林淹没在苍茫的夜色里。

夜空中，一颗颗冷冷的星子静悄悄地跳出来。田野上的残雪，闪烁着一蹦一跳的寒光。公路两边的村庄里，有隐隐约约的狗叫声，但是被突然刮起的北风吹远了，听不见了。

李牛子赶着一辆双套的胶皮轱辘车，从县城里跑回来，他是给区粮库运粮食的，因为多加一班回车晚了。背后，一股刺骨的冷风直钻进脖子；迎面，几点雪花冰碴子打在脸上。他赶忙把老羊皮袄紧紧裹住，把狗皮帽子拉下来，又从怀里掏出一个酒葫芦，仰脖儿一口气咕噜咕噜连喝了几口，然后长长地吐出一团白气，又把葫芦裹住放在怀里，几口烈酒下肚，顿时浑身燥热，他抡圆鞭子吆喝一声，两匹黑马便放开四蹄清脆地奔跑起来。

突然，前面一道手电的白光射来，李牛子被照花了眼，于是把车放慢了。

“我能不能坐您的车呀？”一个娇嫩的小姑娘的声音。

“到哪儿去呀？”

“山楂村渡口。”

李牛子眯起眼睛盯着小姑娘，小姑娘穿着一件新花棉袄，缠着一条毛茸茸的头巾，戴着白口罩，只露出一对黑溜溜的眼。

“行！”

“谢谢您。”

“你给多少钱？”李牛子一眨眼，装得蛮声蛮气地说。

“哟！还要给钱呀？”那小姑娘叫了一声。

“哼！想白坐，”李牛子鼻孔哧了一声，“赶车的要吃饭，拉车的要吃草，能白坐吗？”说着，一挥鞭子，黑马又奔跑起来了。

“您等等，我给钱！”小姑娘提着个柳条包，在后面紧赶，一面带着哭声喊叫。

黑马站住了，小姑娘连滚带爬地上了车，怀里死死地提着柳条包，牙齿不住咯咯地发响。

“讲好价钱吧！”

“随您便。”小姑娘甩了一把鼻涕，不知是冻的，还是哭了。

他俩都沉默了，只听见车轮沉闷的转动声和清脆的马蹄响。北风不停地呼呼号叫，打透了姑娘的棉袄，她蜷缩成一团了。

看不见村庄，也看不见树林，只能隐隐约约地看见蜿蜒的公路，像一条灰白色的宽带，伸向无边漆黑的夜世界。

小姑娘被这沉寂得令人窒息的夜吓得恐怖了，对这个高大的赶车老头子也害怕起来。她真想哭，但是又不敢，便咬着牙把眼泪忍回去了。

“大叔，快到了吗？”

“还有二十五里。”李牛子也不回头，只是闷闷地答应一声，又掏出了酒葫芦，仰着脖子喝了一大口。

“您别喝酒，”小姑娘胆怯地说，“喝醉了，赶到堤下的小河里就麻烦啦！”

“哈！你真把我看扁啦，”李牛子大笑道，“要不是你坐我的车，我早躺在车上睡着了，这两匹马会把我跟我的梦一块儿拉回村去。”

小姑娘见他和气了，连忙问道：“您是什么村的？”

“白杜梨树。”

“噢！”小姑娘连忙问道：“大叔，您告诉我，运河这一带家家都入社了吗？”

“没听说谁还单干，连地主、富家都当上候补社员了。”

“啊！”小姑娘兴奋起来了，“您是什么社的？”

“我……”李牛子刚要回答，猛地又咽了回去，心里暗暗说道：“城里的丫头真厉害，转弯抹角地盘问你。这是因为我跟她要了车钱，她想问明白地址，好给社里写信告我的状。哼！”

“您是哪个社的？”小姑娘又追问道。

“告诉你你也不知道。”

他们又谁也不搭理谁了，这时，公路逐渐靠近运河，只听见运河里咔嚓嚓冰裂的声音。

“真是像他说的那个样子！”小姑娘自言自语地说。

“谁？”李牛子猛地回过头问道。

“他。”

“他是谁？”

“告诉你你也不知道！”小姑娘忽然扑哧笑了。

李牛子粗犷地哈哈大笑起来，说道：“姑娘！你这张嘴可真是伶牙俐齿，你贵姓啊？”

“你不告诉我，我为什么告诉你？”

“生气了，哈哈！”李牛子跳下车去，把老羊皮袄脱下来，扔给了小姑娘，“披上吧！你的牙都快磕碎了。”

他并不再跳上车辕，却摇着鞭子，跟着黑马一齐跑。

“你还得告诉我，你姓什么叫什么？”李牛子回过头说。

“我姓王，叫王蓝。”

“你由城里到我们运河上来干什么？”

“我看他来，”王蓝害羞地说，“我快一年没看见他了。”突然，她一阵心酸，眼泪流出来了。

“他在我们运河干什么？”

“听说是当区技术推广站站长。”

“啊！”李牛子吃了一惊，低低地叫了一声。

“您认识他吗？”王蓝欣喜地问道。

“不！”李牛子摇摇头。

“他不给我写信，不能怪他，要怪我。”王蓝伤心地叹了口气。

“他为什么不给你写信呢？难道到乡下就把城里的媳妇忘了！啊，你是他家里的吗？”李牛子说溜了嘴，连忙又拐弯了。

“不，我不是他的……”王蓝脸羞红了，“大叔，您说他是不是又找了爱人呢？”说到这里，她又哭了。

“谁知道他呢，这种人！”李牛子气愤愤地说，“可是我又不知道他叫什么，我怎么知道？”

“他不会这样，他不应该这样！”王蓝捂住脸，伤痛地哭起来了。

李牛子猛地勒住黑马，车站住了，他带着父亲般的慈爱问道，“姑娘，你为什么老哭啊，大冷的天，会哭坏身子。”

“可是我害怕呀！”王蓝痛哭道。

李牛子吆喝一声牲口，车缓缓地向前进了，他沉默了一会儿，猛地一摔鞭子，粗声粗气地说道：“姑娘，你放心，只要他在我们运河，我就给你找到他。变了心，哼！这种人！他是不是党员？”

“是党员。”

“那他敢！”李牛子大叫道，“咱们去找党支部，不给自己的媳妇写信，到乡下又找了爱人，哼！这种人！”

“我不是他的……是我的不对！”王蓝连忙说。

“你的不对，你的不对，你到底是怎么个不对呀！”李牛子暴躁起来。

“大叔！”王蓝叫了一声，就哭了，许久，才哽哽咽咽地说起来：“我是城里的人，念完了高中一年级……”

“啊！是个有学问的姑娘。那他还变心，这种人！”李牛子插嘴道。

“大叔！”

“好，你说吧！”

“念完了高中一年级，我得了肺病，就休了学，躺在家里养着。他那时候在农业机械化学院念书，是我们同院的街坊徐大妈的外甥，他常从学院到城里来看徐大妈，我们就认识了。我们常常在一起谈理想。我想当作家，或是当历史学家。他呢，光是惦念着运河，想在运河滩上建立拖拉机站，建立农业技术站。”

“啊！”李牛子快活地拉长声音叫了一声，“他怎么这么爱我们的运河？”

“他是运河的人嘛！”

“什么村的？”李牛子站住了脚，瞪着眼睛问道。

“我忘了。”王蓝难为情地说，“那时候我对农村不感兴趣，他说过，我也没记住。”

“唉！姑娘，你呀！怪不得……”李牛子不满意地摇了摇头，长叹了口气。

“我们常常吵嘴，可是感情很好。我想，虽说理想不一样，可是我当作家可以到运河去体验生活。去年，他毕业了，可是我的肺病还没完全好，我整整哭了一天一夜……”

“你是个哭姑娘！”李牛子低低地笑道。

“一天，他来了，高兴得又跳又叫，说是已经分配他到运河拖拉机站跟农业技术站工作。他让我跟他一块儿走，他说运河有河流，有树林，有帆船，空气清新，肺病很快就会养好，病好了，就参加农村工作。我一听就火了……”

“你看你！”李牛子流露出十分的不满意。

“可是他仍然笑嘻嘻地死劝活劝。我那时候真是昏了，说了一些可恨的话……”王蓝放声大哭了。

“你说了些什么？”

“我说，你让我到乡下去，一辈子没出息，你好统治我呀！”

“哎呀！看你说的这种话！”李牛子气恨地说，“你是团员吧？”

“是。”

“你们团支部没批评你？”

“团支部不知道。”

“后来呢？”

“后来，”王蓝哽哽咽咽地说，“他气坏了，一句话没说就跑了。我又哭了一天一夜，我想他心多狠啊！让我这样的病身子到乡下去，怎么受得了？我又一想，哼！他不让我实现自己的理想，好比他矮一头，他多自私呀！……”

“你！人家这怎么算是心狠跟自私？”李牛子愤愤不平地喊道。

“过了两个月，他从乡下来了信，说了几句安慰话，还是一死地要我到乡下去。”

“这个人，工作方法也太强迫命令了，要说服动员嘛！”李牛子批评道。

“我看完信，手脚都凉了，气得一阵阵发昏，三把两把把他的信撕碎了，扔了一地，又扫起来，扔在炉眼里。于是我拿起笔给他回信，我骂他自私、狠心；我说，我不怕你的威胁，我可不是甘受欺压的女人！写完信，糊上信封，我就出门奔邮筒跑……”

“你们这些年轻人！”李牛子摇了摇头。

“可是我刚一迈出门槛，扭身又跑回来了，往床上一扑，我就大哭起来。我怕呀！要是真决裂了，我这一辈子可怎么过，我怎么能够忘了他？我想，狠狠心吧！为了他，牺牲我自己，到乡下去。我坐了起来，想拿笔来写信，可是理想跟身体的问题又涌上心头，我把笔一扔，又趴在床上哭起来了。”

“你给他回信没回信？”

“没回信，我不敢写。不同意到乡下去吧，我怕决裂了；说去吧，我又下不定决心，就这么拖延下来了。”

“他呢？”

“他也再没来信。我天天盼信，夜夜梦见他，邮递员都让我给问烦了。不知怎么，我开始读苏联和中国写农村的小说，看报纸也特别注意农村的消息，我渐渐感到农村可爱了。我常常到徐大妈屋里去闲谈，想打听一些他的情况，可是徐大妈什么也不知道。大叔，哪怕他给我写个明信片，说上几句软话，我就会跑去找他，我已经忍受不了这种痛苦了！可是他就不写，他是个坚强的人。”

“那你为什么又来找他呢？”李牛子讥诮地问道。

“我决定到农村工作了！”王蓝激动地说，“春节，他给徐大妈写信来，动员她家还乡生产。他说，运河现在都是高级农业社了，他说他现在住在山楂村乡高级农业社，是个三千多户两万多亩地的大社，社里已经有了电话，一九五七年还要在运河边修建一个小型水力发电站，供给运河一带三个乡的用电……”

“姑娘！”李牛子猛地大叫一声。

“我在徐大妈那里看到了他的信，我哭了，为什么他不给我写信？男人的心真狠呀！他一定是又找到了爱人，把我忘了。我恨我自己，我为什么不给他写信承认错误，我为什么不跑到乡下去看他！我一夜没睡，我下定决心，我已经十九岁了，虽然肺病已经养好，可是再上学也有些晚了，农村现在需要知识分子，这正是我为社会主义事业贡献一份力量的时候。我要跟他在一块儿，永远也不吵架了，永远也不离开了，在运河住长了，生活熟悉了，我将来还可以当作家，写小说呀！”王蓝的眼里闪着火花，激动得声音都发颤了。

“姑娘！你这样做太对啦！你的他也找到啦！”李牛子抓住王蓝的胳臂，狠狠地摇着。

“大叔，您认识他？”王蓝紧握住他的手，紧张地问道。

“他是不是姓方？”

“姓方。”

“是不是叫方秋枫？”

“是他！是他！”王蓝叫道，“大叔，他在哪儿？”

“就在我们白杜梨树工作区住。”李牛子像谈自家人似的说，“秋枫建社扩社的时候是我们山楂村乡工作组长，可得人心啦！我告诉你，他没变心，也没找新的爱人，我刚才骂了半天，是因为我不知道是他。你为什么不早说，拐这么大的弯子！”

“大叔，您快赶车吧！快着呀！”王蓝哭了，叫道。

李牛子也高兴起来，打了个响脆的花鞭，黑马便放开四蹄狂奔起来；马蹄声就像冰雹雨似的，惊破了运河那寂静寒冷的春夜。

“大叔，您说我在农业社干什么好呀？”在隆隆的车声中，王蓝高声问道。

“当会计，搞俱乐部，或是将来参加民办中学跟修建水电站工作，随你便！有学问的人在我们乡下是珍珠玛瑙！”李牛子也高声回答。

公路已经靠近运河了，可以看见运河冰面上的闪光，隐隐约约地也可以听见开冻了的淙淙的流水声。扑面，运河那冰冷而又发暖的清新气味吹来了。

"看哪！"李牛子用鞭子指着，"从这里起，就是我们山楂村乡的土地了，这是山楂村渡口，我们再跑出三里，在白杜梨树渡口上岸！"

"您再快一点儿吧！"王蓝央求地叫着。

黑马简直像飞上青云了，猛地，车身一颠，已经跑下了堤。到河边，李牛子跳下来，提着脚跟，拉着黑马走上河面上的冰道。

河面喳喳地响，王蓝吓得尖叫一声，李牛子回头笑道："合上眼！"说着，他照黑马的屁股上打了一巴掌，于是就像腾空一样，跑上了河岸，后面，一块大冰块"扑通"沉下河去了。

"哎哟！"王蓝睁开了眼。

穿过一片杜梨树林，就进了村里，于是狗便叫起来，李牛子暴怒地喊道："狗日的！连我的声音都听不出来，别叫啦！吓住贵人。"

车在村中间的一个柴门口停住了，王蓝一跃跳下来，被一簇酸枣丛绊倒了，李牛子连忙拉住了她："姑娘，你呀！小心玉体。"

"大叔，他就住在这家吗？"王蓝抱住柳条包，就要进门去。

"等一等，我问问，他是谁家都住。"于是，李牛子朝院里高喊道，"五更嫂子，秋枫住在你这里吗？"

"你问秋枫呀，他到社里开会去了，他说今晚住在山楂村。"院里，一个老太太回答道。

"他妈的，真不凑巧！"李牛子嘟哝着说。

"大叔，您把我送到他那里去吧！"王蓝焦急地说。

"我一个人去吧！你进屋去暖暖。"

"不！"

"那……好吧！我打个电话。"

“电话？”王蓝惊讶地问。

李牛子两手攀住一棵大枣树的树枝，像猴子似的爬了上去。他骑在一个枝丫上，便扯着嗓子喊起来：“社办公室注意啦！社办公室注意啦！现在白杜梨树工作区要跟你们通话。”

在这四野无声的深夜，这粗犷的声音就像一口铜钟似的洪亮。

过了一会儿，山楂村那边回话了：“白杜梨树注意啦！电话已经接上线了。”

“请方秋枫同志马上回到白杜梨树来，有紧急要事！”

“他不能回去，现在正参加防风林带规划会议。”

“没告诉你是紧急要事吗？”

“工作区的工作要服从全社整体的工作，不行！”

李牛子火了，骂道：“你是不是外号叫泥鳅的那个小子，你怎么他妈的不通情理，秋枫的爱人从城里来啦！”

“牛子大爷，您别动肝火，我这就去告诉秋枫，让他们赶紧鹊桥相会！”

李牛子从枣树上攀缘着跳下来，擦着脑门上的汗，笑着对王蓝说：“这小家伙是个捣蛋鬼，可就是怕我。头年夏天我们俩打了个架，旱地上让我给摔了三个跤，水里让我灌了四口水，哈哈！”

“大叔，他什么时候能到？”王蓝着急地问。

“怎么，你等不了啦！好，咱们赶车接他去。”李牛子爽朗地大笑了。

“大叔，让我怎么谢您好啊！”王蓝感激得落了泪，“给您这车钱。”

“你别寒碜大叔啦！”李牛子拨开她的手，诡秘地小声说，“大叔是个老光棍，还是个老小孩儿，就好说个扯淡话，逗个趣儿，这个老狗日的！”

“大叔，您比我爹妈待我还亲啊！”王蓝把老羊皮袄给李牛子披上。

“闺女，好好在我们运河干吧！我们运河的人心肠热，处处你都会感到跟家里一样。”李牛子转过身，轻轻地拍抚着王蓝的头。

猛地，王蓝一声尖叫：“他来啦！”

“在哪里？”李牛子瞪大眼睛，前面是一片果园，黑漆漆的，什么也看不见。

“他来啦！”

王蓝像一只轻灵的小鸟儿，跳下车，她想喊，但是胸膛堵塞住了，喊不出来，她只是拼命地向前跑。

“秋枫！”王蓝终于从胸膛里迸发出这一声。

那人一惊，就跑来了。

“秋枫，我来了！”

王蓝一阵昏眩，就倒在那带着运河的泥土和树林的清新气味的怀抱里了。

在不远的果园那边，李牛子难过地“唉！”了一声，用粗硬的手掌揉了揉眼睛，却又忍不住呵呵地笑起来。

一九五六年阳春三月

原载一九五六年四月四日《中国青年报》

瓜棚记

1

夏夜，运河边的瓜园里洒满乳白的月光，闷热的南风吹得瓜叶发出簌簌的幽响，浓厚的瓜香气弥漫着整个瓜园。

已经七十五岁的看瓜老爷爷，靠着瓜棚，点起一锅烟，烟窝里蹦跳着的火光，就像河边飞来飞去的萤火虫。他的身边，放着一把长满黄锈的生铁刀，那是他十八九岁参加义和团时的武器，一直保留到今天。

大概是被猛烈的旱烟陶醉了，或是被运河敲击河岸的水声催了眼，他瞌睡起来了。

忍耐不了酷热的布谷鸟在不停地叫，瓜园上空，蝙蝠就像在南风里飘舞的白杨树叶子。

猛地，看瓜老爷爷跳起来，一把抓住了一条瘦嫩的胳臂，“哎哟！”一个小伙子尖叫一声，却又淘气地嘻嘻笑了。

“秋收，是你这个小兔崽子呀！”看瓜老爷爷睁开了眼，哈哈大笑起来。

“老爷爷，您的身体不行了，像这么爱睡觉，一园子瓜早让人家偷光了。”

“不行？”看瓜老爷爷又加上一把劲，“你试试？”

“没关系，再加把劲！”陆秋收挺着胸脯，憋住气，虽然胳臂生疼，却强忍住不龇牙咧嘴叫唤出来。

“好小子，是个男子汉大丈夫！”看瓜老爷爷松了手，跟着又摇摇头，有点感伤地叹了口气，“是老喽！”

陆秋收抖着疼痛的胳臂，笑着说：“老爷爷，别悲观哪！我这是嘴硬，说真的，我这胳臂都快断了。把您那套刀法传给我吧！”

“好！活动活动身体，咱们就开始练。”看瓜老爷爷兴致勃勃地说。

陆秋收皱了皱眉头，忽然不好意思地笑了，说道：“老爷爷，明天再练吧！我现在还有事。”

“干什么去？”

“嘻！您知道……”陆秋收羞得脸红了。

“小子，你刚十七岁，这么早就搞恋爱，可伤筋骨呀！”老爷爷盯着陆秋收，半开玩笑半正经地说。

“老爷爷，我们这不是搞恋爱，我们是在搞发明呀！”秋收急忙辩白。

“发明什么？”

“我跟红桃要发明一种新的船，摆渡特别快，一篙头就能从河这边撑到河那边去。”陆秋收兴奋地说着。

“算了吧！”老爷爷一撇嘴，拉长声音说，“别满脑瓜子胡思乱想，还是到地里去多挣几个劳动日，免得你爹骂你。”

陆秋收生气了，喊道：“好！连您也不信任我。”说着，一跺脚就走了；但是刚走到井台那里，又扭转身来，面对着看瓜老爷爷，瞪圆眼睛说：“您看着吧！我还要改造您的西瓜呢。”说完，又要走。

老爷爷抢上一步抓住他，问道：“改造西瓜，怎么改造？”

“用杂交的方法。”

“什么叫杂交的方法？”老爷爷性急地问。

这下子可把陆秋收问住了，他咬了咬嘴唇，翻了翻眼皮，沉吟了半天，才说：“这本书我还没看完呢。”

“什么书，哪儿有？”

“这书叫《瓜类杂交栽培法》，社里图书室有。”

“把那本书带来，每天你给我念两段听听，行不行？”老爷爷用央求的口气说。

“行！”秋收点点头，跑了。

“杂交，杂交……”老爷爷拍着脑袋，自言自语地说。

这时，在篱笆外面，陆秋收说道：“老爷爷，我今晚住在您的瓜棚里吧，不回家了！”

“为什么不回家？”

“免得又挨我姐姐的骂！”

2

渡口，一只小船，拴在像藤萝似的扭曲的河柳上，摇摆着。从船舱里，透出昏黄微弱的灯光，一个小姑娘，在低低地哼着小调。

“咕咕咕！”

陆秋收躲在一簇野麻后面，学着布谷鸟叫。

灯光一跳，小姑娘走出船舱，从船上跳到岸上。

“红桃！”秋收从野麻叶里露出脸来，“你爹在不在？”

“不在。”

“好啊！”陆秋收蹦了出来。

“爹又到杜八亩家嚼舌头去了。”红桃噘着嘴说，“杜八亩那老家伙不定又给咱们造什么谣呢！”

“没关系，心里没事，不怕半夜三更鬼叫门。”秋收满不在乎地说，“他们爱信不信，等咱们发明出来，就把他们的嘴堵住了。”

“我说的不是那个！”

“你是怕他挑拨你爹不安心摆船呀？没关系，我正想干呢！正好试验咱们发明的船。”

“你真是缺心少肺！”红桃一甩胳臂，赌气地自己上船去了。

秋收也不理会，他们俩吵惯了，说不上几句话就会拌起嘴来，可是谁也不记在心上。

船舱里，饭桌上摆着一盏煤油灯，红桃又纳起鞋底儿；秋收从口袋里掏出一张纸，铺在桌上，上面画的是一只新奇的船。

“我已经完全想好了！”秋收激动地说。

“快说吧！别扯废活。”红桃用牙咬着麻绳儿，瞪了他一眼，说。

“你看！”秋收手指着那只船。

“我不瞎，看见啦！”

“我不说了，你怎这么气人！”秋收恼火起来，抓起图纸就要塞进口袋里。

红桃连忙按住他的手，咯咯笑道："老煤油桶，点火就着，说吧！"

"我已经完全想好了，你看！"秋收又兴奋起来，"把船头改成尖形，水面的阻挡力量就小得多了，再把船舵加大，速度一定会更快！"

"对呀！对呀！"红桃把鞋底儿往床上一扔，凑拢来叫道。

"等明天测量一下水流速度，这个发明就准确了。"秋收咧着嘴嘿嘿笑着，像小孩子似的望着那纸上的船。

猛然，岸上一个粗暴的声音喝道："谁在船舱里，给我滚出去！"

"爸爸！"红桃叫了一声，秋收的脸却白了。

咚的一声，老谢头跳上了船板，弯腰望了望船舱里，跺了一下脚，吆喝道："我就知道是秋收这个坏小子，你给我滚！"

"爸爸，他发明了一种新的船。摆渡可快啦！"红桃喜兴兴地说。

"什么他妈的新的船。邪门歪道！"老谢头气狠狠地说。

"不信您看看哪！"红桃从秋收手里抢过那张图纸，递给她爹。

老谢头接过来，扫了两眼，就三把两把撕得粉碎，扔到河里。

秋收给吓傻了，红桃哇的一声哭起来，喊道："爸爸，您真是蛮横不讲理，您还我这张图纸！"

"没关系，明天我再画！"秋收忽然说了话。

"滚！"老谢头一挥胳臂，怒吼道，"你不用惦上我这只船，我不摆啦！"

"您不摆我来摆，好不好？我正想试验这个发明呢！"秋收呆头呆脑地说。

"我把它劈了烧火！"老谢头粗脖子红脸地喊叫。

“大叔，您不能信杜八亩的话！”秋收从船舱里走出来，面对着老谢头，“杜八亩那个老中农的脑袋都让自私的蛆给咬烂啦，您给社员运送东西，他说给记的工分太少，那是挑拨！”

“滚！你别教训我！”老谢头把秋收一推推下船去，秋收在岸上踉踉跄跄抢了几步，险些摔倒了，他直起腰，一句话没说，就走了。

“爸爸，您疯啦！”红桃气恨地跳着脚，挣脱开她爹，飞跃到岸上去追秋收，“秋收，你等等！”

秋收站住了脚。

红桃从后面气喘喘地赶上来，拉着他的袖子，柔声说：“秋收，你气坏了吧？”

“没有！”秋收摇摇头，“明天我再画。”

“那测量水流速度呢？”

“后天。”

“那怎么行啊！”红桃的眉头拧成个疙瘩，“你连着两天不下地，黑板报又会点你的名，你姐姐又要数落你了。”

“没关系，听惯了。”

“那不好，你挨批评我也不好看，”红桃说，“你看让我来测量水流速度吧。”

“好！我本来想让你测量的，分工合作，怕你没耐性，不肯干。”秋收高兴地说。

“你……”红桃又要吵，想骂他“你胡说”！但是想到他刚才受了她爹一肚子的冤枉气，连忙咽回去了，问道：“拿什么测量呢？”

“我到社里去借闹钟。”

“你姐姐是团支部副书记，又是社务委员，她不赞成你，能借得来吗？”红桃发愁地说。

“能借得来，我那个主任姐夫支持我。”

“那就好哩！”

“可是你得细心啊！”秋收不放心地说。

“一定！”红桃用指头戳了一下他的鼻子，“告诉你，别狗眼看人低。”

说完，她耍了个鬼脸儿，就咯咯咯地笑着跑回渡口去了。

3

看瓜老爷爷在井台洗着脚，一边扇着芭蕉叶扇，一边凝望着天上那白茫茫的银河，数着那数不尽的蓝湛湛的星星，他总是那么静静地思念着什么。

篱笆外面一阵脚步声。老爷爷问道：“是秋收吗？”

“是！”

“怎么一会儿就回来了！”

“红桃她爹把我给赶出来了。”秋收走到瓜园，坐在井台旁的青石头上。

“为什么？”

“他说我们的发明是邪门歪道，把我的图纸给撕了。”

“小子，”老爷爷轻轻地拍着秋收的头，“你还不够踏实呀！所以别人不看重你。比如说，那本什么杂交方法的书，你还没看完，就要改造我的西瓜。”

“是……”秋收有些羞愧地说。

“来！把你发明的那个什么船给我说一说。”老爷爷把破芭蕉叶扇递给秋收。

“没有图，怎么说得明白呀？”秋收闷闷不乐地说。

“我能听明白，你说吧！”老爷爷闭上眼睛，靠着井台的葫芦架静听。

秋收喝了口凉井水，便滔滔不绝地说起来；老爷爷听着听着，不住地点头。最后，秋收跳起来，抡着胳臂说道：“要是这么一改造呀，这木船不但走得快，而且装得多啦！”

“好小子，你长着颗聪明的脑袋！”老爷爷睁开眼，说道，“我给你打个下手，帮你干，明天咱们先做出个模型，好不好？”

“好啊！老爷爷。”秋收愉快地大叫，跟着又一撇嘴，“哼！可是我姐姐老打击我，等成功了再说。”

“你姐姐是团支部副书记，怎么会打击你！”老爷爷笑眯眯地问道。

“别看她是团支部副书记，我就不佩服她！”秋收愤愤地说，“整天板着脸，见人就给解决思想问题，批评这个批评那个。可是对我那没结婚的姐夫呀，又温柔又和气，我看着她那样子就生气！”

“嗬！你们姐弟俩是水火不相容啊！”老爷爷哈哈大笑，“她一定是批评过你，要治你的思想病吧？”

“可不是呗！”秋收更生气了，“她说我是游手好闲的二流子，不务正业，不爱劳动，光是胡思乱想。还说我……还说我跟红桃是乱搞恋爱，难道她跟我那姐夫自由对象，也算是乱搞？”

“你姐姐的话可也太过分了，”老爷爷摇着头，“不过，你最近这些日子每天才挣三分，也不怎么露脸。”

“方秋枫同志也批评过我，我接受，心服口服。我佩服他！”秋收说。

“方秋枫同志支持你的发明吗？”

“当然支持啰！”秋收用洋溢着愉快的声音说，“方秋枫同志多了不起，才二十三岁，大学毕业，拖拉机站站长，现在还代理区委书记，又有学问，又有办法，说话叫人那么爱听，打心眼儿里服气。”

“是啊！”老爷爷点点头，“他真是敬老爱少，到咱们村来，总要上我这里坐坐，喜欢听我讲讲义和团的故事啦，运河的传说啦，种西瓜的技术啦……”

“他爱人王蓝同志也不简单，”秋收抢着说，“念过高中，现在在拖拉机站搞秘书工作，才十九岁。方秋枫同志还让我到她那里去学习初中物理跟数学，可是我不愿意去。”

“有这么好的老师，为什么不去？”

“别扭！”秋收不好意思地说，“她才比我大两岁，又是个女的，跟方秋枫同志学习还可以。”

“爱面子，哼！要不得。”老爷爷不满意地从鼻孔里哼了两声。

“这是男子汉大丈夫的尊严呀！”秋收不服气地说。

“什么叫尊严？谁有本事就向谁学习。”老爷爷沉吟了一会儿，说道，“你知道我的种瓜技术跟谁学的吗？”

“跟谁？”

“跟我师妹！”

“师妹？”秋收惊讶得瞪大了眼睛。

“师妹！”老爷爷笑了，跟着就陷入在沉思里，慢慢地说：“光绪二十五年，我加入了义和团，到运河上游楼梓庄去拜师傅学武艺。我那师傅是个种瓜的能手，给大地主种了二十亩地的瓜。可是他对技术可真保守啊！连女儿都不教，怕女儿传给了女婿，就不是家藏秘法了；儿媳妇可以传，因为儿媳妇是自家门里的人。他教给我武艺，可是不肯教给我种瓜，我真眼馋呀！那大西瓜长得都跟青石碌碡似的，足有二三十斤，皮儿薄，瓤儿红，味儿又甜，咬一口就跟喝下一碗蜜水似的。这门技术我是非学不可呀！”

“可是您的师傅并没把技术传给您师妹呀！”秋收插嘴说。

“我那师妹是个聪明伶俐的姑娘，”老爷爷陶醉地说，“她从懂事的时候就在旁边偷偷看，一年两年，十年八年，就学会了。在歇晌的时候，在夜晚师傅睡着以后，她就偷偷地教我，我就跟她学会了。”

“您的师妹多像红桃呀！”秋收天真地说，“后来呢？你就把她娶过来做媳妇了吧？”

“没有。”老爷爷心情沉痛地摇摇头。

“老师傅不答应？”秋收问道。

“不是，”老爷爷难过地低声说，“光绪二十六年，她让八国联军的洋鬼子给打死了，她是义和团的‘红灯照’①。”

秋收也难过得说不出话来了。半天，他才愤恨地说：“要让他们给偿命！”

---

① 参加义和团的女童，也学习拳术，为义和团的斗争服务，当时叫“红灯照”。

“这些陈年旧账，也就用不着再一笔一笔地算了。”老爷爷沉重地慢声说，“话说回来，不管是谁，不论他年岁大小，只要有值得学习的长处，就拜他为师。”

“老爷爷，您说得对！我应该到王蓝同志那里去学习。”秋收被老爷爷这一番话说得全身都激动了。

“这就对喽！”老爷爷站起身，“睡去吧！孩子，明天我帮你做模型，你可记住给我念那个什么杂交方法呀！”

“一定！”秋收说。

“那我就拜你为师了。”老爷爷幽默地说。

“您别挖苦我啦！”

秋收蹦蹦跳跳地跑到瓜棚那里，爬上了二层的瓜楼，躺下来，想了一会儿老爷爷讲的故事，真是又激动又难过，很久才睡着了。

老爷爷提着那把长满黄锈的生铁刀，踏着满地的月光，在瓜园里巡逻；不时走到瓜棚那里，看看秋收，给他盖上被子，用破芭蕉扇赶走飞来的一两只蚊子。

4

鹭雀在运河上空盘旋啼叫，月淡星稀了，跟着，金红色的朝霞从东山燃烧起来了。

秋收从二层瓜楼上跳下来，轻轻地，不想惊动瓜棚里刚刚睡熟的看瓜老爷爷，在井台洗了脸，就回家去了。

青蓝色的炊烟飘散在村庄上空，早饭的香气扑进秋收的鼻孔，肚子里咕噜噜叫起来，于是他开腿就跑。

一进门槛，全家已经在葫芦架下开饭了。秋收刚要拿碗去盛饭，他姐姐陆秋莲站起来，脸上像盖了一层霜，厉声问道："昨晚上你住在哪儿啦？"

"看瓜老爷爷的瓜楼上。"秋收理直气壮地说。

"为什么住在那里？"秋莲紧接着问。

"我研究改造木船回来晚了。"秋收低下头。

"跟谁研究到那么晚？"秋莲像审问犯人似的追下去。

"你少管闲事！"秋收一抬头，拧着脖子喊。

"我就要管！"秋莲的火气爆发了，"你还是个团员，也配！整天游手好闲，一天才挣三分，你们生产队长不知向社务委员会反映过多少回了，让团支部都丢人败兴，我也跟着你丢人败兴！"

"我又不是你，你丢什么人，败什么兴！"秋收圆瞪着眼睛，盯着他姐姐。

"你好好想想吧！"秋莲嘴唇都气哆嗦了，"要是我，就没脸吃这碗饭。"

"我偏吃！又不是吃你的饭。"秋收故意气他姐姐，把一碗饭盛得满满的冒尖。

"你把这碗饭给我放下！"秋收他爹老陆正一拍桌子，震得盘碗跳了几跳，"你挣那三分不够这碗饭钱！"

秋收一咬牙，把一碗饭又倒进盆里，几步跑进屋去，把铅笔、尺子跟一张白纸塞进口袋里，就空着肚子从家里跑出来了。

跑到主任刘春夏那里去借闹钟，主任说社办公室的钥匙在秋莲手里。秋收一听，气得要哭出来，一扭头跑出门，嘴里嘟嘟哝哝地骂着刘春夏："你是个什么样的主任，还没跟我姐姐结婚，就把大权交给她，软耳朵，怕老婆的家伙！"没留神，一头撞到对面走过来的人的怀里。

"对不起！"说完，昏头昏脑地又跑。

"秋收，你怎么啦？"那人一把揪住了他。

"啊！方秋枫同志。"秋收那阴沉沉的脸上掠过一抹笑影，"借你表用一用，弄不坏。"

"干什么用？"方秋枫一边说着，一边从手腕上脱下表。

"测量水流速度。"

"讲给我听听！"方秋枫非常感兴趣地说道。

"一会儿你去参观指导吧！就在渡口。"秋收接过表，一转身就没影了。

"这个调皮鬼！"方秋枫望着他的后影，轻声说。

秋收跑到瓜园，看瓜老爷爷也正在吃早饭，他喊道："老爷爷，我跟您这儿吃顿饭吧！"

"怎么，你们家揭不开锅啦？"老爷爷玩笑地说。

"不是，是我姐姐把我给赶出来了！"秋收说。

老爷爷点着秋收的鼻子，笑道："你呀！你是只山喜鹊，哪儿也不叫进窝。"

"快吃，快吃！"秋收拿起玉米饼子，咬了一口，把纸铺在桌上画起来，"吃完咱们好做模型，一定要在今天搞成功，不然我姐姐又该给我上黑榜啦。"

太阳已经升起来了，村里的集合钟当当地响过了。这时，青纱帐里的蚯蚓小道上，传出一阵阵清脆嘈杂的歌声，叽叽喳喳的说笑声。

“老爷爷，我得躲一躲。”秋收慌慌张张地说。

“怎么啦？”

“我姐姐一定得来找我，您可别告诉她。”说着，秋收把他的纸笔收拾起来，跑到井台上。老爷爷微笑着，看他爬上了葫芦架。

果然，陆秋莲怒气冲冲地来了。

“老爷爷，秋收在不在您这里？”

“昨夜里在我这里住了一宿，天亮不是回家吃饭去了吗？”老爷爷摊着两只手，眯着眼睛。

“一定是您把他藏起来了！”秋莲不相信地说。

“没有，没没！”老爷爷眨巴着眼睛，连连说：“不敢窝藏逃犯。”

“我要搜查！”秋莲盯着老爷爷，厉声说。

“搜吧！搜吧！”老爷爷站起身，抖落抖落衣裳，好像是对秋莲说：“我没把他藏在身上吧！”

于是秋莲便从瓜棚里和瓜楼上开始搜查，又走进瓜地里，拨开西瓜秧、甜瓜秧、黄瓜架、冬瓜架和西红柿架，只是不见秋收的影子，她骂了声：“小该死的！”就准备出去了。

但是她走到井台上，突然站住了，抬头望了望葫芦架，便动手摇起来，秋收吓得哆嗦了，一只青胀虫又爬在了他的脖子上。

“老爷爷，这个葫芦架怎么摇不动呀？”秋莲疑惑地问。

“嘿！你不看看那些葫芦，挂得天上地下，个个都百八十斤重，你怎么摇得动？”老爷爷巧妙地遮掩。

“我还得找他去，这个该死的懒蛋二流子！”秋莲又怒气冲冲地走了。

秋收看她姐姐走远了，从葫芦架上像猴子似的跳下来，对看瓜老爷爷吐了吐舌头，挤眉弄眼地小声说：“您看看，我姐姐够多厉害！对我真像恶狼似的。可是跟我那没结婚的姐夫，就像一头小绵羊，咿咿呀！”

“哈哈哈哈！”老爷爷被逗得笑出了两颗眼泪。

“老爷爷，图已经画出来了，您动手做模型吧，我去给红桃送表，一会儿就回来。”说着，一溜烟跑了。

看瓜老爷爷从瓜棚里拿出斧头跟小锯，找了两块薄木板，在阳光下把那张图端详了一会儿，就坐在地上干起来。

“老爷爷，您可窝藏了个懒蛋二流子呀！”篱笆外面，一个爽朗的声音笑道。

“谁！”老爷爷吓得一声大叫。

方秋枫含笑进来了。

“啊！方站长，是你，一场虚惊。坐，坐！”老爷爷拍着旁边的一个蒲团，笑着招呼。

“老爷爷，你也参加秋收的发明啦？”方秋枫在蒲团上坐下来，也动手帮助老爷爷锯起木板。

“是嘛！”老爷爷仰着脖子笑了，“你看，你不是也参加他的发明了。”

“我是陪工程师看地势来的，国家要在渡口这一带修建个二十千瓦的小型水力发电站。”

“什么时候动工？”老爷爷惊喜地扔下手里的斧头。

“完秋。”

“那把我们秋收拉拔到发电站去吧！”老爷爷殷切地说。

“可以呀！”方秋枫点点头，“不过他的知识还不够，需要补习一下，再考考看。”

“你不是说王蓝同志可以教他吗？”

“可是他不愿意去，害臊呢！”

“昨黑夜我已经把他说服啦。”老爷爷连忙说。

“嗬！您比他的姐姐有本领，”方秋枫笑着说，“您怎么把这个捣蛋鬼说服了呢？”

于是，看瓜老爷爷再一次讲起跟师妹学种西瓜的故事。当然，老爷爷又难过了很久，而方秋枫也陪着老爷爷难过了很久。

5

秋收一到渡口，红桃就问：“闹钟带来了吗？等你等得都急了，慢腾腾的真像个蜗牛。”

“闹钟没带来，可把方秋枫同志的夜光表带来了。”秋收说，“我姐姐没给我吃饭，还四处捉拿我呢！”

“我给你拿一只炖野鸭子吃吧！”红桃接过表，说。

“我不吃，别让你爹再骂一顿。”

“这是我抓的！”

红桃转身回到船上，一会儿，拿出一只肥嫩嫩的炖野鸭子，递给秋收。

“现在就开始测量吧！别粗心大意，多加小心，别把方秋枫同志的表弄坏了。”秋收叮咛红桃。

“老说这些教训人的车轱辘话，去你的吧！”红桃不高兴地拉长了脸，推了秋收一把。

秋收提着野鸭子，回到瓜园。方秋枫跟看瓜老爷爷已经到井台葫芦架下乘凉，方秋枫一眼看见他，喊道：“秋收，快来！我们已经把你的模型做成了。”

“太好啦！”秋收一边喊，一边跑进来，“慰劳慰劳你们二位，尝尝炖野鸭子吧！”

方秋枫撕着野鸭子肉，大口大口地嚼着。看瓜老爷爷笑道：“秋收，再让红桃多抓几只，送给王蓝同志，快给你补习补习，完秋到发电站去。”

“什么？”秋收不相信自己的耳朵，趴在方秋枫的脸前问道：“真的吗？”

“你不愿意跟这个比你大两岁的女同志学习，算了！”方秋枫装得很冷淡地说。

“我已经搞通思想啦！”秋收着急地喊，“不信你问问老爷爷，是他把我说服的。他能向师妹学习，难道我就不能向这个大姐学习？”

“哈哈哈！”方秋枫霍地跳起来，“秋收，咱们到河边去吧！看看红桃怎么测量水流速度，今天筹建发电站的技术人员也来测量，看看你们谁准确。”

“我们这算什么测量！”秋收说。

他们走出瓜园，奔河边去。

“秋收，你把这只木船这么一改造，的确能够增加速度跟载重量。”走在路上，方秋枫说。

“可是我姐姐还说我是胡思乱想呢！”秋收得意地眉飞色舞起来了。

“小伙子，还是别忙着得意吧！”方秋枫拉长声音说，“你这颗聪明的脑袋可比我们的时代落后了一百年。”

“什么！”这一击，使秋收的脸涨红了。

“这个减低水流阻力的原理，一百多年前就发明了，在初中物理上就有，而且我们今天的轮船也应用的是这个原理。”

“那……”秋收一下子泄了气，“我们这些日子算是胡闹了。”

“你看你，一会儿得意，一会儿丧气。”方秋枫笑着说，“你跟红桃的这个发明，还是有实用价值的，社里的那几只木船都可以这么改造一下。”

秋收噘着嘴，沉默不语，用脚踢倒路旁一簇火红的野花。

“这说明你还需要知识！”方秋枫说。

“我一定向王蓝同志学习！”秋收咬着牙，眼里漂着泪花，握紧拳头。

“你还应该向很多人学习，比如说，向你姐姐学习。”

“向她学习？”秋收皱起眉头，一撇嘴，“谁爱理她，就会教训人，哼！我不佩服她。”

方秋枫被他这个怪样子逗笑了：“我一定批评她，她是个青年团支部副书记，可是倒像老年团支部副书记了。不过，她的优点你看见了吗？学习了吗？”

“她有什么优点？”秋收仍然不服气。

“比如说，人家一天挣十一分，你呢？才三分……”

“这我也办得到！”秋收打断他的话，“要不是想发明这只破船，我一天能挣十二分。”

“小伙子，别骄傲，你再听！”方秋枫不慌不忙地又说出第二条，“人家提高了文化水平。”

“这你可没我了解得深入，”秋收挤着眼睛，“她才念过初小四年级，只有那么高的水平。”

“可是现在已经达到高小六年级的程度了。”

“你别听她吹牛！”

“人家测验过！”

“谁测验过？”

“王蓝。”

“什么？”秋收吓了一跳，张大了嘴，“王蓝同志测验她干什么？”

“她每星期到王蓝那里去学习一个晚上，并且把你们那主任，她的未婚夫也带去呢！”方秋枫俏皮地眨眨眼。

“怪不得她晚上常常不在家……”秋收低下头，不言语了。

“不一条条举例了，你说说，比得了吗？”方秋枫笑着望着他的眼睛。

“比不了！”秋收又像是无可奈何，又像是赌气地说。

“比不了，认输了！”方秋枫一阵响亮的大笑，狠狠地拍了一下他的肩膀，“那就得向人家学习，小牛犊子！”

这时，运河高岸上，杜梨树林边，建设发电站的工程师喊道：“方秋枫同志，现在开始测量啦！”

“就来！”方秋枫答应一声，就要走，“秋收，一会儿我再找你，别生我的气呀！”

“方秋枫同志，”秋收突然抓住他的袖子，红着脸吭吭哧哧地说，“能不能让红桃也跟我一块儿到王蓝同志那里去补习，她也念过高小呢！”

“可以。”

“今晚上就去，可以吗？”秋收性急地问道。

“今晚上？”方秋枫想了想，“今天是星期三，可以。她每星期三、五两天拿出来帮助别人学习。”

“我，我今晚上就去！”秋收凝视着方秋枫的脸，“我向你保证，一定要好好学习，每天也要挣十一分，不！十二分。我要跟我姐姐比赛，我还帮助看瓜老爷爷学习瓜类新的栽培方法，一个星期两次！”

“好样的！”方秋枫几乎要拥抱他，“竞赛是可以的，但是不能跟你姐姐打架。”说完，就匆匆忙忙地奔运河高岸去了。

秋收跑到渡口，红桃正拿着表，愁眉苦脸地盯着运河那淙淙的流水。岸上，高高的白杨和落在树枝上那鼓动着翅膀的老鹰，在河面上映起倒影，几条肥白的鲤鱼游到那里，被老鹰的倒影吓得四散了。

河对面，浓密的野芦苇丛边，一群野鸭子在嬉闹……

秋收站在她背后，默默地站了很久，才瓮声瓮气地说：“别测了！”

红桃吃了一惊，猛地回过头，问道：“怎么啦？”

“你看看！”秋收指指运河高岸上，“筹建发电站的同志们也在测量水流速度。”

“他们测他们的，咱们测咱们的！”红桃不以为然地说。

“哼！别得意了，咱们的发明落后了一百年。”秋收哭丧着脸说。

“谁说的？”红桃站了起来，惊问道。

“方秋枫同志。”

“那咱们不是白费事了吗？”红桃带着哭音说。

“没关系！还有实用价值，”秋收沉重地说，“社里可以按照咱们的方法改造木船。不过，咱俩得去学习！”

“你说什么胡话！咱们到哪儿去学习呀！”红桃用手背擦抹着眼泪，迷惑不解。

“到王蓝同志那里，今晚上就正式开学。”秋收低沉地、坚定地说，“来，把船摆过去，咱俩抓几只野鸭子，给王蓝同志送个礼，也算缴学费！”

这天夜晚，他俩提着五只又肥又重的野鸭子，踏着大道上的月光，到十里外的拖拉机站去了。

一九五六年四月

原载一九五六年第六期《少年文艺》

闹林记

最近撤区并乡后，从区委副书记调任县供销社第二副主任的高通海，已经走马上任。他正式就职的第二天，就接受了负责领导一个门市部的建设任务，同时也接到他那比他年轻十八岁的未婚妻的来信，说如果不给她盖一个至少是三间蓝砖房的小院，不让她跟那对老眼昏花的未来公婆分居，要想结婚，那只是梦想。

高通海苦恼了一天一夜。当他吸完第三盒双喜牌香烟的最后一支，终于拨开乌云见青天，妙计心上来。他得意地笑了，把半截香烟抛出窗口，便拿起笔来草拟了一件公函，然后用电话跟农林科打了招呼，请他们盖了印，就注明十万火急。虽然已经黄昏，但是仍然勒令通信员当日送到运河下游的白杜梨树村。

通信员是夜晚十点钟赶回来的，第二天黎明，高通海就骑上那辆副主任专用的飞鸽牌自行车，披星戴月地奔白杜梨树村去了。

他虽然已经三十六岁，但仍然保持着年轻人那股好打扮爱漂亮的派头，雪白背心，浅蓝花格衬衫，假派力司的裤子，花得刺眼的短袜，在县级机关中第一个穿起四面通风的凉鞋。他嘴里衔着香烟，两手放开了车把，乘着凉爽得沁透皮肤的晨风，沿着公路疾驰，直奔三十里外的白杜梨树村。

他以高级自行车运动选手的速度，赶过了跑在他前面的一辆绿色载客汽车，又一鼓作气，超过了第二辆载重十轮大卡车，车轮就像不沾地皮儿似的；从公路上飞奔下来，自行车在白杜梨树渡口停下了。

他掏出未婚妻给绣了花边的绸手帕，小心翼翼地擦了擦前额上的汗水，深深地吸了一口河上的清新空气，然后高声吆喝道："管船的，把船摆过来！"

站在白杜梨树渡口，只见树林不见村庄，虽然渡口离村庄不过几十步。这正是七月间的落雨季，静静的运河浩浩荡荡的像一条白色的大江。太阳还没有升上来，火红的朝霞涂染了村庄四外的树林和田野上的青纱帐，河面也被映照得一片片艳红。漫滩上的野麻和野芦苇，几乎完全被淹没了，只剩下一簇簇的绿色头顶。油黑的鸏雀在天空盘旋啼唱；白色的水鸟在河面上嬉闹着捕捉鱼儿。一道道亮晶晶的小溪流，穿过运河岸边的白沙滩，曲曲折折地盘旋着，钻进白杜梨树外围的树林里，在草地上消失了。

管船老谢头睡眼惺忪地把船摆过来，高通海跳上船，眼睛注视着河堤下那浓绿发黑的树林，忍不住脸上掠过一抹笑影。于是点起一支香烟，得意地吸了一口，不知不觉地，船已经靠岸了，他跳下船，便跨上了车。

"同志，给过河钱！"管船老谢头追在后面说道。

"我出差到你们农业社来的，算在你们社里的账上！"高通海看也没看一眼，就骑车上了河堤。

"总共八分钱，也像割块肉似的舍不得！"管船老谢头咕哝着，不再追了。

白杜梨树村坐落在运河陡岸上，整个村庄像一个半岛似的伸进运河里。运河在村庄的脚下拧成一个可怕的漩流，撞击着砖坝，发出怒吼似的涛声，白杜梨树村之所以能够安然地经受运河风险的考验，是因为白杜梨树村从老辈遗留下一个光荣的传统：年年清明节，不用谁去号召，男女老幼都要在河堤下种树，连三岁的孩子也去插上一个树枝；年年落雨季，不用政府通令，男女老幼都要去加高加固河堤，连三岁的孩子也去捧一把土。几十年，河堤下是一片雄壮的树林，河堤也像铜墙铁壁那般坚固。

高通海站在河堤上，望着那笔直耸天的大白杨、有一抱粗细的老榆树、光溜溜没一点疤痕的大垂柳，兴奋得都要跳起来了。他很后悔没带着胶鞋，不能到树林里去标上号码，这双凉鞋蹚上露水就不漂亮了，今天他还要到白杜梨树村南的青流村去看他的未婚妻。

“那棵一抱粗的老榆树，正好做那三间砖房的横梁，富富有余！”他自言自语地说。

猛地，一个苍老的声音在河堤下的树林边招呼道：“同志，早啊！”

高通海看去，那老头拿着把长锈的生铁刀，他认得是白杜梨树村德高望重的、七十三岁的看瓜老头。他过去在白杜梨树村工作的时候，常到看瓜老头那里去吃瓜，从不掏钱，看瓜老头也从没跟他要过钱。

“早！”高通海端出首长的架子，冷漠地回答。

“你在看什么呀？”看瓜老头问道。

“看这片树林。”

“干什么？”

“我们要砍这些树去建设。”

“这……这树不能砍呀！”看瓜老头着急地说。

“高价收买！”高通海不耐烦地说。

“我们不卖，树林是保护河堤的！”

“卖树是爱国主义的表现，不得反对！”高通海不再搭理他，骑上自行车奔村里去了。

看瓜老头痴呆呆地望着他的后影，猛地，他一刀砍倒一簇野花，也追在后面进了村去。

高通海一直奔到社主任刘春夏家，他大吃一惊，从他不负责白杜梨树村的工作到调到县里去，几个月没到白杜梨树村来，刘春夏的家也整洁漂亮起来了，碧绿的柳条篱笆，三间土棚子也抹上了青灰，院里种了一架葡萄，有一群白鸭。一个年轻的女人正在屋檐下的小泥灶旁烧火；刘春夏拿着把大竹扫帚在扫院子。

他用自行车顶开柴门，刘春夏听见声音抬起头来，吃惊地扔下扫帚，笑道：“高书记，你来了！”

“已经卸任了！”高通海不大乐意地说。

“啊，是高主任！”刘春夏连忙说。

“高……高主任，您好！”那烧火的年轻女人转过脸来，腼腆地点点头。

啊！原来是陆秋莲，这是他在白杜梨树村工作时曾经追求过的姑娘，现在越发丰满和俊俏了。不过比起他的十八岁的未婚妻，显然缺乏城市姑娘的风度。

“你好！”高通海傲慢地拉长声音回答，跟着就板起面孔问刘春夏：“公函你们收到了吗？”

“收到了。”

“那么马上就动手砍树吧！”

“不行啊！”刘春夏皱起了眉头。

“怎么不行？”高通海鼓起圆溜溜的眼珠子，“砍树给钱，又不是横征暴敛！”

刘春夏哭丧着脸，痛苦地说：“昨晚上接到你们的公函，我们连夜开了社务委员会，大家都不同意卖。这树林是保护河堤的，也就是保护我们白杜梨树村人民的生命财产的啊！”

“别言过其实，没这么严重！”高通海从鼻孔里哼了哼，“你为什么不说服大家呢？你是领导人呀！”

“可是我的思想也搞不通啊！”

“不管搞得通搞不通，反正一定要砍！”高通海叼着烟，歪了歪嘴，烦躁地说。

“那……那就让我们的党支部书记跟你谈谈吧！”刘春夏无可奈何地说道。

“什么，你们也建立党支部了？”高通海惊讶地问道。

“刚建立四五天。”

“够三个党员吗？”

“十个。”

“咦！够条件吗？”高通海轻蔑地冷笑一声，“不能把鸡毛蒜皮都吸收入党呀！我在你们村工作的时候，一直掌握得很严格呀！”

“为什么不够条件呢？”刘春夏也火了，“他们都是经过方书记考察过的。”

“方秋枫，哼哼！”高通海充满敌意地摇摇头，“知识分子，教条主义！他代理这六七个月书记，跟我作对到底，撤区以后，他还不是仍旧干他那拖拉机站长，管那几台拖拉机！”

“好，你等一等，我去找支部书记，”刘春夏想赶紧摆脱开他，但话刚出口，猛然改变了主意，对烧火的陆秋莲说：“你去把冬花姐找来，我照顾烧火。”

“谁？你们的党支部书记是谁？”高通海瞪圆了眼睛。

“杨冬花！”

“她！”高通海嘴角一哆嗦，香烟落在了他的脚面上；这杨冬花就是刚跟他离婚一个月的老婆，“她怎么流落到你们白杜梨树村？”

“这里是她姨家，”刘春夏冷冷地说，“冬花姐没爹没妈，她姨没儿没女，就把她接来了。”

“啊，对对！”高通海失神地连连说。

正在这时，柴门吱扭一声响，一个三十多岁的、高大美丽的女人进来了。

“你好，高副主任！”那女人带着几分嘲笑的口气招呼道。

“你好，冬花……杨书记！”高通海前言不搭后语地说。

“听说你又要结婚啦！”

“我的私生活，你已经没权利过问！”高通海转守为攻，得意地冷笑道，“嫉妒吗？”

“你真会往脸上贴金！”杨冬花咯咯一阵冷笑，“我是作为一个同志警告你，跟这个富农反革命分子的女儿结婚，也许会把你的党籍弄丢的！”

“你造谣，她的家庭成分是中农！”高通海急了。

“那是你用不合法的手续给改变的！”杨冬花镇静地说。

“你别再想阴谋陷害我吧！为了跟你离婚，我已经受了严重警告的处分！”高通海粗脖子红脸地叫道。

“党纪处分对你没起到教育作用啊！”杨冬花冷酷地微微一笑，“言归正传吧，你想买我们的树是不是？”

“是县供销社买你们的树，别把话说得这么不清不白！”

“好像也包括你买的在内。”

“你说什么？”

“你不是想买几棵树给新媳妇盖房子吗？”

“你胡说！”高通海暴怒地叫起来，“你想报私仇，往我身上栽赃。”

“这是我听你那未婚妻说的，”杨冬花静静地笑道，“前两天我去赶集，碰上那位小姐啦！她跟我得意洋洋地夸口，一定要让你盖三间蓝砖房，不然就别想结婚。”

“你捏造事实！”高通海理屈词穷地嘶叫。

“不管是公买还是私买，反正我们是不卖！”

“为什么？”

“春夏已经把理由跟你说过了。”

“你们敢，这是国家征用！”高通海威吓道。

“你别拿大帽子吓唬我们老百姓吧！国家征用得有人民委员会的决

定，你们这只是通过农林科办了个允许买树的手续，卖不卖在我们。我们愿意卖就卖，不愿意卖谁也买不去！”杨冬花胸有成竹地说道。

“你们这是违抗政府的命令！”高通海已经束手无策，只有声嘶力竭地威胁，“你们马上动手给我砍树！”

“没有人给你砍！”

“好，你们不给砍，我会找人来砍的！”高通海抬腿跨上自行车，气汹汹地冲出柴门，跑走了。

“不能让他砍，坚决不能让他砍！”在篱笆外听声的看瓜老头，跳起脚大喊着。

杨冬花注视着高通海的背影，只见他沿着河堤奔下游去了。杨冬花咬着牙说道：“他到青流村招工去了。”

“那怎么办？”刘春夏慌了。

“没关系，等青流村的人们来了，咱们说服他们！”杨冬花沉吟了片刻，又说道，“必要的时候，我来揭穿他，那封公函的砍树数目字上有涂改的痕迹，我怀疑他是假公济私，想为他盖房买几棵木料。”

“你们俩放心，我有一个绝妙的办法！”看瓜老头大步流星地走了。

果然，傍晌时分，从下游青流村黑压压地走来一群人，斧头和锯在太阳下闪光。一个爬在白杨树最高枝头的孩子，尖厉地打了个口哨，于是从瓜园里一窝蜂似的跑出二十几个孩子，嘴里还嚼着看瓜老头犒劳的甜瓜，一个个像小猴子似的爬上了树，喊叫着，吹着口哨。七十三岁的看瓜老头脱光膀子，矫健地爬上一棵老榆树。

杨冬花跟刘春夏从村里跑了出来。她手搭凉棚朝树林一看，每棵大树上都有一个顽皮的孩子把守，她哈哈大笑了，高声向看瓜老头喊道：“老爷爷，您这是干什么呀？”

“他们看见树上有活人，就不敢砍啦！”看瓜老头得意地笑道。

这时，青流村的人群已经到树林边了，大家都被这种出奇的防御惊呆了，三十几双眼睛不约而同地望着高通海。

高通海从自行车上跳下来，仰起脸向树上喝道：“你们这群小捣蛋鬼，赶快给我滚下来！”

“树林是我们白杜梨树村的，你们敢砍！”看瓜老头愤怒地喊道，“这树林里有几百棵树是我亲手种的，已经五六十年了，你们敢砍一斧子，我就跟你们拼这条老命！”

“砍，砍！每个工两块四！”高通海挥动胳膊指挥着，“只要你们一动斧子，小崽子们就会吓得溜下来了。”

青流村的人们又向前进了。

看瓜老头一声令下，这群顽皮的孩子们雨点似的甩起鼻涕和乱啐唾沫，把青流村的人群逼得又退回原地了。高通海的新花格衬衫上留下几块黏鼻涕。

“乡亲们，听我说！”在一棵笔直耸天的大白杨下，杨冬花用清脆的声音喊道，“高通海强迫命令砍树是不合法的！我们不让他砍树，不只是为了保护我们白杜梨树村，也是为了你们青流村。你们想想，如果这段河堤被冲开了，你们青流村也要被淹的，这是我们两个村的共同利益问题！”

“不听她胡说八道，我手里有政府的命令，砍！”高通海继续鼓动着。

“乡亲们，他手里没有政府的命令，那只是农林科允许他到白杜梨树村来买树的条子。他不能强迫我们卖！”杨冬花拼着全力呼喊，“我还要告诉你们，他把砍树的数目字给涂改了。想骗走几棵给他那未婚妻盖房子。你们都认识那个女人吧？就是你们村富农反革命分子的女儿。”

“我们不砍啦！两块四毛钱不能买走我们的良心跟义气！”青流村人群中一个长者说了话。

“给那骚丫头盖房，呸！”

“回去啦！”

青流村的人群哗啦啦四散了。

“回来，回来！”高通海嘶哑着叫喊，“这臭娘儿们造谣生事，挑拨离间，不要听她的胡言乱语！”

但是青流村的人群却一去不回头了，有几个小伙子转过脸来，挤眉弄眼，吐着舌头，耍了几个让高通海哭笑不得的鬼脸儿。

高通海的脸惨白，他擦了擦头上的汗，恶狠狠地瞪着杨冬花，恐吓着：“我要到县委会告你聚众骚乱，开除你的党籍，法院抓你进监狱！”

“这可说不定是咱俩哪一个！”杨冬花面不改色，毫不畏惧地冷笑道。

“县委会不会给你撑腰的！”

“那还有地委、省委，还有党中央和毛主席！”杨冬花激动得用高昂的声音喊道。

“等着瞧吧！”

高通海凶恶地晃了晃拳头，就昏头涨脑地骑上了自行车，奔渡口去了。

背后，树尖上，响起一片胜利的笑声和口哨声。

一九五六年七月运河故乡

原载一九五六年八月三十一日《天津日报·文艺周刊》

槐花夜奔

1

原野，暮色苍茫，落霞缠绕在西山顶的树林脚下，芳香的晚饭炊烟，混合着地面上蒸发出的水汽，弥漫在村庄、树林、青纱帐和河面上，一个男人和一个女人，从白杜梨树村口疯狂地奔跑出来。

“站住，槐花！”追在后面的是一个年轻小伙子，敞开着白小褂，露着紫铜色的胸脯，挥动着胳膊嘶哑地叫。

跑在前面的是一个轻俏的姑娘，她那长长的头发被风吹得飘散着，胳膊上挎着个小红包裹，头也不回地加快了脚步，向渡口跑去。

猛地，从河边渡口附近的瓜园里，跨出一个身躯高大的老人，手里拿着把发亮的瓜铲，拦住去路。

“老爷爷，您躲开！”那姑娘跺着脚。

“槐花，槐花……”那小伙子已经追到跟前，他上气不接下气，张着大嘴，“你疯啦！天都黑了，你上哪儿去！”

“槐花，告诉我，你这是为什么？”看瓜老头笑着问道。

“我要到城里找事去！”槐花咬着牙说，“整天受苦受累，还有一层层婆婆管辖着，我再也受不了啦！”

“槐花，秋莲批评你是对的……”那小伙子哭丧着脸说。

“放屁！”

“槐花，听老爷爷的话，明天再进城，这么晚也没有汽车了。”看瓜老头婉言劝道。

“我拦住过路的汽车，央求央求司机，坐在他旁边。”

“可是，住在哪儿呢？”

“城里有的是客店。”

“一个姑娘家，怎么能单身去住店呢？”看瓜老头皱起眉头，隐藏着不满说道。

“老爷爷，您再跟我拍老腔，我可不客气了！”槐花变了脸，蛮横地叫道。

“姑娘，姑娘，你可不要一步走差呀！”看瓜老头长叹一声，扭身走进瓜园去了。

槐花一甩头发，挺着胸脯要走，那小伙子一把拉住她，央求着说道：“槐花，你不能走呀，我放不下心。”

“哎哟，你弄脏了我的衣裳！”槐花一声尖叫，跳到路边。

“槐花，难道咱俩发的誓你忘了吗？”那小伙子的声音又伤心又愤怒。

“我什么也没说过！”槐花像是害怕什么似的，怀抱着小包裹，低着头，慌忙走了。

那小伙子想再追赶她，但是被损伤了的自尊心拦住了他，他扶住一棵像小白杨树似的玉米，喘着气，头嗡嗡响。

一个沉重坚硬的大手掌，落在他的肩头上，“冬月，槐花这是怎么回事？”

“老爷爷！”冬月抬起头来，眼里闪着晶莹的泪花，“她变坏了！自从她上次进城去了一趟，回来就更不安心了，说什么城里有很多工作，只可惜没办法迁户口，也越发瞧不起我，说我是高粱花脑袋，一双泥腿，没出息。今天在地里做玉米人工授粉，她说青纱帐像蒸笼似的闷热，便跟几个捣蛋家伙偷偷蹓到树荫下休息，秋莲批评了她两句，她就跺起脚，骂秋莲是仗着社主任汉子的铁腰杆，秋莲气得要拉她当众去评理，她便跑回家，换了一身衣裳，带着个小包裹到城里找事去。”

“太不知天多高地多厚！”看瓜老头玩弄着手里的瓜铲，深沉地说，“吃点苦头，就会踏踏实实的了。”

“老爷爷，这黑灯瞎火的，她会不会出差错呢？”冬月心神不安地问道。

“不会的。”看瓜老头安慰着他，忽然厉声地问道：“你想娶她吗？”

“这就要看她了，”冬月低下了头，“她现在不把我看在眼里，癞蛤蟆不敢想吃天鹅肉。”

“你难道配不上她吗？”看瓜老头气哼哼地说，“她也太不知好歹了！她有什么了不起？漂亮吗？咱们白杜梨树的姑娘一个个都是凤凰、孔雀，她只不过是一只乌鸦！聪明吗？好像也没听说过……”

“老爷爷，别这样说她！”冬月打断看瓜老头的话，“不管怎样，我头一个就看上了她；这一辈子再也看不上第二个了。”

看瓜老头咬着胡子，紧握着手中的瓜铲，一声不响。

“那你就过河把她追回来！”看瓜老头闷雷似的说道。

“把她追回来？……”

“她要是不回来，你就跟她一块儿进城，保护她！”看瓜老头挥了一下胳臂。

“对！”

冬月上了船，船到河心，突然，汽车站旁边酒馆的灯熄灭了，公路上一团漆黑，静悄无声。

“她已经走了，”冬月心焦地自言自语说，猛地，他放开喉咙，向远处呼唤，“槐花，你等一等，等一等！”

船离岸五尺，冬月便飞跃过去。

“槐花……等一等！”

2

槐花过了河，跑到汽车站，最末一班客车在太阳没落的时候就过去了，汽车站的席棚里黑洞洞的，冰凉的晚风，吹得原野的青纱帐唰啦啦像流水似的响着，有一道流星从夜空划过，凄凉的蟋蟀叫声，远处村庄的犬吠和驴叫，不知道从什么地方响起来的一片沙沙声，槐花打了个冷战，她冷了。

槐花望望远方，远方没有汽车的灯光，她望望天空，明月当头高照，她一咬牙，回去没脸见人，不如暂时步行，等有车再搭车走。

她挎着小包裹，急急地行走，但是头脑里却像是塞了一把干草，乱得没个头绪，刚才那股暴躁的怒气已经冷却，被怒火燃起的希望也茫然了，只是向前走，向前走。

猛地，一辆带着磨电亮灯的自行车，带着风声疾驶而来，槐花沉浸在沉思里，什么也没听见，什么也没看见。

“找死呀！眼睛长裤裆里啦！”一条粗野的嗓子喝道。

槐花吓出一身汗，忙躲到一边去，几乎跌了一跤。

“槐花，是你！”那人忽然从车上跳下来。

“任……任朝俊同志！”槐花又惊又喜地叫了一声，“我正想进城去投奔你呢！”

“我们都没有忘记，”任朝俊含情脉脉地捏着槐花的手，“上次你进城来，在公园里碰见你，转眼三个多月了。”

“我跟社里吵架了……”槐花不敢碰任朝俊那温柔的眼光。

“咳！”任朝俊直跺脚，“在公园里，我答应给你想办法，回去跟经理一提，说是有空额，可是找你却不见了，想写信又不知道地址。”

“多可惜！”槐花心疼地一拍手，“我是因为盘缠花完了，又不好意思去找你。现在还有空额吗？”

任朝俊溜溜四外，夜，是这般寂静，他看了看夜光表，吃了一惊似的说道：“哎呀！已经十点多了……”

“我……我回家去。”

“你孤单单一个人，走这青纱帐黑道多害怕呀！”

“二十多里路……我不怕。”

“不行呀！”任朝俊急赤白脸地摇着头，“我们到风云渡去住客店，那里有男女房间。”

“这……”槐花踌躇不决。

“上车吧！”任朝俊催促道。

在风云渡小客店门口下了车，客店已经熄灯了，任朝俊擂着门，把店掌柜喊醒，窗里的小灯亮了，一声衰老的咳嗽，门开了，露出一张皱纹像蜘蛛网似的脸。

任朝俊掏出工作证，在掌柜的脸前晃了晃，说道：“我们是土特产公司的干部，要住你的店！”

“请吧！今晚没客人，全是空房。”

这个小店只是几间隔开的矮棚窄屋，冷冷清清，一盏小灯昏昏暗暗，槐花害怕了。

“吃碗肉丝挂面汤吧！”任朝俊笑嘻嘻地问槐花。

“不……我不饿！”槐花的声音直发抖。

槐花吹熄了灯，躺在这荒野小店的土炕上，不知为什么心惊肉跳，“等一等，等一等！……”在昏迷中，她听见什么地方有人在声嘶力竭地呼唤，槐花做了个可怕的梦……

任朝俊跟槐花沿着河边行走，太阳高高地照着河面，四周寂静得空荡荡的，船队在朝霞刚刚升起的时候就过去了，只有一只破旧的小渔船，在河上盘旋，一个老头，戴着一顶破草帽，光着瘦骨嶙峋的上身，哑着嗓子，断断续续地唱着一支小曲，把网撒下去。

槐花低着头，用一块手帕捂着鼻子，抽抽泣泣地哭着，任朝俊一只手推着自行车，一只手插在裤兜里，不耐烦地拧着眉毛。

“难道你感觉不到你多幸福吗？”任朝俊讥讽地冷笑道，“你找到了工作，要知道，是在一个两层楼房的机关里工作呀！这不比你在蒸笼似的青纱帐里卖苦力强百倍。你找到了爱人，是怎样的一个爱人呀！不是我自卖自夸，论职位，论相貌，论风度……从我手里流转的钱，几千块，甚至一万块！在机关星期六的舞会上，女同志像一窝蜂似的缠得我头疼。”

“……”槐花倒吸了口冷气，手一抖，花手帕落在了地上。

任朝俊一扬袖子，表壳闪了一道亮光，虽然时针和分针都站住了，但是他却故作惊讶地说道：“哎呀！已经十点多了，我的采购任务紧急而又繁重，我得走了。”

“你什么时候回来呢？”槐花的眼圈红了，“我这个样子，怎么有脸见人。”

“最多不超过一个星期就会回来的，”任朝俊用那依恋不舍的声调说，“等你上了班，咱们就结婚，热热闹闹的，有游艺会，还要拉手风琴跳舞。”

“你赶着快点回来呀！”槐花又愁伤地叹了口气。

“一定，一定！”任朝俊从口袋里掏出一张五元的钞票，“你拿去做零用吧！”

“不，你出门在外，要用的呀！”槐花说。

“我还有十多张。”

槐花像怕烫了手似的，颤抖着把钱接过来。“再见！”任朝俊哽咽地说了一声，把槐花搂到怀里。

“人家看见啦！”槐花依从着说。

突然，那哑嗓子的打鱼老头，用劈裂的声音唱起来：

狠心的无情郎呀！

一副黑心肠，

采了奴家的花中蕊，

占了便宜不认账呀！……

槐花一惊，推开了任朝俊，任朝俊像被揭了层皮似的，跨上车，一溜烟跑了。

……阴曹地府去告状，

牛头马面拉你见阎王！……

那个哑嗓子的老头，还在声嘶力竭地继续唱。

任朝俊穿过青纱帐，跑上公路，他掏出手帕擦擦汗津津的苍白的脸，点着烟，狠狠地喷了一口。

“一夜五块钱……”他把那根熄灭了的火柴，扔到路边的牛蒡草丛里，冒出一股微弱的烟。

3

槐花走到白杜梨树渡口，望见自己村庄的树林、果园和青纱帐，隐隐约约听见田野上的歌声，忽然一股受了欺侮的辛酸涌上心头，想要向亲人哭诉，但是猛地一股敌对的骄傲情绪冲了上来，她又想要向每个人挑衅。

“回来了，我的好孙女！”

刚过河，看瓜老头就从瓜园里跑出来，看得出老人是多么为她牵肠挂肚，他泥手巴脚的，想要抚摸槐花的头发，但是槐花闪开了。

“谢谢您惦记！”槐花傲慢地冷笑一声，趾高气扬地走了。

看瓜老头拍了拍手上的泥土，眼睛跟随着槐花那洋洋得意的后影，许久许久，他慢慢悠悠地摇摇头，长长地吐了口气，自言自语地说：“这丫头跑野了，要栽跟头的！”

槐花一口气跑回家，沿路碰见人只是微微地点点头，或是淡淡地一笑，踏进家门槛，跟她娘胡乱说了几句话，喝了一碗粥，就倒在炕上，从心里打了个寒噤，牙咬着枕头套，轻轻地干哭起来。

猛地，门哗啦打开了，冬月气喘吁吁地闯进来。

“你跑到哪儿去了，我连夜到城里，家家客栈都查问过，没有你，天一亮，我在街上找遍了，也没有！”

槐花真想抱着他大哭一顿，但是一想到任朝俊临别时那甜言蜜语，她霍地爬起来，两眼直勾勾地瞪着冬月，冬月向后退了一步。

“我找到工作了！”

“这么快？”冬月不敢相信。

“就是快！”槐花似哭非哭，似笑非笑地说道。

“槐花，你不能走呀！”冬月声音颤抖着，“咱们完秋不是要结婚吗？”

“我没说过！”槐花背过脸去。

“你说过的呀！”冬月扳着她的肩膀，“那是在河边白杜梨下说的，还是你先说的。”

“别跟我动手动脚的！”槐花挣开他，脸色惨白，“我有丈夫了。”

“什么！”冬月软软地松开了手，脸上立刻没有血色了，嘴角直哆嗦，“我早就察觉出来了，早就察觉出来了，你变了心……”

“冬月……”槐花有气无力地叫了一声。

“我倒要看你落个什么下场！”冬月疯狂地大喊一声，一脚踢开门，冲了出去。

槐花猛地从她那窒息的胸膛里迸发出一声：“冬月哥，你别走！”就光穿着花袜子跑了出去，但是追到门口，两腿像是瘫痪了，她的手扶着门框，像是萎缩了似的滑了下来，她坐在门槛上，伤心地哭起来。

突然，柴门外有嘈杂的人声，像是一群落在篱笆上的鸟，她听见，团支部书记秋莲那低沉的声音，在向大家叮咛什么，槐花跳起来，咣当把门关上了，她拿过一把掏灰耙顶住，回到屋里，关上窗，拉上窗帘，躺在炕上，把被子死死地蒙住头。

“做了丢人的事，到底是没脸见太阳！”一个尖嗓子的姑娘叨叨着。

“别说这些尖酸刻薄的话，她已经够难过的了！”是秋莲那严肃的声音。

槐花打了个冷战，浑身激起了一层鸡皮疙瘩，难道荒野宿店的事败露了吗？跟着黏汗直流，就像无数小肉虫子在身上爬，外面那乱糟糟的声音，又像从脖领给塞了一把麦芒。

“你们都给我滚！告诉你们，我在城里找到了工作，找着了丈夫，我再也不受你们的管束了！”

外面的姑娘一下鸦雀无声了。沉默了一刻，那尖嗓子姑娘第一个叫起来：“呸！不要脸，亏你说得出口！”

秋莲也急了，她用拳头擂着窗棂，问道：“槐花，这是真的吗？真的吗？”

“当然是真的！”

“这不应该呀！你跟冬月……”

“你们谁心疼他，就嫁给他吧！”

“呸！呸！”外面的姑娘气得一个个吐起唾沫。

“咱们走吧！”秋莲气愤地喊道，“她现在血迷心窍，跟她说不明白。”

等外面静下来，槐花掀开了窗帘，只见葡萄架在南风里簌簌响，麻雀在槐树枝头喳喳乱叫，碧蓝碧蓝的高空有几抹淡淡的白云，远处，布谷鸟和山鸽子叫得真欢。

槐花一头扑倒，失声痛哭起来……

4

十天，槐花是闭着门在家中度过的，有时她实在闷得太无聊了，便在院里拾掇那架葡萄，或是悄悄溜到院外小园里去拔草，但是一听到篱笆外有说话声或脚步声，她就慌忙躲到向日葵丛里，她自己也不知道为什么这样不敢见人。

不止十次，她穿着那五块钱买的一身印花布裤褂，偷偷溜出村外，穿过潮湿闷热的青纱帐，躲避人们的眼睛，到公路去等候任朝俊，心恐怖得狂跳着，到那荒野客店去打听；但是她每次都失望了，不过她还存着一线希望，也许他的采购任务还没完成，在什么村庄多勾留几日吧？

……但是一个月过去了，当她知道自己怀了孕，她又羞又怕，她再也不能等了，在一天的第一遍鸡叫过后，村庄和原野还在睡着，路上没一个行人，她徒步到城里去寻找孩子的爸爸。

一直牵挂着她的冬月和秋莲，已经想到这个可怕的问题，冬月知道槐花到城里之后，他的心恨得一割一割的疼，真想当面辱骂她一顿。从清早到黄昏，他在渡口等候着槐花，看瓜老头喊他去吃瓜，他也不去，他的眼睛越过河对岸的原野，凝望着公路和遥远的地方，一直到眼睛疼痛了，才低下头来，或是跑到河边，用凉凉的河水洗眼睛。中午，他睡在河边柳荫下，醒来以后，他昏头昏脑的，非常烦躁。

太阳落山了，又像那天似的，原野暮色苍茫。冬月的眼睛忽然一亮，一个蹒跚的身影从公路上走下来。他把眼睛睁得老大老大的，是她，是槐花回来了！可是她怎这么狼狈，像是跌伤了手脚，趔趔趄趄的，让人担心她跌倒了就会爬不起来。

冬月跳上一只小船，自己撑了过去。

“槐花！”他忘记了抛锚，就跳上了岸。

槐花像在昏迷中被泼了一桶冷水，她一打晃，脚没站住，就一屁股瘫痪在地上。

“槐花！”冬月大叫一声，扑了过去。

槐花忽然骨碌一滚，披头散发地奔河边跑去。

“槐花，槐花！”

槐花刚要奔河里跳，冬月从后面拦腰抱住了她，她死命地挣扎着，用手抓冬月，踢他，咬他……

“你疯啦！”冬月吼叫着，一只手用最大的力量攥住槐花的两手，一只手扳住她的肩膀。

“放开我，让我死了吧！”槐花的声音是那么悲惨，她乱啐着冬月。

“跟我回家去！”冬月命令道。

“不，我没脸见乡亲们！”槐花哀号着。

“槐花，你受了什么委屈，告诉我，告诉我呀！”冬月急得跳着脚。

“冬月哥！”槐花趴在冬月的肩头，呜呜哭道，“我对不起你，你再找个真心实意的人吧！求求你，忘了我，你走吧！”

“你不走我也不走！”冬月束手无策，他鼻头一酸，也流了泪。

正在这时，一条小船拢了岸，从船上跳下两个人，一老一少。槐花那哭得昏迷的眼睛看见，一个是看瓜老头，一个是秋莲。

“放开我！”槐花又乱叫起来。

“槐花妹子！”秋莲跑过来，激动得喘息着，“你不能寻短见呀！姐妹们都惦记着你，大家都要来接，我把她们劝住了，你有什么话，难道闷在肚子里吗？咱们决不能饶恕那个犯罪的人！”

“秋莲姐！”槐花一时千头万绪，齐集心头，眼前一阵发黑，她昏了过去。

船过了河，在看瓜老头的瓜棚里，槐花向秋莲悲痛地哭诉着，冬月和看瓜老头站在瓜园的井台上，默默无言地望着繁星满天的夜空，和那空旷茫茫的天河。

“冬月，还记得一个月前你跟我说的话吗？”看瓜老头忽然打破沉默，突如其来地问道。

“说的什么？”冬月茫然地问道。

“你说，你头一个就看上了她，一辈子也看不上第二个了。”看瓜老头提醒他。

“老爷爷，您是要我……”

“孩子，你明白我的意思……”

“老爷爷！”冬月哭了。

“不要怕那些闲言碎语！”看瓜老头激动地说，“这是侠肝义胆，光明磊落的行为，你救活了两条命！”

瓜棚里，传出槐花那痛心的、绝望的哭诉：

“……土特产公司不但没有任朝俊这个人，就是连姓任的也没一个，他们说这一定是骗子手干的，让我去报告公安局……我丢魂落魄地跑出土特产公司，猛地迎面跑来七八辆自行车，里面有一辆最新式最漂亮的，众星捧月，骑在上面的像是那个人，我要喊没敢喊，怕看差眼喊错人，我就跟着车跑，可是那车一拐进胡同就没影了……”

秋莲听完，咬着手指甲，突然一把抱住槐花，叫道：“有线索，能抓住他，这个坏蛋跑不了！”

第二天黎明，朝霞刚刚染红东山头，秋莲搀扶着苍白无力的槐花，冬月、看瓜老头和一群愤怒的白杜梨树人，乘坐社里的一只木船到城里去，他们说，运河人不是好惹的，不抓住这个任朝俊，沉船河底，决不善罢甘休。

但是，难道抓住一个任朝俊就可以善罢甘休了吗？难道只有槐花一个演了这个悲剧吗？

原载一九五六年十二月六日《天津日报·文艺周刊》

田野落霞

1

入夜了，五月的原野宁静下来，但是起了微微的风。代理区委书记刘秋果，已经关着门在屋里走了一个钟头，这时他猛地收住脚，推开了窗户，探出头去，只见那一丝不浑的圆月，慢悠悠地从东南天角的山根下升起来，高高的夜空，几颗银亮银亮的星子，像是从水里刚捞出来似的闪动和冰冷。他解开制服上身的纽扣，一股夜风猛地直冲进他的胸膛，他激灵灵打了个冷战，长长地吐了口气，像是把满腹的郁闷呼了出来。

他没有关上窗户，扭过身来，把办公桌上的煤油灯点着了，青幽幽的灯光，照在他那苍白的脸上，照见他那深陷的像笼罩着一层烟雾似的大眼睛，两条漂亮的黑眉毛愁苦地紧锁在一起，嘴巴死死地闭着，风吹进屋来，他那投映在白墙上的清瘦的身影，就像一棵小白杨树在夜风里摇曳。

刘秋果又颓然地坐在藤椅上，两手抱着头，伏在桌上昏昏茫茫地思索起来。

窗外，晃动着几个歪歪扭扭的身影，有低低的嬉笑的声音。

“这回就要分出公母来了！”

“二虎相争，必有一伤！”

刘秋果激怒地一拍桌子，霍地跳起来，那几个老油条赶紧溜了，于是他重又闭上窗，把灯捻暗了，继续走着，走着……

他对副书记高金海的容忍已经够了。

正月新春，社会主义大风暴席卷整个运河平原，区委书记俞山松被调任县委副书记，意想不到的，刘秋果被抓做代理区委书记，同时还仍然兼管拖拉机站。当时只讲定代理三个月，但是现在已经超过一个多月了，却没有听说派人，而撤区的消息已经传来。

副书记高金海为这个职位已经钻营很久，他的老上级副县长张震武也替他四处奔走，但是在县委书记那里碰了一鼻子灰。于是，刘秋果从到任的第一天起，嫉妒和暗斗就包围了他。

高金海拉拢了一批老油条，专挑刘秋果的毛病，给刘秋果小鞋穿。比如，刘秋果喜欢深夜看书，他们就提出要节约行政开支，逼得刘秋果只好自动提出，他的用油由他自己买；刘秋果爱刮脸，衣服常换常洗，脚下穿的是皮鞋，又因为曾经得过肋膜炎，他把区委会办公室的一把藤椅搬到屋里用，屋里又挂了一张油画，于是他们便四处扬言，说刘秋果追求享受，生活很不刻苦；刘秋果不喜欢拿父母老婆开玩笑，又常劝别人多多读书，于是他们便说刘秋果摆知识分子臭架子，鼓励教条主义风气；刘秋果的爱人是读过高中的城市姑娘，在拖拉机站任秘书，两个人常常在太阳落山，晚霞燃起的时候，到田野和河边去散步，小夫妻相依相靠，非常亲热，于是他们就散布谣言：刘秋果阴阳两面，外表上是无产阶级面孔，骨子里却完全是肮脏的小资产阶级情感。……

刘秋果忍受着这些对他个人的人身攻击，默默地不说一句辟谣和辩驳的话，但是在工作上，他不肯让一步，于是他跟高金海的关系就一天天更加恶化了。

今天，高金海所闯的祸，成为一根导火线，他们的争吵总爆发了。

高金海以地委机关报特约通讯员的资格，写了一篇完全是克里空的通讯，他把自己负责的沿河一带村庄的打井数目字，提高了百分之五十，大肆吹嘘自己，并且暗暗讽刺刘秋果是小脚女人，老牛破车；由于害怕编辑部会下乡调查，他便骑着自行车去四处督阵。

但是白杜梨树村却只打了三眼井，连计划数字的百分之二十都没达到，白杜梨树村的老头反对打井，他们说，从他们落生到现在，六七十年只见过涝，没见过旱，白杜梨树村的土地躺在运河母亲的怀抱里，奶总是吃不完的。

高金海暴跳如雷，硬拉着社主任，喊来几个打井老把式，狠狠地训斥一顿以后，便到田野上去勘察。这几个老头一面是对打井心怀不满，一面也是因为地脉和位置都不合适，从黎明一直溜到太阳升起来，也没确定一个地方。高金海气坏了，便亲自在田野上按照灌溉区划配置起来，到晌午，二十眼井的位置都确定了。

灯笼火把，披星戴月的，第二天傍晌就挖成三眼，但是井壁却沙沙作响，高金海心里也发慌了，便又把这些老头叫来，这些老头看了两眼，便摇头说一定得坍。高金海不相信，给他们腰上拴一根绳子，强迫他们下井，只听“轰隆”一声，三眼井全坍了，大家赶紧扯绳子，其中一个老头因为抢救稍晚，腿被砸断。

刘秋果听到这个消息，马上赶到现场，命令立刻送到县医院，让高金海跟他回区委会，于是他们爆发了一场空前的争吵。

“你有什么资格教训我？我为革命流过血，拼过脑袋，你不过就是一张农业机械化学院毕业的文凭，我入党的时候，你还在喊蒋大总统万岁！”

高金海一脚踢开门，冲了出去，跨上自行车就跑了。

刘秋果没去追赶他，他关着门在屋里踱着，苦恼地思索着所发生的一切，同时等候县医院的电话……

这时，办公桌上的电话猛地丁零零响起来，刘秋果一阵心惊肉跳，他抄起听筒，呼吸都急促了。

“你是秋果吗？”一个清脆悦耳的女人的声音。

“啊，岳樱，是你！”刘秋果长出一口气，这电话是他爱人从六里外的拖拉机站打来的。

“你不是说今晚回家，怎么还不回来？”岳樱娇嗔地责问道。

“明晚回去吧。”

“今晚要复习俄文，这是你规定的制度呀！”岳樱很不高兴地说。

“发生了一件重要的事，不能回去了。”

“什么重要的事？”

“一件很惨痛很头疼的事。”

“如果不需要保密的话，你跟我谈谈。”

“我……”刘秋果一拧眉毛，咬了咬牙，“我得去找高金海，跟他冷静地谈一谈！”说完，他把话筒挂上了。

刘秋果的手还没收回来，电话铃又紧骤地响了。

“是刘书记吗？”这小杨大夫是区卫生所的医生，刚从医士学校毕业一年，刘秋果派她护送白杜梨树村那老头到县医院去的，“那老头的情况怎么样？”刘秋果急不可待地问道。

“刘书记，截肢了！”听筒里，传来小杨大夫的哭音。

“什么？”刘秋果大叫一声，“一定要保住他的腿，请他们院长接电话！”

“是院长亲自动的手术，”小杨大夫痛哭着说，“院长说他已经竭尽全力，但是只能保住一条腿。”

“唉，这……”刘秋果就像被割下一条子肉，他把听筒一扔，抱头倒在藤椅上。

“刘书记，刘书记！喂，喂！……”小杨大夫在电话筒里嘶哑地呼喊。

刘秋果疯了似的跳起来，他没挂上那一声声呼唤的电话，冲出门，骑上车到百丈溪村高金海的家去。

这时，已经是夜晚十点钟。

2

五月的夜晚是温暖的，又是冰冷的。刘秋果骑着自行车，沿着运河河畔的小路奔跑。带着一股微微鱼腥气的河风，柔软地吹拂着他，果园里的苹果花开了，月光照着，像是十冬腊月凝聚枝头的残雪，发散着冰冷的清香味，月夜是朦胧的，村庄和树林似见不见，夜风在田野上像是一对对情人在低低细语，没有别的声音，残春的夜晚是那么恬静、安逸。

刘秋果在百丈溪村头停下了，他站在一棵白杜梨树下，呼吸了一口杜梨树花那酸甜酸甜的香气。前面就是高金海的家，秫秸编的篱笆和柴门，闪闪发亮，屋里黑洞洞的没有声音，只有天井鸭圈里的二十几只鸭子，耐不住夜寒，嘎嘎地拥挤着叫了两声，一团团的白色在窝里蠕动着。

刘秋果只来过这里三五次，那是为了调解他们夫妇间的吵架而来的，但是他以后坚决不肯再给他们做调停人了，高金海那疑神疑鬼的眼色，和高金海老婆杨红桃那忧郁和火热的一双眼睛，都使他很不自在。

他把怦怦猛跳的心镇定下来，看了看手腕上的表，“十点四十了！”他又沉吟了很久，才下定决心叫门。

“谁呀？”一个声音微微沙哑的女人在屋里问道。

“大嫂，惊动了你，老高在家吗？”

那女人没有答话，只听屋门吱呀一响，她已经走到院里，刘秋果简直后悔自己的莽撞到来，现在想走也走不脱了。

门开了，杨红桃惊喜地叫了一声：“刘书记，是你呀！”

“老高回来没有？”刘秋果焦急地问道。

“外面挺凉的，进屋里来吧！”杨红桃笑嘻嘻地说。

“大嫂，没什么事，我只是问……”

但是杨红桃把他的自行车抢过来，搬进门槛里，刘秋果只好硬着头皮跟在她后面，杨红桃插上门，就一直奔进屋里，点上了灯，刘秋果的心全凉了，高金海一定没在家。

“进屋来暖暖吧！”杨红桃向他招手。

“老高回来没有？”刘秋果站在院里一动不动。

“你看你，难道他不在家，你就不能在我这里坐一坐吗？”杨红桃不高兴地说。

刘秋果只得走进屋里，昏暗的灯光里，杨红桃披散着长长的头发，穿着紧身小红夹袄，给他沏茶。

“大嫂，我不渴。”

“那我给你做点饭吃。”

“不，我吃过了！”刘秋果坐在炕沿上，就像屁股下坐着一堆蒺藜狗子，一副愁眉苦脸、无可奈何的样子。

“噢，你还封建哪，嘻嘻！”杨红桃突然怪罪地瞟了刘秋果一眼，但忍不住又扑哧笑了，“从抗日战争八路军游击队到运河起，这间屋子不知道招待过多少咱们的人，十几年，不说上万，也得有几千吧！我没想到什么不方便，习惯了。”

“噢，”刘秋果好像轻松一些了，“我是来找老高的……”

“我知道你不是来找我的！”杨红桃俏皮地开了个玩笑，但马上就严肃起来，“出什么事了吧？”

“是呀！老高他闯了祸，我们俩又吵了嘴……”

“是不是在白杜梨树打井，砸折了一个老头的腿？”杨红桃拢了拢滑到眼前的头发，问道。

“就是！”刘秋果懊丧地站起来，“可是老高却死不认错，我得去找他！”

“不用跑瞎道，你找不着他！”杨红桃忽然冷冷地说。

“怎么？”

“他躲到一个安乐窝里去了。”

“那……那我就到那里去找他！”刘秋果固执地说。

“不要去！”杨红桃张开胳膊拦着刘秋果。

“这是怎么回事？”刘秋果迷惘地望着杨红桃那一阵阵泛红的脸。

“你今晚住下吧，我想跟你谈谈。”杨红桃的声音突然变得那么遥远、微弱，像是一个口干舌焦、全身无力的夜行人，向人求援的声音。

“不行！我得回去。”刘秋果吓得连连摇手。

“我可没有什么坏念头！”杨红桃暴怒地叫了起来，那张美丽的脸像白菜叶子似的青白，“论年岁，我是你的老大姐，我知道自己的身份；论觉悟，我是个十二年党龄的党员，我知道党的纪律。可是你这个区委书记，为什么就这样爱胡思乱想，为什么不想听听一个多灾多难的党员的知心话？”

刘秋果被问得张口结舌，他搓着手，又坐下来，讷讷地说：“我是怕老高……”

“他算什么东西！”杨红桃破口骂道，“搞破鞋钻狗洞的坏蛋！”

“你这话……”

“咱们还是平心静气地谈吧！”杨红桃脸色一阵微红，惭愧地笑了，“我是个急性子，从小人家就管我叫山喜鹊，出了嫁，人家又管我叫野媳妇，可是这都是过去的事了，很远很远以前的事了。”

她忽然闭了嘴，凄惨的眼光投向挂在墙壁的一张照片上，刘秋果的眼睛追随着望去，那是一个英武的游击队员的放大相片，镶着一个雕花的镜框。

“他是谁？”刘秋果轻声问道。

“我那个死鬼男人，”杨红桃悲伤地长叹了口气，“我的第一个男人不是高金海，那时候谁瞧得上他！我的男人是黑脸包龙柏司令手下的骑兵连长，在运河这一带雷一样的响呢！”杨红桃说到这里止住了，她是在压下心头的激动。

“他是一九四五年死的，”杨红桃再一次深情地望了那墙上的相片一眼，沉思地接着说下去，“包司令让国民党给谋害了，我那个死鬼闹个人行动，独自藏着枪进城去刺杀假谈判的国民党专员，只打死了两个卫兵，他被抓住了，铡在城里的十字街头，到今天我进城都不敢从那里走。”

“后来呢，就跟老高结了婚？”刘秋果插嘴问道。

“我守了五年寡，”杨红桃摇摇头说，“兵荒马乱的年头，我也没想到过改嫁，就像替我那死鬼战斗似的，我没告诉你，我担任过好几年的党支部书记呢。”

“知道，”刘秋果点点头，“我很为你关在家里惋惜呢。”

“我后悔嫁给高金海！”杨红桃咬着她那洁白的牙齿，“现在的县委第一副书记陆寒江，过去是我那死鬼骑兵连的指导员，后来他在这一带领导护地斗争，我们常在一块，他喜欢过我呢！不过我因为他总批判我那死鬼无组织无纪律，不应该采取什么个人英雄主义的恐怖行动，我就讨厌他，对他挺冷淡，就这么拉倒了。到了一九五二年，我得罪了那时候的区委书记张震武，被撤销了党支部书记职务，我有冤没处诉，就心灰意懒了……”

“这个我倒没听说！”刘秋果吸了一口气。

“现在张震武已经是副县长，可是我至今也不服罪，他是公报私仇！”杨红桃的眼眶里满是泪花，“张震武到我们百丈溪来，总是在酒铺包饭，不把饭派到各家去，我娘这个老太太，也是共产党员，就看不上眼，跑去骗他说请他吃饺子，他高高兴兴地来了，可是一进门，却是榆钱炒豆腐渣，他火了，说是故意要笑他，我娘也急了，就骂他刚打下江山就忘了本，共产党员要都像他这样，革命就会跟闯王进京一样下场，坐十八天皇上就得垮台，问得他说不出话，只得闷着头吃了半碗，抓起帽子，又到酒铺去了。后来我又常常反对他那种官老爷架子，他对我们娘儿俩算记恨在心里了，鸡蛋里挑骨头，专找我的毛病，因为我坚决不同意强迫征购我们村的渔船，跟他大吵了一回，他说我是破坏党的决议，一声令下，就把我的党支部书记职务撤销了……”

“这不合法啊！”刘秋果愤慨地说，“你应该向上级党委申诉。”

“我气病了，整整病了一个春天，”杨红桃无限悲酸地说，“我娘产生了退坡思想，也影响了我，生活又挺困难。这时候高金海来了，他原是我死鬼骑兵连的排长，在我们家躲过扫荡，养过伤，吃过住过，现在回来当区委副书记。见着熟人该多亲哪！他给我还了药账，又跟我献殷勤，我一时糊涂，心就动了，我娘不同意，可是我没听她的话，就这样嫁给了高金海，你看，一个人离开了党……”杨红桃低下头，抹了两把眼泪，又掏出手帕擦干流出的鼻涕。

刘秋果激动地站起来，弓着腰，在屋里走着。

“高金海本想玩腻了就散伙的，因为我跟他拼命，他才不得不娶了我。于是他又嫌我不能养孩子，又嫌我什么性格不温柔，我不受他欺侮，就跟他吵，他索性不再回家来，偷偷在外边搞破鞋。后来被俞山松同志知道了，狠狠地整了他一顿，他才不敢再闹，可是仍然不回家住，也不给家里钱，我娘病倒在炕上，因为没钱吃药，又气又恨，就眼瞧着死了……”杨红桃说着说着，泣不成声。

“别难过，别难过，会好起来的！”刘秋果无力地安慰着。

“我一个人劳动一个人吃饭，跟他已经没关系了，”杨红桃又悲切地说下去，“合作化大风暴来了，人们已经忘了我，我没有出头露面，就这么孤苦伶仃地过日子，可是高金海等俞山松同志走后，就像野狗解开了链子，又找了姘头。”

“我怎么不知道？”刘秋果又大吃了一惊。

“区里有一批高金海的心腹，他们会遮盖你的眼睛，他们因为你的资格浅，合伙欺侮你，这我听高金海说过！”杨红桃愤恨地说，“今晚高金海一定是到青流村去了，住在他的姘头家里，是个富农的女儿，才十八岁，可是他已经三十六岁了呀！”

“这算什么人！”

“你说，我应该不应该跟他离婚呢？”杨红桃恳切地问道。

“这……”刘秋果一时手忙脚乱了，马上回不出话。

“比如我是你的姐姐，你该怎么说呢？”杨红桃哀怨地、忧伤地望着刘秋果。

“我支持你！”刘秋果猛地感到自己这种怕负责任的态度真可耻，于是坚定地回答这个无限信赖自己的女人。

“人们会不会把我看作是坏女人呢？”杨红桃羞涩地低下头说，“死了丈夫，嫁了人，嫁了人又离婚，离了婚我还想找个真心实意的人。”

“不会的，不会的，你为什么也有这种封建思想呢？”

“唉，你不懂得做女人的苦处，女人要比男人想得多，也难得多呀！”杨红桃眨动着她那长长的睫毛，眼泪忍不住簌簌流下来。

窗外，一颗流星歪歪扭扭地划下来，河流轻轻地撞击着陡峭的河岸，隔岸的村庄，一只雄鸡叫了全运河滩的第一声。

“杨大姐，”刘秋果的眼睛闪闪发光，望着这个不幸的女人那惨白的脸，“你应该坚强起来，拿出你过去的气魄，不要让人们忘了你！你受的冤屈，党会弄明白的。”

“谢谢你，你睡吧，真对不住，跟你乱扯了半夜。”杨红桃抱歉地苦笑了笑，哽咽着说了一声，就跑了出去。

“你到哪儿去？”刘秋果问道。

“我到那屋去睡。”

刘秋果关上了门，吹熄了灯，月光流泻进来，他不能入睡。

杨红桃靠住秫秸篱笆，迷惘地望着在月光下闪闪发亮的河流，朦胧的田野，听着一只丧偶的布谷鸟那凄厉的哀啼，忽然一股悲酸疼遍全身，她双手捧着脸，肩膀一抽一缩的，她无声地哭了起来。

3

黎明前，月亮转到运河西岸的树林背后去了，原野浓照起来，闪闪发亮的河流，已经模糊不清，只听见那轻轻的喧闹的声音，树林像一个个挺立不动的黑影；猛地，一声清亮婉转的啼叫，呼唤黎明的鸏雀从天空掠过，杨红桃抬起头，朝霞从东山脚下的深谷里燃烧起来了。

杨红桃舒展了一下酸痛的身体，长长地吐了一口胸头的闷气，然后轻轻地走到屋檐下，刘秋果还睡得很甜，她怕惊动他，蹑手蹑脚地挑起水桶，慢慢地抬开柴门，快步到河边去了。

她走下运河高岸，脱了鞋，挽起裤脚，蹚进潺潺作响的河流里，一股电流似的寒冷，刺疼她的皮肤，通遍全身，她哆哆嗦嗦地打了个冷战，然后弯下腰，洗起脸，她嘘着气，困盹完全消失了。

“你今天怎么起得这么早？”陡岸上，一个发劈的声音问道。

杨红桃仰起脸，陡岸的老龙腰河柳下，站着高金海；她汲满桶，上了岸，盯着那满是眼屎，布满血丝的眼睛，问道：“你昨晚到哪儿浪荡去了？”

“我住在区里啦！”高金海打了个大哈欠，伸了个长长的懒腰。

“瞎说！”杨红桃喝道，“刘秋果同志深更半夜来找你，说你跟他吵了架，一赌气走了，你怎么会住在区里？”

高金海惊吓得揉揉眼睛，急迫地问道：“告诉我，他都跟你调查了些什么，快说！”

“你去问他吧！他就在家里。”杨红桃冷冷地说。

“怎么，你留他住下了？”高金海朝后跳了一步，上下打量着杨红桃。

“这有什么，人家黑灯瞎火地找你来，扑了个空，能让人呛着夜寒回去吗？”杨红桃镇静地瞪着他。

“他住在哪屋？”高金海又抢到杨红桃面前，嘴里喷着发臭的酒气。

“我那屋。”杨红桃理直气壮地回答。

“你呢？”

“我没睡。”

“胡说！是你勾引他占我的炕头来了！”高金海撒腿就奔家里跑。

“站住！不准你胡闹！”杨红桃扔下水桶，喊嚷着跟在后面。

高金海已经跑进院里，他反手把柴门抬上了，一直闯进屋里；刘秋果被脚步声惊醒，从炕上忙坐起来，一见高金海那丧门神似的样子，也有些发慌。

“打扰你的好梦！”高金海咬得牙齿咯咯响。

“我是来找你的，你跑到哪儿去了？”刘秋果压住心跳，硬使自己镇定下来。

“找我来了？”高金海恶狠狠地一声冷笑，“可找到我老婆的被窝里来了？”

“你这叫什么话？”刘秋果血涌上脸，“你说这话难道不害羞？你污辱了同志，也污辱了你自己！”

“是你污辱了我！”高金海嘶哑地喊叫，“你给我戴上这顶绿帽子，我还有什么脸见人？你欺人太甚啦！”

“你看着我的眼睛！”刘秋果跳下炕，面对着高金海。

“不许动手！”

院里“扑通”一声，杨红桃从篱笆上跳进来。

“你看你还像个共产党员吗？”杨红桃指着高金海的鼻子，厉色地数落道，“摇摇晃晃，满嘴的烧酒味，回到家又不问青红皂白，蛮横不讲理地大吵大闹，让乡亲们听见，你还顾不顾影响？”

“你不用拿这套大原则遮羞脸，你们穿一条裤子，早编好蒙哄我的话！”高金海龇着牙，跳着脚喊。

“老高，希望你冷静一点！”刘秋果憋着满肚子火，说道。

“谁受了这种污辱也不能冷静！”高金海要起赖皮，完全不想说正经的。

“呸！”杨红桃照地上啐了一口唾沫，“你这个没人心的家伙，你在外面拈花惹草，又来给我脸抹黑！我问你，你昨晚是不是住在青流村的姘头家里了？”

高金海恼羞成怒，拧着眉毛，嘴里喷溅着唾沫星子，叫道：“我知道你们俩做成的活局子！我不吃这一套，咱们到区委会说去！”说着，他不顾杨红桃跟刘秋果的拉扯，跌跌撞撞地跑了出去。

“我正想把问题提到区委会议上去！”刘秋果也要跟着出去，但是杨红桃拉住了他。

“刘书记，让你受这样的冤枉，我真难受……”杨红桃痛苦地说。

“没什么，大姐！”刘秋果拿开她那冰冷的手。

“我也要到区里去，我要揭穿他这个卑鄙的坏蛋！”杨红桃紧握着拳头，眼里的泪花晶莹发光。

刘秋果没说什么，就骑上车走了，但是走到河边，又转了回来，严肃、沉重地对杨红桃说：“杨大姐，你不要去，这不好，辛苦你一趟，到拖拉机站去告诉我爱人。”

这一天，区委会沉浸在神秘的、令人窒息的空气里，高金海四处浪荡，跟这个咬咬耳朵，跟那个拍拍肩膀，又跟所有在家的区委委员做了个别谈话，大家怀着恐惧而又好奇的心情，等待着夜晚的到来。

黄昏，杨红桃经过激烈的思想斗争，才动身到拖拉机站去。拖拉机站坐落在运河滩的荒野上，四外是黑压压的丛林，绿漆栅栏包围着几列红房子，黑夜，尤其是没有月亮的黑夜，红房子的电灯亮了，就像行驶在运河原野上的一只大船。

杨红桃见到了刘秋果的爱人岳樱，岳樱还像个未成年的少女，微微黧黑的脸蛋，一双黑溜溜的大眼睛，长长的，不停地眨动着的睫毛，两条粗粗的辫子甩在背后，穿着一双旧皮鞋，熨得很平整的旧蓝制服裤子，上身是褪了色的格子衬衫，套着一件花毛衣，她惊讶地把杨红桃让到她的屋里。

他们的房间里，非常整洁和明亮，靠后墙是他们夫妇睡的床，铺着一床大花床单，两床碎花的棉被和一对喜鹊登枝的软枕头，临窗有一张书桌，一个装得满满的书架。岳樱让杨红桃坐在床边，杨红桃怕坐脏了那漂亮的大花床单，只是靠床边站着，岳樱便强按她坐下来，笑了笑，就请她谈……

岳樱眼睛睁得大大的，听着杨红桃的话，她咬紧了那薄薄的嘴唇，微黑的脸蛋一阵明一阵暗，眼睛被泪水模糊了。

“真阴险，真卑鄙！”岳樱激怒地站起身。

“岳樱同志，你相信……”杨红桃害怕地瞧着这个气怒的小姑娘。

“秋果不是那种人！”岳樱看了一眼挂在床头的他俩的合影，“高金海放这个肮脏可耻的烟幕弹，想遮掩他违犯党的政策的错误，真无耻！”

“岳樱同志，我对不起你们！”杨红桃哭了。

“大姐，这不能怪你，”岳樱走过来，用热毛巾给她擦脸，“可是你为什么不离开高金海呢？对于这样一个灵魂发臭的人，你还有什么可留恋的呢？”

“岳樱同志，你是个幸福的人，你不知道我这个受苦受难的人的心呀！”杨红桃抽抽泣泣地说。

岳樱束手无策了，她一只手按着杨红桃的肩膀，沉思地凝视着窗外的原野，她忽然搂着杨红桃，说道：“大姐，你才三十五岁，你振作起来吧！一点也不晚。你应该记住，你是个老党员。秋果跟我都会帮助你，好大姐！”

杨红桃痴呆呆地听着，点点头：“对……我记住你的话！”说着，她便推门跑了出去。

原野上刮起雄劲的风，呼呼地吼叫，绿栅栏外的白杨树上，一群喜鹊挓挲着羽毛飞起来，盘旋着绕树几遭，又落在枝头。

一股风从杨红桃没有掩实的门缝里钻进来，岳樱打了个冷战，从衣架上抓起一条围巾和一件棉大衣，熄了灯，锁了门，奔跑着到区委会去。

区委会的宿舍都熄灯了，岳樱打着手电走到里面去，突然“哗啦啦！”一声响，像是桌椅被踢翻了。

门被撞歪了，高金海狂怒地跳到院里，挥动着胳臂大叫：“这是陷害，我也要向县委提出报告的！”他疯了似的跑走了。

会议室里并没有回声，椅子一阵乱响过后，灯熄了，区委委员一个个默默地走出来。岳樱躲在黑暗的角落里。最后，等大家都出院了，刘秋果才独自一个走出黑洞洞的会议室，站在台阶上，一动不动。

“秋果！”岳樱扑过去。

刘秋果低低地说了声：“你来了！”就伸开胳臂，让岳樱给他围上围巾和穿上棉大衣。

“走吧！”岳樱心疼地拉住他的袖子，走了出去。

在寒冷的夜风里，岳樱紧紧地偎着刘秋果，一声不响地走着，静静地听着他们那合拍的脚步声。

“我现在才知道，斗争并不是我入党时所想象的那么浪漫！”刘秋果声音低沉地说。

岳樱只是更靠紧他，像是要把她的热，输送到他的身体里。

“不如做助教，或是当研究生了，那时候想得太美妙，太不现实了！”

“你……”岳樱抓住他那冰冷僵硬的手指。

“不，只是有这么一股逆流在流动，要把它压回去，压回去，斗争并不是那么浪漫！”

4

十天后，刘秋果跟高金海接到县委会的电话，要他俩第二天到县里来，高金海同时还接到一张传票，法院要他明天出庭，审理杨红桃提出的离婚案。

这天下午，高金海忽然不见了，他神不知鬼不觉地回到百丈溪村，偷偷地蹲在杨红桃院后的河岸下面，一会儿，那群鸭子摇摇摆摆地来了，他嘴里低低地叫着，等鸭群下了河，他非常巧妙地抓住两只最肥的，鸭子连叫都没叫出一声，就被他装在自行车车袋里，又在河边用两张一角钱的新票，骗买了一个光屁股小男孩的三只野鸭，于是他跨上车，过了河，顺着公路奔县城去。

高金海进了城，已经是万家灯火了。他到食品公司买了两瓶杏花村汾酒，马不停蹄，就急忙到城东南角的副县长张震武家去。

这是一个显得很荒凉的大院子。因为张震武有七个挨肩的儿子，这七个宝贝儿子一个比一个矮半头，一个比一个更顽皮捣蛋，在集体宿舍里，他们常常打碎玻璃，随地大小便，或是拧开自来水龙头，闹得水流成河，所以不得不在外面租了一所房子，把他们撵了出去。

高金海在门口下了车，掏出手帕擦了擦前额上的汗，喘了口气，便用大拇指去按电铃。

“谁呀？”一个粗哑的声音问道。

“见张县长的。”

门闩“哗啦”一响，大门张开了，一个挽着袖子、双手湿漉漉的、肥胖的保姆站在门口。

“你是干什么的？”这个胖保姆的口气非常盛气凌人。

“见张县长！”高金海的态度也相当傲慢。

“张县长晚上不会客！”这位胖保姆显然是要给高金海一个下马威。

“告诉你，张县长谁都不见，也得见我！”高金海指着自己的鼻子卖字号。

这时，院里正房的竹帘“啪嗒”一声响，一个大喇叭嗓子吆喝道：“马嫂，跟谁吵吵闹闹的哪？”

“是我，是金海！”高金海连忙抢着回答。

“啊呀呀！哪一股香风把你吹来了，好久不见，看不起我这个老上司啦！有两个月没登我的门槛啦！”

随着这大喇叭似的声音之后，一个又高又大，挺着突出的大肚子的胖子，拖着一双木屐走出来，高金海急忙闪过马嫂，奔上前去，“啪！”两个人狠狠地握住手，马嫂吓得赶紧溜到厢房去了。

他俩走进屋里去，张震武一眼看见高金海手中提着的鸭子和酒瓶，哈哈大笑：“好小子，你来行贿啦！”

“看你说的，”高金海的脸一下子涨红了，“我是顺便带点野味来看你，今晚又要住在你这里，吃饭给饭钱，住店给店钱！”

“马嫂！”张震武兴奋地高声叫道，“先别洗衣服了，把这几只鸭子下灶！”

里屋哇的一声，刚刚喂奶睡熟的小儿子被惊醒了。

“你把声音放轻点！”他老婆抱怨道。

“我早就想吃野鸭子，想得做梦都吧唧嘴！”张震武压低嗓门，得意地摇摇头。

“你已经吃过了，两大碗饭呢！”他老婆在屋里提醒他。

“这没关系，要发挥肚皮的积极性嘛，哈哈哈哈！”张震武笑得咳嗽着，那肚皮都抖动起来。

屋里的小儿子又被吓醒了，他老婆无可奈何地叹了口气，哼着催眠曲，哄孩子入睡。

三杯热酒下肚，张震武脱掉衬衫，只穿一件背心，乱舞着筷子，一面从嘴里吐出碎骨头，一面打开话匣子。

“不用想逃避责任，毫无疑问的，你犯了个严重的错误！”张震武猛地站起身，在屋里踱起来。

“我……”高金海不满地扔下筷子。

“别跟我狡辩！”张震武瞪着眼睛威胁道，“你必须正视错误，接受教训！”说着，他又坐下来，连着吃了几块鸭肉，灌了两盅酒，然后舒舒服服地长出了一口气。

“我该怎么办呢？”高金海有些惊慌。

“虚心接受批评，深刻检讨错误！”张震武打开抽屉柜，拿出两份打字的材料，“这里一份是刘秋果的报告，一份是你的报告。你看人家这个大学毕业生，写得言辞流利，口气委婉，有事实，有分析，有批判，有检讨，小葱拌豆腐，一清二白！你再看看你的，胡扯一气，态度蛮横，说什么刘秋果跟你老婆睡过觉，你简直是自己把自己涂抹成一个小丑，打官司靠状纸，你是非输不可。”

“其他的县委委员有什么意见，你知道不知道？”高金海吓得乱了手脚。

“周书记到省城去了，省委大概是批准了他的请求，让他要笔杆子去写长篇小说，他不在倒是你的幸运，周书记是大学生出身，对知识分子从来都是偏向的。”张震武说到这里，突然把声音拉长了，放慢了，“至于两位副书记大人，虽然跟我一样，是泥腿子出身，但是对你却一向不大喜欢，而对刘秋果这个大学毕业生，倒是相当的宠爱，这大概是为了沾点知识分子气，好抬高身价吧！唐县长刚刚到任，什么情况都不大了解，只能随大流。别的县委委员我没跟他们谈过，不过可以肯定，整个情况对你非常不利！”

“我怎么办呢？”高金海现在才感到笼罩在头上的重重阴影。

“还是那句话：虚心接受批评，深刻检讨错误！”张震武点了一支烟，用一根火柴剔着牙，“你跟刘秋果都将列席会议，你必须态度谦虚，对你这份强词夺理的报告，要加以严厉的自我批判，你写了什么声明之类的东西没有？”

“没……”高金海已经明白他写出的那个充满谩骂、要挟言辞的声明大为不妙，心想必须连夜重写。

“那就写一个吧！和和气气，老老实实的，我将尽量使你不受处分，只提议把你调动一下工作。调到我的身边来搞商业，这是现代化流线型的工作。我们要学会做买卖，列宁说的！”张震武仰躺在布满尿渍的沙发上，喷着烟圈。

“好，写就写一个吧！”高金海说，“我也要预先通知你，杨红桃对你一直怀恨在心，不知道什么时候会反咬一口呢！”

“这个女泼皮！我处分她，完全是为了维护党的组织纪律的尊严。”张震武不以为然地跷着二郎腿，冷笑道，“我真不明白，你当初为什么接管这个剩货！”

“我让鬼迷了心窍！”高金海搔着头皮，在屋里来回踱着，但是心里却像吞了块铅，沉重得很，他踩灭了香烟头，打了个哈欠，“天不早了，睡吧！”

张震武看了看手表，把烟头一扔，说道：“可不是，十二点五十了，早晨六点半还要听政治经济学讲课，又得迟到了！”说着，他又提高嗓子叫道：“马嫂，客房收拾好了吗？”

“收拾好了！”

屋里，孩子又被惊醒，哇哇地号起来，他老婆又无可奈何地抱怨道：“你把声音放低点！”

高金海到客房里，锁上房门，把原来的声明书用火柴烧着了，便一支接一支地吸起烟，到后半夜，忽然文兴大发，掏出笔来，伏在桌上，只听一片沙沙磨纸声，直写到窗纸发白。他四肢无力地朝床上一仰，闭上了眼睛，只觉得天旋地转，两眼飞着金星，一阵阵心惊肉跳，想要呕吐；他恍恍惚惚地似睡非睡，忽然被一阵令人毛骨悚然的声音惊醒，他睁眼一看，原来是张震武在房檐下大刮舌头，手表的时针早已经过八点了。

5

刘秋果整整失眠一夜，黎明时他起来，便到田野和河边上去，那混合着泥土、树木和野花的香味的清新空气，刺激得他的头脑清凉清凉的，沁人肺腑的晨风，像是一股淙淙作响的溪流，流过他那发焦的心，金色的太阳渐渐露出山头，河边的向日葵面向着东方。

刘秋果到达县委会，直奔县委第一副书记陆寒江的办公室，他走到门外，听见屋里有一个妇女哭哭泣泣的声音，他赶忙收住了脚。

“一个共产党员，在政治上松了劲，党性在他身上渐渐消失，那他就成了一个活着的死人！”陆寒江的声音很严厉，但是也微微流露出一点感伤的味道，“你跟你死去的丈夫，都缺少理智，脑袋一发热，做出追悔不及的事来；他违反党的斗争策略，结果丢了命，你在婚姻上，受了骗。”

那女人哭得更痛心了，她哽哽咽咽地说：“你现在骂我也晚了！……”

“是晚了，我后悔当初没有狠狠地骂你一顿！”陆寒江的声音非常低沉，“我听到你嫁给高金海，难过了很长一段日子，那时候我还没有爱人，而现在已经做了父亲。离开高金海吧！不过，尽管离了婚，如果你不让过去那勇敢、大胆、粗犷、泼辣的杨红桃复活，仍然是醉生梦死！”

“我听你的话，除了你肯这样骂我，天下还有谁呢？”那女人抽抽搭搭地说。

刘秋果忽然想起杨红桃跟他说过的故事，赶忙扭转身，他刚拐过甬路的松墙，迎面，年轻的县委第二副书记俞山松，手里拿着一卷报纸走来了。

“老兄，这下子可要三堂会审你了！”俞山松没等刘秋果打招呼，就笑着跑过来。

“你好！”刘秋果伸过手来，脸很红地说道。

“走，到老陆屋去！”俞山松亲热地扯着刘秋果的胳臂。

杨红桃正在洗脸，陆寒江皱着眉头吸烟，见他们进来，脸忽然一红。

“杨大姐，你来了！”俞山松笑道。

杨红桃连忙回过头，那两只眼可真像熟烂的红桃子，她凄苦地一笑：“俞书记，你好。”

“本来想请你列席会议，可惜你还要去打官司，不然会更彻底地揭穿高金海的本相！”俞山松说。

杨红桃把手巾拧干搭在绳上，慌慌张张地说道：“俞书记，刘书记，老陆……陆书记，我得到法院去了。”

陆寒江也跟了出去，到甬路松墙外，他低声对杨红桃说：“从法院回来到我家去吧，看看我的孩子，还有我爱人。”

杨红桃扭过脸去，咬住嘴唇，含混地说了一声，“我去……”就快步走了。

陆寒江阴郁地回到屋来，俞山松劈头把一张报纸扔给他：“看看高金海厚颜无耻的自我吹嘘吧！”

陆寒江慢腾腾地把报纸展开了，从头到尾细细地看了一遍，他抬起头，问刘秋果道：“他这篇通讯所报道的情况和数字，你们区委会审查核对过没有？”

“没有！”刘秋果痛苦地说，“高金海做事向来不告诉我，我对他也一向和平共处，在给县委的报告里，我已经提出请求处分。”

“处分完了怎么办呢？”俞山松的嘴角掠过一抹嘲讽的笑影，“去当助教，去做研究生。”

“这……”刘秋果一惊，“你怎么知道我想过？”

“因为千层篱笆也得透风！”俞山松的眼光逼视着他。

“想过……”刘秋果低下头，“不过自己已经把它否定了。”

下午五点钟，杨红桃挺着胸脯第一个从法院里走出来。跟着，脸色蜡黄的高金海也走出法院门口。他从口袋里摸出一支烟，罗锅着腰点着了，忽然看见杨红桃的后影闪进了一家食品店里，便跟踪过去。只见杨红桃买了一盒点心，又走进百货公司，买了一个洋娃娃。这更引起高金海的猎奇心，他一直隔着几步距离，尾随在杨红桃身后，直到看见杨红桃走进陆寒江家门口，他才咬着牙，啐口唾沫，转回身。

高金海回到张震武家听候消息，六点钟，张震武摇摆着一身肥肉，怒气冲冲地回来了。

“怎么样？”高金海走出来，低声问道。

“给你个严重警告！”张震武的脸上像蒙了一层灰。

“到底还是给了处分！”高金海沉下脸，不高兴地嘟哝道。

“都是俞山松闹的！”张震武气恼地叫道，“他姓俞的有什么了不起？小白脸，凭着两片子嘴，看了几本什么辩证论唯物法的书，就连升三级。我要向党中央打报告。我当过了运河的区委书记，他才接我的后任，提拔干部重才不重资，这会伤老革命者的心！”

“我的工作呢？”高金海胆怯地问道。

“根据我的提议，派你去做县供销社的第二副主任！”张震武不耐烦地解开衣服，“马嫂，打洗脸水来！”

高金海感到很没意思，无聊地坐了一会儿，抓起帽子，说道：“我走了！”

“再住一天吧！”张震武的脑袋涂满肥皂沫，大喊道。

但是高金海已经把车推出门槛了。

杨红桃走进陆寒江家的院子里，一个老太太正在做饭，杨红桃说明来意，被让进屋里。

“您是寒江的母亲吗？”杨红桃问道。

“对。您……”老太太疑惑地望着这个陌生的女人。

“我跟寒江十几年前就认识，我死去的男人是寒江的老战友。”

杨红桃的眼睛投在白墙的一幅照片上，老太太端坐在中央，怀抱着一个胖胖的男孩，背后站着陆寒江和一个二十六七岁的女人，那女人剪发，重眉毛，大眼睛，双眼皮，上身穿的是抱腰的花棉袄，下身是一条蓝呢制服裤，显得那么文静，和蔼可亲。

“您的儿媳妇在哪工作？”杨红桃问道。

“在小学里当校长。”

“多好的人品哪！”杨红桃想知道老太太对儿媳的评价，故意引老太太说话。

“人品好，心眼更好，”老太太笑得眯着眼，“我不是娶来个儿媳妇，是接来个亲闺女，我们寒江过去一直不想结婚，听说还是我那儿媳妇主动性强呢！”

“啊！”杨红桃的心疼起来，她急忙站起身，“大娘，墙上那张照片有小尺寸的吗？”

“有，还有一张四寸的。”

“把它给了我吧！”杨红桃说，“我给孩子买了一盒点心跟一个洋娃娃，您别笑话。我得走了！”

“你再稍稍等一等吧，六点钟寒江就会回来，孩子也就由他妈顺路从托儿所带回来。”老太太说。

“不啦！”

杨红桃把那张照片揣在怀里，跑了出去，一股热辣辣的眼泪模糊了眼睛，她什么也听不清，什么也看不见，像是奔跑在迷雾里。她到汽车站，正赶上最后的一班车。

车到百丈溪村站，已经黄昏了，杨红桃下了车，金红色的晚霞浓重地涂染着西山的树林，她走到河边，感到很累，于是她在河边的一块饮马石上坐下来，弯下腰去，手捧着喝了几口河水。

对岸有两个人，靠得紧紧的，沿着河边的小道，慢慢地走着。晚霞给田野、树林和河面镀上了一层赤金色，田野显得更广阔，树林显得更高大，河流的声音更喧响。从背影，杨红桃看出是刘秋果和岳樱，这一定是岳樱到车站接刘秋果，于是无限怅惘涌上心头，她闭上了眼睛。

“怎么，想接我回去再睡一回吗？”一个恶毒的声音在耳边响起。

杨红桃打了个冷战，霍地跳了起来，刘秋果和岳樱的影子已经不见了，面前站着的是高金海。

“不要脸！”杨红桃气得发喘，许久才从胸膛迸出这句话。

“为了你这个臭娘儿们，我送掉了一半前程，我一辈子也忘不了你！”高金海恶狠狠地说。

“我也不会忘记你这个恶魔！”杨红桃握紧两只拳头，像是在荒原上打击猛扑上来的饿狼似的，“我会看得见你的下场的！”

高金海像躲闪熊熊烧起的野火似的，向后倒退了一步，跌了一屁股泥，爬起来，狼狈地骑上车，奔青流村渡口去了。

杨红桃高傲地站在饮马石上，色彩斑斓的晚霞笼罩着她，在她的脚下，是终点，也是开端。

一九五七年三月

原载一九五七年第三期《新港》

西苑草

1

西苑大学的西苑湖畔，是起伏的暗黄色的土山，土山上的针叶松林在夏风里像山涧流水似的沙啦啦响。从山头到山坡，满是洋槐丛和玫瑰丛。山腰间还夹杂着几棵桑树和丁香树，被太阳晒得发散着苦涩的气味。山顶上那苍松掩映的宝塔，塔尖挂着几朵白云，倒映在湖面上。一道从玉泉山流来的小溪，带着田野泥土的芳香，在山脚下盘旋着流来流去，淙淙作响地流入西苑湖。湖心的孤岛上，有一座红墙绿瓦的龙王庙，掩映在翠绿的芦苇丛中，孤岛的石桥通连着湖岸。

"蒲塞风，蒲塞风！"

黄家萍沿着湖畔的沥青路奔跑呼唤着，那声音是又生气又焦急的。

"蒲塞风，蒲塞风！"

黄家萍热得出了汗，白绸衬衣被汗浸湿贴在身上，她用力一甩那两条细细的小辫，一口气跑上土山去。那彩色斑斓的花哔叽裙子被风吹起，像一群飞舞的蝴蝶，闪到洋槐丛后面不见了。

"你这个该死……你在这里！"

宝塔边的一棵松树下，蒲塞风坐着石椅，伏在石桌上在写什么。洗得褪色的汗衫和一堆书，散乱地扔在石桌脚下。

“我喊你听见没听见？”黄家萍跑过去，狠狠地推了蒲塞风一把，一滴蓝墨水，落在稿纸上。

蒲塞风霍地跳起来。他是个清瘦的青年，微微显得苍白的脸泛红了。黄家萍紧咬着嘴唇，两只黑溜溜的圆眼睛一动不动地盯着他。

蒲塞风无可奈何地低下了头，又一屁股坐在石椅上。

黄家萍弯下腰，收拾着那堆零乱的书，把汗衫扔给了蒲塞风，然后说了声：“走！”

“到哪儿去？”蒲塞风坐在石椅上不动。

“四点钟集体学青年舞。”

“我今天有事，明天再学好不好？”

“不行！”

“我明天一定学。”蒲塞风自知理亏，便低声下气地央求道。

“不行就是不行！”黄家萍气恼地跺着脚。

“为什么跳舞也要集体化呢？”蒲塞风皱起他那两道浓眉。

“这是先进集体条例！”黄家萍一拍石桌子。

“我当初就反对……”

“可是已经成了决议，就要执行！为什么一个共产党员就不懂得这个组织纪律性的基本原则？”黄家萍歪着头，摊着两只手问道。

蒲塞风被问得无话可答，他猛地闷雷似的喊道：“你们在墙报上给我画漫画吧！我是木乃伊，我是书呆子！”

“墙报？哼！”黄家萍冷笑道，“要给你上校刊啦！”

“为什么？”

“就因为你不参加集体活动！劳卫制锻炼你的出勤率是百分之六十二点九，集体学舞跟集体学歌的出勤率是零，其他集体活动的出勤率是百分之三十一点四五，你妨碍咱们班获得先进集体的光荣称号！”黄家萍像背书似的一口气说完了。

蒲塞风又烦躁地站起来，但是背对着黄家萍，他凝视着山脚下那条潺潺的溪流，一片落叶被流水冲得东倒西歪，最后在溪边停住了。

“谁的手笔？”蒲塞风咬着嘴唇，半天，才冒出这一句。

“中文系二年级校刊通讯组。”

“这就是说，是你和沈飞黄的大作。”

“应该考虑别人的批评，不要考虑批评的人！”黄家萍冷冷地说。

蒲塞风忽然回过头，非常轻蔑地问道：“有插图吗？”

“你这个人，我真是对牛弹琴！”黄家萍气愤地咬着牙，扭回身，穿过一簇簇洋槐丛和玫瑰丛隔成的小路，跑走了。

蒲塞风又坐下来，但是头嗡嗡响，他定了定神，把那张落了墨滴的稿纸揉成一团，又换了一张，动笔写起来。

黄家萍跑到湖畔，收住了脚，喘了喘气，又扭回身，跑上土山，跑到蒲塞风那棵松树下。

“跟我走！”黄家萍命令道，但是态度已经软下来了。

“不去！”蒲塞风头也不抬。

“我求你只去这一次，应应场面，我就不让沈飞黄把这篇批评稿送到校刊去。”黄家萍又反过来央求他。

“我就不去！”蒲塞风犯起牛脾气来了。

“我求求你！”黄家萍扳过蒲塞风的脸，她的眼眶里充满晶莹的泪珠，声音颤抖了，“只去这一次。”

蒲塞风站起身，低低地说：“我去。”

黄家萍给他抱起书，蒲塞风拿起汗衫，搭在肩头，默默地跟在后面。

他们在宝塔下停了停，从这里可以鸟瞰西苑大学全景，那一幢幢的楼房，一道道光溜溜的林道，和那川流不息的人群。

不远的树林里，手风琴响起来了。

在遥远的地方，

那里有云雾在荡漾……

一个颤声的男高音唱起来。

“听！沈飞黄在拉手风琴跟独唱，”黄家萍欣赏地静听着，“奏得真美，唱得也动人，只可惜有些做作和太洋味。咦！走吧，今天有手风琴伴奏，华尔兹一定会把你感化了的！”黄家萍愉快地说着，扯着蒲塞风就要跑。

“我不去了！”蒲塞风甩开黄家萍的手。

“你……”黄家萍手一软，一堆书落下来，“你真要命！”说着，她用一只手抹掉流出的眼泪，冲下土山去了。

太阳西斜了，土山里因为树林挡住阳光，暗了下来，也凉了下来，蒲塞风伸了个懒腰，打了个哈欠，把笔放下了，走到溪边去。

一阵窸窸窣窣的声音，蒲塞风回过头，在背后的玫瑰丛旁边，站着哀怨的黄家萍，蒲塞风走上前去。

“写完了？”黄家萍轻声问道。

“写完了。”蒲塞风惭愧地躲闪开那深情的眼光。

“把汗衫穿上，天凉了。”黄家萍说。

蒲塞风顺从地穿上了，但是想不出有什么话可说。

“到那边坐坐。”黄家萍指指宝塔下的那几块石头。

“好。”

“你在写什么呢？”

黄家萍在石头上铺下一块手帕坐下来，她抱着膝头，问蒲塞风。

“在写一篇论文。”蒲塞风撕着一片丁香叶。

“春天你对我说，不是已经开始写了吗？”

“初稿在三月底就写出来了，送到萧先生那里请他指正。今天萧先生的秘书告诉我，明天晚上萧先生准备跟我谈，我现在又根据这两个月的体会，写了这个补充部分，想谈得深刻些。”

“萧先生真爱我们，明天是星期六，还不想休息。”黄家萍感激地说。

蒲塞风想说什么，又咽了回去，他又摘下一片丁香叶，继续一块一块地撕着。

“你爱人这个星期来信了吗？”突然，黄家萍问起不相干的事来。

蒲塞风看了她一眼，黄家萍尴尬地咳嗽了两声。蒲塞风坦然地说：“我们的爱情比目前我们的文学作品所描写的爱情还公式化，一个月写两封信，见一次面，每封信一页信纸，每次见面两个钟头，如此而已！”

“为什么不多在一起玩玩呢？”

“她不愿意。”

“为什么，你们感情不好了吗？”黄家萍神色紧张地问道。

“不，”蒲塞风摇摇头，“她在她们学校担任系团总支书记工作，星期日常开会，不开会也要跟团员或者群众谈话，跟爱人在一起占去过多时间，要被批评为脱离群众。”

“这真过火！”黄家萍不平地说。

“咱们这里还不是一个样！”

他们又沉默了，针叶松像金属摩擦似的响，山脚下的溪流喧闹着。

“你有点儿怕你爱人，是吗？”黄家萍更大胆地问道。

“她是很厉害，但是我也常跟她吵架，”蒲塞风脸红了红，但跟着又陷入沉思里，“我是她介绍入党的，她比我成熟，冷静。但政治性过强，也许是我政治性太弱；她批评我所使用的语言，百分之八十以上是引经据典，像是给我吃嚼过的甘蔗渣。”

黄家萍想不出再问什么，声音很烦闷地说：“你这人真让人捉摸不定，有点神秘。”

“神秘？”蒲塞风脸上掠过一抹困惑的笑影。

“咱们俩的年纪一般大，可是你显得比我大得多。”

“我可不像你们女同志，喜欢瞒岁数。”蒲塞风玩笑地说。

“我是说，你比我懂得多，想得多，我感到自己太轻飘飘的了。”黄家萍非常忧郁，非常怅惘。

“该吃饭了！”蒲塞风不想再谈下去，他扶起黄家萍，从石头上站起来。

夕阳染红了西苑湖，给宝塔镀上了赤色的金尖，连土山脚下溪流的流水声都发沉了。

黄家萍给蒲塞风抱着书，但是走出西苑湖，走到教室楼地带，蒲塞风又把书要了过去。

2

萧渔眠教授住在西苑湖畔的临湖庄：一个幽静的小院落，红漆的门板，绿漆的影壁，矮矮的松墙，院中的鱼塘漂浮着几张荷叶，天井有几株挺立的南竹，六盆夹竹桃摆列在正房的长廊下，影壁后面还有一棵石榴树，院角落种了一架葡萄，除了特意喂养的十笼蝈蝈的叫声，院里静悄悄的没有任何响动。

“请进，我已经等你半个钟头了。”

矮小轻健的萧渔眠教授，怀抱着他那只花皮的爱猫，穿着一双皮拖鞋，迎出书斋的竹帘外。

惶恐不安的蒲塞风，结结巴巴地说：“方校长关于全面发展和先进集体问题的报告，比预定时间延长了两个钟头，我没听完就跑到您这里来了。”

“五个钟头的报告，未免有些冗长。”萧渔眠教授扭开电扇，给蒲塞风倒了一杯龙井茶，见蒲塞风一直站立不动，便按按他的肩头说：“坐吧，坐吧。”

蒲塞风捧着这杯温温的茶，一口也没喝，眼睛只注视着墙壁上徐悲鸿那幅水墨国画。

“你的文章我已经读过了，”萧渔眠教授熄了烟，啜了口茶，“真对不起，压了两个月，行政工作跟教学工作已经忙不过来，而这个会那个会更是应接不暇……”他苦笑了一下，摇了摇头。

“没什么，没什么！”蒲塞风放下茶杯，连连说。

萧渔眠教授拉开抽屉，拿出那篇论文，戴上了老花眼镜，翻了翻，慢悠悠地说：“文章写得相当流利，不流俗，有些论点很新颖，很精辟，可以说是有独到之处……”他顿了顿，又翻看几页。

蒲塞风呆呆坐在那里，眼睛跟随着教授的手指。

“不过题目似乎太大了些，”萧渔眠教授把这篇论文轻轻地放在沙发扶手上，“题目叫《论公式化概念化的反现实主义危害性》，不如叫《我对目前文学作品中公式化概念化现象的几点意见》，更实际些，切题些。”

“名正方可言顺，”萧渔眠教授又点起一支香烟，“货品很少的小店铺，外面挂着个金碧辉煌的门匾，反倒显得更是空虚；当然，这不是比喻你这篇文章，你的文章分量还是不轻的，然而也微微令人感到这一点。”

“是，是！”

“看到一些年轻人取得些微成绩就沾沾自喜，非常为他们担心！”萧渔眠教授激动起来，关闭呼呼响的电扇，“李希凡和蓝翎，无疑是文艺批评界的两颗新星，但是我总觉得他们文章写得太多，而书读得恐怕不算够，所以我认为文章可以写得少些，书要读得多些，文章可以不写，书不可不读，这正是工欲善其事，必先利其器。”

“是，是。”

蒲塞风的脑袋里像塞了一把乱柴火，他茫茫然地坐在沙发上，不眨眼地望着这位《西苑大学人文科学学报》副主编、《文学评论》的编委，那矮小的身躯突然扩大了，但是又渐渐地缩小了，那声音是陌生的、遥远的、冷淡的。

"爱伦堡说过一句很深沉的话，学舞蹈越早越好，当作家越晚越好。我认为目前文学创作公式化概念化的根本原因，完全是由于作家们知识的贫乏，读得少，而写得多，或者是只读一家之书，只写一种体裁。西欧那些不朽的古典作家，小说、诗歌、戏剧，样样得心应手，真可谓是文武昆乱不挡，莎士比亚不仅是伟大的戏剧家，同时是伟大的诗人；而我们的作家，咳……"萧渔眠教授无限感慨地摇了摇头。

蒲塞风头脑混混沌沌的，耳边仍然响着那遥远遥远的声音，他只能不断地重复着："是，是！"

"你这篇文章，凡是应该修改的地方，我都给打了标记，修改过后，可以寄到《文学评论》去，看看能不能用。投给咱们学报，恐怕不适合，你的意见怎么样？"萧渔眠教授结束了这场谈话。

"对，对。"蒲塞风那麻木的嘴唇动了动，接过那卷稿纸，鞠了个躬，跑了出去。

"常来玩！"

萧渔眠教授又送出书斋帘外。

蒲塞风握着那卷稿纸，握得手心出了汗，他跑到一个偏僻角落的路灯下，翻开第一页，第二页，第三页……每页都用红蓝铅笔标出问号和惊叹号。这些问号和惊叹号像一个个铁硬的小钉锤，敲击着他的太阳穴。他靠住电线杆子歇了歇，让头脑稍稍清静一些，然后便沿着湖畔的沥青路走去。

这五月初夏的夜晚，是那么清凉，又是那么温暖。天空那皎洁的圆月，照得西苑湖一带朦朦胧胧。四周都发散着一种捉摸不定的香气。每个角落都有着静悄悄的声音：是风吹针叶松在响；是溪流在喧闹；是龙王庙芦苇丛的摇曳声；是坐在玫瑰丛和洋槐丛边爱人的低语。

黄家萍还是穿着那件白绸衬衣和花格哔叽的裙子，但是脚下换了一双米黄色的凉鞋，头发梳成一条重折的辫子，系着个白蝴蝶，在沈飞黄的死说活劝下，涂了薄薄的口红；沈飞黄的穿着打扮更富有季节特色，浅灰色的西服，白腰带，白袜子，白凉鞋，他们正从土山顶宝塔那里走下来。

"蒲塞风的爱人真是冷若冰霜，我有幸在一个偶然的机遇里拜读了她给蒲塞风的两封情书，那批评的深刻，措辞的严厉，态度的尖锐，真是令人不寒而栗。这个倒霉的落难秀才！"沈飞黄挽着黄家萍的胳臂，轻蔑地说着。

"难道你把聪明都用在嘴尖舌巧上了吗？"黄家萍眉头拧成个疙瘩，"你对蒲塞风的态度，简直像是势不两立，你为什么那么强词夺理，尖酸刻薄呢？"

"以其人之道，还诸其人之身！"沈飞黄吊儿郎当地说。

"难道蒲塞风曾经说过一句污辱你的话吗？"黄家萍高声喊道。

"怎么没有？他背地里说我是油头粉面的洋场大少。"

"我看倒恰如其分！"黄家萍气愤地说。

"你……"沈飞黄要发火又按捺回去了，便又用他那油腔滑调的声音嘲讽地说，"这个落难秀才，是很讨女同志青睐的，那两只又黑又大的忧郁的眼睛，真像演悲剧的小生！”

“走开，我不理你！”黄家萍挣脱开他的手，一扭身跑走了。

沈飞黄掏出香喷喷的手帕擦了擦鼻头的汗珠，然后又用这汗湿了的手帕扇了扇风，就掉转身去追赶黄家萍。

黄家萍已经坐在临湖的一把绿椅上，眼睛痴呆呆地望着朦胧的月色里那浓绿的芦苇丛，像是在苦苦地思索什么。

沈飞黄悄悄地坐下来，但是黄家萍霍地站起身，沈飞黄连忙一把拉住她。

“何必动这么大肝火，我真想跟他和解，你就给做个调停人吧！”

“那么你听着！”黄家萍声严色厉地说，“从今后，待人厚道一些，多考虑考虑别人的长处，考虑考虑自己不如别人的地方，你就不会把自己估价过高了。”

“我承认，在文艺学跟中国文学史上不如他，”沈飞黄颓丧地垂下了头，“中文系读得真乏味。”

“你简直是发热病，一会儿冷一会热，”黄家萍忽然咯咯笑了，“上星期中国文学史课堂讨论，魏先生夸奖了你几句，你不是跟我说毕生致力于文学史的研究吗？”

“我本来就没想读中文系！”沈飞黄气愤地叫道。

“我知道，你本来是想当电影导演，你在高中曾经导演过《钦差大臣》，获得高度的好评，是不是？”黄家萍故意拖长声音，戏弄着沈飞黄。

“可是偏偏电影学院那一年不招生，真是阴差阳错，命运之神跟我开玩笑！”沈飞黄无限愤慨地、声音低沉地说。

"然而生米已经做成熟饭喽！"黄家萍耍着鬼脸。

"无法挽回了！"沈飞黄的脑袋低到膝盖上，手指插进头发里。

黄家萍扑哧笑了，狠狠地推了推他，笑道："别演戏了，你这个样子倒真像演悲剧的小生！"

"算啦！既来之，则安之，听天由命吧！"沈飞黄从椅子上跳起来，伸了个长长的懒腰，"跳舞去，我可不能像蒲秀才那样，心里没有春天。"

湖边操场的露天舞会正在狂热地进行，乐队正奏着豪放粗犷的西班牙舞曲，那红、蓝、黄、绿、紫五色电灯，在夏风中摇曳，像是无数道交织在一起的彩虹，裙子飘起来，衬衫被风吹得鼓起来，皮鞋后跟响着清脆的声音，脚下是一片薄薄的烟尘。

沈飞黄跟黄家萍旋转着，旋转着……

蒲塞风并没有看见他们，他看到湖心孤岛龙王庙那明亮的灯光，于是他向那里走。

"蒲塞风！"

黄家萍推开沈飞黄，一阵风似的奔蒲塞风跑去。

"萧先生对你的论文评价怎么样？"

黄家萍拉着蒲塞风的袖子，气喘吁吁地问道。

"我不明白，作为一个负有盛望的文学家，他已经七年没写一篇文章了，这难道是因为书读得不够吗？"蒲塞风自言自语地说。

"天哪，你怎么啦？"黄家萍用力摇他。

"小黄，跳舞去吧，我现在心里很烦，很乱，也许会无故地发脾气，对不住你。"说着，他轻轻摆脱开黄家萍的手，独自去了。

黄家萍站在沥青路上，沉思片刻，忽然掏出手帕，三抹两抹擦掉口红，追赶蒲塞风去了。

3

星期日中午十二点钟，蒲塞风从东山大学回来了，这星期日本是每月与他爱人伊洛兰的例行会面日，他在十点钟准时到达，但是却扑了个空，只得扫兴而归。

青年团支部到颐和园过野游团日的人们，也徒步回来了，沈飞黄昂着头，挺着胸，拉着手风琴，用他那微微带点伤感味道的调子领唱：

在遥远的地方，
那里有云雾在荡漾……

二十几条嗓子，便跟着迭唱：

…………
那里有云雾在荡漾……

黄家萍的嗓子，是那么清脆、响亮，就像西苑湖畔土山顶上宝塔的铜铃，被风吹得叮叮铃铃响。

蒲塞风跟大家点点头，也就加入了这个行列，不过他只跟随在队尾，闭着嘴巴。忽然，他的胳臂被碰了碰，黄家萍从最前列退到后面来。

“伊洛兰好吗？”黄家萍的脸色很不自然。

蒲塞风从口袋里掏出个揉皱了的纸团，黄家萍接过来，他们离开队伍，拐到一条幽静的小路上去。

塞风：

突然接到团市委大学工作委员会的紧急通知，要我去开一个重要会议。我几次给你打电话，都没打通，累你白跑一趟，别生我的气。

还有十八分钟就开会了，我得赶紧走！

兰

“你怎么没等她？”黄家萍问道，“十二点她要回学校吃饭的。”

“她不会回来，”蒲塞风烦恼地说，“她一定已经约了几个要做思想谈话的同学，到她家去玩，常常是这样。”

“那你就应该到她家去呀！”

“我不愿意去，”蒲塞风摇摇头，“她父亲不喜欢我，我也不喜欢她父亲。”

“为什么？”

广播器响起坦克兵进行曲，吃饭了。

“没意思，不谈了！”蒲塞风挥了一下手。

他们沿着这寂静无声的小路，慢慢地走着。

“吃过午饭，咱们到颐和园去吧？”黄家萍说。

“你刚刚回来，怎么又去？”

“陪你散散心。”

“不，”蒲塞风说，“我下午要抄那篇文章，萧先生的问号跟惊叹号给弄得遍体鳞伤，需要重新誊清，想寄给《文学评论》试试看。”

“带到颐和园去抄吧，我给你抄，只是我的字比你的字难看得多。”黄家萍恳求着说。

“那怎么行。”蒲塞风惭愧地说。

“没什么，”黄家萍严肃地说，“这一学期，我开始注意你，你引导我考虑了很多问题，是的，很多很多问题。”

吃过午饭，沈飞黄约黄家萍一起去温习汉语史，但是黄家萍拒绝了。他看见，黄家萍拖着蒲塞风的胳臂，走出校门。他吐了口唾沫，手插到口袋里，想了想，便回到宿舍里去了。

“怎么走？”蒲塞风望着汽车站排得长长一列的人群，问道。

“步行！”

“不累吗？”

“算不得什么，”黄家萍笑嘻嘻地说，“我在高中一年级的时候曾经想学地质，就每天锻炼长途竞走跟爬绳，后来弃武从文了，这个锻炼却一直坚持下来，所以这双脚是久经考验的！”

他们沿着西颐公路，轻快地迈着步子，路边的田野，已经扯起青纱帐，远方那蓝色的山影，在淡淡的薄云中的排云殿，使他们的心胸开阔起来。

“我跟伊洛兰，没有这么轻松愉快地到颐和园玩过一次。”蒲塞风非常感慨地说。

“你们每月见面一次，为什么不到颐和园玩玩呢？”

“总共只有两个钟头，还不够等汽车的时间。”蒲塞风耸耸肩膀，苦笑道。

“那么寒暑假呢？”

“寒假到颐和园有什么好玩的？暑假她总是有事情，去年是参加市党员干部训练班，全校野外远征露营，本校团干部学习会，今年暑假她们要去下厂实习。”

“你们不是在中学就……”

“那是地下活动，越是有爱情关系，越要回避，不然学校要批评的。毕业那年暑假，都埋头功课，预备考大学。考完大学，正赶上她父亲开始休假，把她带到北戴河去了。”

“你们真是奇怪的恋爱！”黄家萍迷惘地说。忽然，她的眼睛注视着蒲塞风，请求道：“给我讲讲你们的爱情故事，行不行？”

“没什么好听的，我跟你说过，咱们文学作品中公式化概念化的爱情描写，比起我们的故事，还要有水分得多呢！”蒲塞风笑着说。

“每个幸福的家庭都有各自的不幸，每一对爱人的故事都有各自的不同。你讲吧！”黄家萍唱歌似的催促道。

“你将来也会创造故事，并且担任故事的主角的！”蒲塞风玩笑道。

“不！谢天谢地，我还没有创造故事的本领，更没有扮演主角的欲望。”黄家萍说，“我从很小就喜欢听爱情故事，第一个就是我爸爸跟妈妈那辛酸的故事。你讲讲吧！”

“有什么可讲的呢？”蒲塞风也被她的天真逗笑了，“我们是在高中一年级认识的，她是我们的团支部书记，学生会主席，团总支书记。我一直在她的领导之下，常常是她的批评对象，或是作为解决某一个典型思想问题的标本，后来她就介绍我入党了……”

“爱情呢，爱情呢？”

“我们是在与月考和期考斗争中建立爱情的，我的文科比较好，她的理科则是非常好，瞎子背瘸子，取长补短，就这么不知不觉地建立起关系来了。”

“她对你帮助很大，是不是？”

“是的，我是怀着感激她的心情爱她的，”蒲塞风的语调严肃起来，“她不但在政治上给了我很多帮助，而且在经济上也给了我很多帮助……”

“啊！”

“我是靠人民助学金读完中学的，父亲在家乡种地，母亲老病缠身，没力量供给我一个钱。她父亲是工业局的副局长，母亲是纺织工程师，生活很富裕，所以她常常把钱分给我一部分，我把钱积蓄下来寄到家里，我母亲的病靠这些钱差不多治好了。”蒲塞风不肯再说下去。

“她真好！”黄家萍沉思地说。许久，她忽然又说，“你们的故事，跟我爸爸妈妈的故事很相像。”

蒲塞风莫名其妙地望着黄家萍。

“我爸爸跟妈妈是在大学读书时认识的，爸爸家里很穷，只有一个守寡的老母亲，他一面读书，一面给报纸杂志投稿，挣稿费养活母亲。妈妈是个独生女儿，家里开着一个大商店，她也常常在经济上帮助爸爸。大学没毕业，妈妈就违抗父命跟爸爸结了婚，后来爸爸因为领导学生运动被学校开除，就在亭子间里写小说，但还仍然进行地下活动。我刚刚落生，他就被捕了，被枪毙在南京雨花台，原来他是共产党员！妈妈却一点也不知道。她的斗争性很差，没有到延安去，可是她全心全意爱爸爸，她没改嫁，从乡下把奶奶接来，我们三口人，就靠她教小学、当小职员、教中学过活……”

“说下去，我在听着。”蒲塞风已经被这故事深深吸引了。

“你等一等，让我的心平静一下！”黄家萍不好意思地笑了，但是睫毛上挂了两颗亮晶晶的泪珠。

“很多很多人追过她，她都拒绝了，她保存着爸爸的遗物，爸爸的日记，爸爸出版的两部短篇小说集和一部没写完的长篇。我最初读的文学书籍，就是妈妈给指定的爸爸的作品，爸爸是一个非常有希望的作家，可惜被刽子手杀害了。从我十岁的时候起，妈妈就给我讲他们的故事，春夜灯下，夏夜乘凉的时候，秋夜窗前赏月的时候，冬夜围在炉边，每次讲到最后，我们俩就紧紧地拥抱在一起，默默地哭泣很久，一直到惊醒奶奶，怕惹她老人家伤心，才勉强住声……妈妈现在在一个女子中学当校长，奶奶去年逝世了，只剩下了我们母女俩……”

他们都没再说话，一直到颐和园门口，黄家萍抢在头里买了票，他们走进门去。

“先划划船，好不好？”黄家萍提议道。

“还是抄完再划船，不然也划不安心。”蒲塞风说。

“那就找个背静地方去抄，”黄家萍说，“不过由我包下来，你去玩玩吧！”

“不行，咱俩一人抄一半。”

“我不喜欢两种字体混在一起，”黄家萍说完提着书包就跑，回过头喊道：“五点你在铜牛那里等我！”

蒲塞风没有去追她，但是整整四个钟头没有离开铜牛。

五点钟，黄家萍果然跑来了，她一边跑一边嚷：“大功告成啦！一个钟头二千字，真够呛！”跑到跟前，她问蒲塞风道，“你都到哪儿玩去啦？”

“我一直没离开这里。”蒲塞风尴尬地笑道。

“你真是个书呆子！”黄家萍叹了口气，“我对你的生活色彩的单调，实在是大有意见，过些日子，我准备一个周密的提纲，找个时间跟你做一次长谈。”

蒲塞风抱歉地笑了笑，问道：“对这篇东西，你有什么意见？”

“我不想谈，”黄家萍非常庄重地说，“对于自己所过于喜爱的东西，往往会是很不客观地偏爱。不过，有几个地方我给你做了点改动。”

“哪些地方？”

“其实也是你的原句，”黄家萍打开稿纸指点着，“我把你的原稿跟修改稿做了对照，感到你修改的地方比原来的样子减色得多，棱角磨光了。”

蒲塞风躲开那亲切的、责备的眼光。

“这可能是受萧先生的话的影响，”黄家萍说，“但是谦逊并不应该使人变得懦弱、圆滑和世故，不是吗？”

“我自己也很矛盾，”蒲塞风苦恼地说，“给编辑部的信你看了吗？”

“我觉得写得很冷静，很有分寸。”

“谢谢你，小黄！”蒲塞风感动得握住黄家萍的手，“你对我的帮助，我该用什么回答你呢？”

“最好的回答是这篇文章获得成功！”

他们封了信袋，投到湖边的邮筒里，他俩的心都随着邮筒里的声音猛烈地跳了两跳。

“祝你成功！”黄家萍像姐姐似的拥抱了一下蒲塞风。

“我请你喝一瓶橘汁，算是犒赏三军！”蒲塞风很礼貌地闪开身子。

但是走到食品摊那里，蒲塞风一掏口袋，只有三角钱，而两瓶橘汁已经揭开盖，摆在面前，他脸红了，出了汗。

“我来给！”黄家萍推开他，“等你拿了稿费，加倍奉还吧。”

喝完橘子汁，黄家萍又拉蒲塞风去荡舟，他们一直玩到太阳落山，暮色苍茫。

4

蒲塞风跑到宝塔下，他看见黄家萍跟沈飞黄在湖边踱着，黄家萍挥动着胳臂，他们在争吵，蒲塞风想连忙躲开，便闪到一簇洋槐后面。

“蒲塞风，你是找我吗？等一等！”

黄家萍已经看到蒲塞风，朝宝塔这里喊道。

蒲塞风在一个石椅上坐下来，但是激动和喜悦使他坐不住，他绕着宝塔走来走去，这时，黄家萍脸色苍白，呼呼喘气地走上来。

“小黄！《文学评论》编辑部给我来信了……”蒲塞风三步两步跑上前去。

“真卑鄙！”黄家萍气哼哼地说了一句。

“怎么……”蒲塞风大吃一惊。

“难道你还没看到？”黄家萍把一张揉皱的报纸扔给蒲塞风。

蒲塞风打开来，原来是一张新出版的校刊，头版正中是一幅刺眼的漫画，旁边是一篇小品文，标题是：《一个自命为鹤立鸡群的人》，作者是中文系二年级校刊通讯组。

蒲塞风的脸色变了，他无言地把报纸还给黄家萍。

“沈飞黄，真卑鄙！校刊通讯组五个人，三个人不同意寄出这篇文章，可是他却盗用校刊通讯组的名义，并且画了这幅完全是恶意嘲笑的漫画！”黄家萍越说越气，把这张校刊两把三把撕碎了。

“算啦！”蒲塞风摆了摆手，“我准备找党委会谈谈，党支部一面批评我不参加集体活动，一面又鼓励我在课余时间写文章，而集体活动几乎完全占用了课余时间，这使我很难掌握。”

“对，谈谈去吧！”黄家萍说，“你找我有什么事？”

“《文学评论》编辑部来信了，那篇文章准备刊用，现在正由一位编委做局部的修改。”蒲塞风已经没有兴趣报告这个消息了。

“那么，真的成功啦！”黄家萍眼泪盈眶地跳起来。

但是第二天，蒲塞风意想不到地接到萧渔眠教授的便条，叫他在晚上八点钟去谈谈。

当晚，萧渔眠教授正在院里乘凉，轻摇团扇，慢滋滋地品茶，蒲塞风畏畏缩缩地走进来。

“萧先生！”蒲塞风低声唤道。

“啊，请坐！”萧渔眠教授没有站起来，他用手指指旁边的藤椅。

“您找我……”

“《文学评论》编辑部要我修改你那篇文章……”

“啊！”蒲塞风像是挨了当头一棒。

“我已经把文章看过了，”萧渔眠教授摆弄着他的眼镜，“我的意见还是上次那些个，也就不想重复了，他们说修改过后，下一期就发表你这篇文章，快些弄出来吧！”

“可是萧先生，”蒲塞风猛然鼓起勇气来，“我不完全同意您的意见。”

“可以批判地接受嘛！”萧渔眠教授从藤椅上矫健地站了起来，“不过我想再老生常谈一次，那就是做学问要谦逊！可是目前的许多年轻人，在这点上却令人非常惋惜，他们只读过几本一般性的文艺理论书籍，缺乏足够的美学修养，就大写特写文章，而且态度盛气凌人，这不能不使人感到志大才疏，这非常危险，非常可怕！”

蒲塞风窘得满头大汗，只是一个劲地搓手。

“昨天校刊第一版上批评了你，是不是？”萧渔眠教授严厉地板着脸，“你是很有才华的，可以说是才华洋溢的，但是要警惕文人无行，古今中外，多少天才，毁在了这个行上！”

蒲塞风拖着沉重的脚步，走出萧渔眠教授的门口，来到西苑湖畔，在湖边的一块怪石上坐下来，抱着头，头脑里嗡嗡响，一阵比一阵疼，他多么希望这时候伊洛兰用她那严厉的声调，安慰他，鼓励他，批评他，责备他，给他力量。

难道为了在下一期《文学评论》印上自己的姓名，就把这篇文章删削得体无完肤、面目全非吗？如果在杂志上说的是吞吞吐吐，委委屈屈，不痛不痒的话，那又有什么意义呢？他把那卷稿纸翻了几番，准备撕毁扔到湖里。

“你疯啦！”一只柔软的手，握住了他的腕子。

这声音多么像伊洛兰！蒲塞风回过头去，在朦胧的月色中，这张面孔也像伊洛兰的面孔那么可爱，但是，伊洛兰现在并不知道他的痛苦，安慰他、鼓励他、批评他、责备他的是难过得声音发颤的黄家萍。

他们一直谈到夜深，月光如水，夜空的星星，动也不动，湖畔住宅区的灯都熄了，只有一个一个的路灯，发着淡黄的光，龙王庙和宝塔在月色中模糊不清。

“明天我们就动手！”黄家萍满怀信心地说，“把这份稿子和萧先生勾画过的稿子，再写上一封详尽的信，寄给党中央宣传部，党会给你真正的指示的！”

蒲塞风手握着稿纸，沉默不语地望着湖面，许久许久，他抬起了头，眼眶里充满感激的泪水，他低声地、沉重地说：“小黄，除了伊洛兰，你是我最知心的朋友！”

“我……”黄家萍哽咽一声，手捂着嘴跑走了。

第二天，蒲塞风和黄家萍便在宝塔下开始工作。

但是就在这天的中午，东山大学准备吃午饭，伊洛兰跟大家有说有笑地在饭厅外等候开门。她是个非常朴素稳健的姑娘，从她的装束上是完全可以看出她的性格的，两条不长不短的辫子，拖在背后，辫子上没有任何装饰，上身穿的是白府绸圆领衬衫，下身是一条洗得发白了的蓝制服裤，光着脚穿一双布鞋，她的面孔，是那么冷冷的美丽，又是那么亲切的庄严，长长的眉毛，白色的眼镜里是一双黑白分明的大眼睛，通常总是闭着嘴，红红的嘴唇上浮着淡淡的微笑，不多言不少语，不过也跟同学们开开玩笑，但只是小小的调剂性的玩笑。

“洛兰，西大的信！”一个小个子的女同学，笑嘻嘻地从远处叫喊。

伊洛兰脸呼地涨红了，她跑出队去，那小女同学一闪一跳地在前面跑，伊洛兰直追到校园的树林里，才把信拿到手。

信在她的眼前展开了：

…………

作为一个失恋者，我痛苦地向您请求，请您规劝您的爱人，不要破坏别人的幸福，也不要毁灭自己的幸福。

他俩现在越发脱离群众，每天下午跑到宝塔下去谈天，群众议论纷纷。关于您的爱人的行为，附寄上一张西苑大学校刊，我就用不着再赘述了。

你的不相识的同学沈飞黄

伊洛兰顾不得再吃饭，她疯了似的跑上楼，换下那双布鞋，穿上一双半新半旧的皮鞋，又匆匆看了一遍那封信和校刊上的那幅形象丑恶的漫画，一口气跑出校门，上了汽车，她简直就像腾云驾雾似的，连她自己都不明白怎么会这样失去了理智。

蒲塞风跟黄家萍坐在松树下的石椅上，起草着一封信，蒲塞风把衬衫脱下来扔在草地上，穿着背心，紧皱眉头，苦思苦想，黄家萍托着腮帮，咬着笔杆，凝望着蒲塞风。

“把这张校刊附在信里吧！”蒲塞风终于下定了决心。

“这就对了！”黄家萍像是摆脱了重负，封住了信口，贴了邮票。

正在这时，丁香树枝一阵轻轻地沙沙响，伊洛兰走出来了，但是蒲塞风和黄家萍没有发现。

“塞风！”

伊洛兰压抑住心头的愤恨，用非常平静的声音叫道。

蒲塞风抬起头，他的眼睛眨了几眨，惊喜地大叫一声：“洛兰，你来了！”他三步两步跑过来。

伊洛兰冷淡地闪开他，说道：“你能给我五分钟的时间，我们谈一谈吗？”

“洛兰，你怎么啦？”蒲塞风惊愕地问道。

“到那边去！”伊洛兰指指土山脚下的溪流。

他们走到溪边，蒲塞风又着急地问道：“洛兰，你怎么啦？”

“我很对不起你，”伊洛兰用一种遥远的、陌生的声音说道，“我们不在一个学校读书，又因为我担任着很繁重的工作，不能常跟你见面，陪你玩，而我的父母，又因为你跟我跟他们不同行，不大喜欢你；我知道，这对你的感情和自尊心，是多么大的伤害，我也一直为这些问题苦恼着，现在，我终于不能不跟你说，咱们的关系结束吧！”

“你这是怎么回事？”蒲塞风简直像头顶上响了个雷，他抓住伊洛兰的手，那手是冰凉的。

“不要这样！”伊洛兰以她那特有的严厉的声音，把蒲塞风震慑住了，“我要说的就是这些！”说完，她昂起头，一转身走了。

蒲塞风头脑一时像是失去了知觉，等他醒转过来，伊洛兰已经不见了，他连忙追去，可是伊洛兰是绕小道走的，蒲塞风在校门外的汽车站赶上了伊洛兰。

“洛兰，你把话说明白！”蒲塞风焦心地央求道。

“你也许真的不明白，”伊洛兰冷冷地说，“我以你的入党介绍人的身份对你说，希望你在道德上、行为上反躬自省！”她匆匆跳上了汽车。

蒲塞风仰起脸，汽车开走了。

5

蒲塞风陷入浓雾似的苦恼里，他给伊洛兰写了两封信，找过她两次，没有见到伊洛兰的面，也没有得到她的片言只语。

然而伊洛兰却以他的入党介绍人的资格，给西苑大学党委会写了一封恳切而又沉痛的信，希望党委会加强教育蒲塞风，以免堕落到不可挽救的地步。

不久，党委书记给西苑大学全体共产党员做了一次长达四小时的报告，报告的内容是共产党员在先进集体运动中应起的作用。在这个报告里，蒲塞风被引为有着严重消极情绪的共产党员的例子，虽然他也批评了校刊编辑部那种高高在上的工作作风，没有经过调查核对，就草率地发表了讽刺蒲塞风的小品文，因为那里也有很多失实的地方，人身攻击的词句也很多，但是整个说来，蒲塞风的行为给党的威信造成了损失。

党支部委员会通过决议，严格要求蒲塞风参加集体跳舞和集体唱歌。蒲塞风那笨拙的舞步和那不悦耳的歌声，常常被沈飞黄嘲笑，一次又一次地纠正他的姿势和声调，惹得同学们哄堂大笑，让他在大家面前出丑。

蒲塞风对于一切都沉默地忍受着，只有黄家萍知道他是多么心焦地盼望党中央的回信，在唱歌和跳舞的时候，她总是垂着眼皮，不敢看蒲塞风那可笑而又可怜的窘态，因为她害怕自己会哭出来。

黄家萍比从前消瘦得多了，喜欢独自默默地沉思，她是那么憎恶沈飞黄，愤然退出校刊通讯组。但是她跟蒲塞风也完全断绝来往了，她曾经写信给伊洛兰，她相信，蒲塞风是爱她的，但是伊洛兰没有回信。

被苦恼折磨得走投无路的蒲塞风，几次想接近她，但是她都逃避了。有一次，他们偶然在西苑湖龙王庙碰见了，蒲塞风拦住她，央求她说明为什么不肯理他，那时已经是黄昏，饭厅的开饭前奏曲已经响起来了，湖畔和孤岛上寂静无声，没有了人迹，但是黄家萍却四面张望一下，匆匆说了声："只有等到你跟伊洛兰和好了，伊洛兰在心里不憎恨我，我们才可以像过去那样往来。"说完，她双手把书按在胸口上，抑制住要迸发出的哭泣，逃走了。

七月初，大学紧张的考试将要结束了，蒲塞风突然接到家里的一封急信，母亲的病很重，要他跟朋友们借些钱，马上回家来。

蒲塞风四处告借，也只借到十几块钱，刚刚够往返的路费和给母亲买一包点心和一包水果所用，他急得连夜失眠，最后一门考试课程也温习不下去了。

一天，蒲塞风在校门口遇见黄家萍，来不及躲避开，只得搭讪几句，问她去做什么，黄家萍说她进城去买旗袍，蒲塞风突然想到可以跟她借些钱，但是一想到可能带来的更苦恼的后果，就把这个念头压回去了。

完全是出乎意外的，他接到伊洛兰汇来的一百块钱，信封的字体写得很古怪，像是软弱无力地乱画似的，而信封里除了一张汇票以外，没有附上一句话。蒲塞风连想也没想，伊洛兰怎么会知道他的急难，他提前考完最后一门课程，取了钱，给伊洛兰写了一封长长的感激信，就匆忙动身回故乡了。

不过同学们都非常纳闷，本来准备到青岛参加大学生暑期自费休养的黄家萍，突然宣布不去了；本来准备在青岛休养十天后，由那里坐火车回家看望母亲的黄家萍，突然宣布留校了；她那双米黄色凉鞋一条带断了，用线缝了缝，没有买新的。

伊洛兰没有接到蒲塞风的感激信，她到第一汽车制造厂实习去了，她的信被转到她的家里。她父亲见是西苑大学姓蒲的来信，便擅自拆开了，看过之后，气得又喊又叫，直骂伊洛兰是个败家的；可是他却没有仔细想一想，伊洛兰每次跟他要钱，什么时候超过二十块，而且所花的钱都是向他报账，给蒲塞风的经济援助，也从不隐瞒。

伊洛兰在开学前两个星期回来了，她看到了蒲塞风的信，跟她爸爸吵了个架，回到屋里，整整哭了一夜，因为她并没有在急难的时候向蒲塞风伸出支援的手，虽然她根本不知道这件事，但是平白无故地受人家的感激，是当之有愧的。

她到西苑大学去了，蒲塞风还没有回来，但是她遇见了黄家萍，一切都明白了，她拿出了沈飞黄的信。她本想到蒲塞风的家乡去看他，然而市团代会召开了，这次大会的一个重要问题，就是检查青年团工作中的主观主义、教条主义和官僚主义，包括在大学内过分强调集体化中所产生的某些偏差。

蒲塞风是接到《文学评论》编辑部的急信回来的，他的论文经过一番讨论和修改，在这个被认为高不可攀的大杂志上发表了。他也接到了中宣部的信，鼓励他大胆发表自己的论见，同时谆谆告诫他，不要被骄傲自满的细菌侵蚀，因为他只是一个尚可期待的希望。

金色的秋天来了，各个大学都开始了新的学年。

西苑大学校刊上，刊载了党委书记的一篇文章，他论述了过去工作中的若干错误，其中也提到了蒲塞风的问题，他指出：校刊发表的那篇文章从本质上讲是错误的，同时，他也公正地指出了蒲塞风作为一个共产党员所不应有的缺点。

市团代会闭幕了，伊洛兰回到学校，当选为东山大学团委会副书记，她代表团委会向全体青年团员传达了团代会的精神。

她憔悴多了，不知流了多少眼泪，经历了多少个不眠之夜，她决定了，把悲伤埋葬心底，给蒲塞风写了一封长信，她恨自己是个僵化了的冰冷的人，她说，她出于真心的，虽然这将留下终生不能磨灭的痛苦；她不是蒲塞风的最合适的爱人……

一九五七年四月

原载一九五七年第四期《东海》

县报记者

我被调到县报当记者。

扛着行李，推开我的宿舍房门，就见一个穿着花格汗衫的小伙子，正匆匆忙忙地卷铺盖。房门一响，他回过了头。

“是你，周光！”他张大嘴巴，惊讶地瞪圆眼睛说，“你来给我当替身。”

“张林，你……”

“我被发配了！”他苦笑了一下，把一本小说塞进网篮里，神色沮丧地坐在床上，“到公社去当生产干事，还不是宣传干事。”

张林原是县文化馆业余文学创作小组的组长，我也是这个小组的成员。我们有的是机关干部，有的是学校学生，有的是工厂企业职工，张林在我们中间，写得最多，也最好，又懂得文艺理论。他的小说，诗歌，相声和鼓词，经常在县报副刊上发表，被曲艺队演唱，所以对我们很有点目空一切。不过我们都觉得这是理所当然的事，并不介意。去年，他被调到县报担任副刊编辑，非常高兴。可是后来改当记者，就不大乐意了。由于他要经常下乡采访，业余文学创作小组的活动，也就不大参加，我们很少见面。两个月前，我在街上偶然碰到他，他正风尘仆仆从乡下采访归来，愁眉苦脸跟我说："我已经打了报告，要求还回文化馆。当这个到处流浪的记者，真没意思！"我问他为什么，他没有说，一蹬车子就走了，似乎颇有难言之隐。现在，把他下放公社，调我接替他的工作，其中必有缘故。

"为什么？"我把行李扔在地上，问道。

"邓老头儿认为我不堪造就啦！"张林划着一根火柴，点着一支烟，深深吸了一口，"干了一年，他给我的总平均分是五十六点四，不及格！"耸了耸肩膀。

他的怪话好尖酸，我听着很不入耳，也就不想再打听。他见我对他并不表示同情，便站起身，掐灭了烟，伸出手说："祝你诸事顺遂！"一夹行李卷儿，提起了网篮，大步走了出去。

我开始在他空了的床上铺被褥，一面捉摸这家伙的话里究竟是什么意思。咚咚咚一阵脚步声，他又返回来了。面色通红，心情激动，重新握住我的手说："小周！作为你的老朋友，我不能不关照你一下，切切记取我这个前车之鉴。不然落个我这样的下场，可还不如你在农具厂当统计员的好。"这我可倒想要跟他讨教了，他却摇了摇手，一阵风似的跑了。

我正满腹狐疑，左思右想，编辑老唐推门探进头说："邓书记打电话来，叫你到他那里去。"我连忙扔下杂乱的衣服和书报，去见县委第一书记邓滔同志。

他正在办公室门前的圈椅上坐着，面前放个小马扎，摆了一堆文件。见我到来，站起身，架着拐迎上来。他只有一条腿，那一条腿是在解放我们县城的激烈战斗中失去的。他一把拉住我的胳臂，笑着说：

“真正是春天了，你看太阳有多好！咱们就在外面谈吧。”他哈腰拿起那一堆文件，让我在马扎上坐。

“对这个新工作感兴趣吗？”邓书记没有再回圈椅上坐下，倚着拐站在我面前。

“感兴趣，”我说，“可是怕担任不了，搞不好。”

“倒蛮谦虚哩！”邓书记拍了一下我的肩膀，“我看过你在县报上发表的一篇小说，以那个水平担任这个工作，顶得住。”

“新闻工作可比编故事难哩。”我说。

本来，我是满怀信心，兴高采烈迎接这个新工作的。可是一听到比我强得多的张林，干了一年的成绩才不过五十六点四分，信心便凉了多半截，胆怯起来。

“如果你真是这么认识，也很对。”邓书记脸色严肃地一咬上唇的小黑胡髭，“报纸是党的有力的宣传教育武器，是人民的喉舌。做一个记者，就是党的宣传员，人民的代言人，所以责任非常重大。好得很，你有这种认识，就不会像张林那么轻浮。”

这时，马县长和主管农业的王书记来了。

“他们打扰咱们畅谈。”邓书记搔搔后脑勺，“可是他们的事情更重要——关系到全县五十万人民的吃饭问题——研究春耕工作。”

我起身告辞。刚走出几步，邓书记又喊住我，说：“回去跟你们主编讲，让她派你去采访春耕情况，下午跟王书记一道走。”

我没有在新岗位的办公室里坐上片刻，也没有在新的宿舍里睡上一晚，便跟着王书记在下面马不停蹄地跑了五个公社十三个大队。王书记对这篇报道十分重视。我们趴在农村小屋的土炕上，抱着一盏昏暗的小油灯，一同翻来覆去写了几遍稿，他才同意发出去。这篇报告马上见报了。

从下面回来，我刚洗罢脸，正收拾我的宿舍。想把它擦得窗明几净，映照着窗外那棵盛开的碧桃，一定会很富有诗意。可是还没容我构思出一个设计方案，老唐又找我来了，说邓书记在等我。

邓书记满身满脸蒙盖着春天的风沙，只有一对眼睛光芒四射。原来他也刚从下面回来。不过他带着一个工作组在县北几个公社跑，而把我交给在县南跑的王书记了。他从口袋里掏出一张揉皱的报纸，先给了我肩膀上一巴掌，大笑着说："小伙子！开市大吉，不错。这篇报道我给你打了六十一分，不但及格，而且有一分的超出。当初张林的头一篇报道，我给他打的是五十九分，那意思是叫他再努一分力。谁知道他却一分一分地泄劲了！"

"这都是王书记……"我想到当初这篇报道的初稿，可并不是现在这个样子，觉得这个夸奖，受之有愧。

"是呀！"邓书记点点头，忽地眉毛一挑，"今后，就不能老有拐棍儿拄啰！得要靠自己去发现，去了解。还是那句说贫了的老话，得踏实，得努力。"

"是的，我记住您的指示。"

"小伙子，你看我还不难说话吧？"邓书记又拍拍我的肩膀，这是他表示亲昵与疼爱的方式。

我笑了笑。确实，我的感觉跟张林不同，邓书记一点儿也不是他所形容的那个厉害老头子。虽然并不婆婆妈妈，可是我却感到有一种慈母般的温暖。

“其实我凶得很哩！往后你可能不会常听到我的夸奖啦。我这个人说话，一向不大讨人喜欢。庄稼汉出身，扛了十几年枪杆子，地地道道的大老粗，张嘴就是土呛呛，火药味。我先跟你打个招呼。”

我牢记着邓书记的话，在乡下跑来跑去。我们县报是周双刊，每期都有我的文章，哪怕是短短几行消息。邓书记工作很忙，事情很多，当然不能发表一篇东西就找我谈一次。我又有一种很不必要的“自尊心”（其实是很恶劣的傲气），如果领导同志不找我，我是不大爱见领导同志的，所以有两个多月没有跟邓书记谈话。

入夏了，天气炎热，只有晚上凉爽。邓书记发起，组织了个周末抒怀座谈会。每星期六晚上聚会一次，自由参加，随意漫谈。古今中外，奇闻逸事，名山大川，风土人情……兴之所至，海阔天空，无拘无束。抒怀座谈的地点，一般都在县委会的小花园里。因为在会后，有些同志可以就便到邓书记房间里，去谈谈个人的思想情况，或是反映一些工作意见。座谈会多少也有一些事务性杂事，就需要有个人操持跑腿，于是邓书记便把我叫了去，说：“小周，给你个官儿当当，你来做这个座谈会的召集人吧！”

我面带难色地说：“我不善于交际……”

“咳，这又不是招待外国大使！”邓书记一阵大笑，“都是些熟人。你不过跑跑腿，打打杂。这对你的记者工作也大有好处哩！记者嘛，生活圈子得广，见闻越多越好。你现在的报道面太窄，也就不够丰富多彩。参加座谈会的，五行八作，男女老少都有。张三说一个故事，李四讲一段奇闻，咦！就许让你抓住几条采访线索。”

我一想有理，便同意了。这个工作对我确实有很多好处，不但开阔了我的报道面，而且使我增长了很多知识。但是，这个工作也给我带来另一种“好处”。由于我不仅因为新闻采访的工作关系，而且由于座谈会的交谊关系，使我在县城各个部门都能随便出入，于是一系列的方便来了。百货公司来了什么供应较少的物品，我事先就能获得这项经济情报。电影院上演什么好片子，俱乐部有什么好演出，别人要排队买票，等上一两个钟头，还可能败兴而归。可是我却不必受这个罪。从便门进去，直奔经理室。经理马上问：“留几张？”“给我来一张三排正中的。”就这样，我在某些亲友同学们眼里成了“名人”，竟然有个七八年没有见面也没有通信的小学时代的老同学，突然给我来了一封信，说他不愿意在乡下教小学，希望调到城里去，要我找教育局长给他讲讲情……

谁知道，这一切都被邓书记知道了。我午睡睡得正香，他便派人把我喊了去。一见面，眼睛瞪得铜铃似的，劈头就是一阵冰雹雨：“你搞的什么名堂？不知上进！下坡子溜！”他气呼呼地架着拐在屋里走来走去。越说火越大，拐杖顿得地面咚咚响，“见不得人！见不得人！你搞的是宣传党和政府政策方针的工作，可是干出的事，却违反党和政府的政策方针！你搞的是为人民说话的工作，可是却替违反人民利益的人做传声筒！”

我哭了，哭得很难过。

“去吧！去吧！”他生气地挥着手赶我，“我不爱看哭天抹泪的男子汉！”

我再也不走百货公司的后门，也不再进电影院和俱乐部的便门了。不过我得到了俱乐部负责演出工作的小白的爱情。我们约定星期五晚上在公园的荷花塘畔见面，第一次单独谈话。

邓书记有个习惯，每天晚饭后，要有两个钟头蹓大街，或是蹓公园。你时常可以发现他坐在人行道旁，拐杖放在身边，周围蹲着站着很多人，跟他纵情谈笑。当然，有时不免要遭到交通民警的干涉。他蹓公园，可就为的是休息了。他有高血压症，暑热天气，再逢上工作忙熬夜，高压有时竟达二百。他讨厌看病，腻歪吃药，更怕传出去而遭到强制休养的“处分”。所以他只要一感觉血压开始升高，便悄悄来到公园荷花塘畔的一片白沙地上，静静坐在那里，让清凉的花香水汽给他治疗。这是公开的“绝密”，只是谁也不想让上级知道。

我跟小白如约来到公园，沿着一条长满绿苔的柳荫小路，漫步到荷花塘畔，想在绿椅上坐一坐，就发现邓书记一人坐在白沙地上望月，我一拉小白，赶忙抹头折回去。

“站住！”邓书记已经发现我们，站起身，扮个鬼脸，“又背着我搞鬼名堂啦？”

小白挣脱开我的手，一甩辫子，像一只被惊吓的小鸟似的跑了。柳荫里，闪动着她的花裙，在月影里消失了。

“哼哼，不愿理我！”邓书记跺着脚，“早晚你得三顾茅庐，请我这个证婚人来。”

“早着哩，”我红着脸说，“这是头一次见面。”

“明天晚上我有空，带她来见我，”邓书记走到我的身边说，“怎么这几天好像老躲着我？生我的气啦？你们这些年轻人，受不了一点脸色。把你们都宠坏了！”锋利的目光，射在我的脸上。

我低下头，默默无语。我这个人，心里知道了错，认了错，可是嘴上不会说，让我写书面检讨倒还行。

邓书记一推我，说：“找小白去吧！别让我破坏了你们的良宵美景。不许蹓得太晚呀，人家传达室会有意见。”他手按着前额，走了。

我望着邓书记那一跛一跛的背影，心里一滚一滚的。连小白已经回到我的身边，都没有觉察。

谁想到，天有不测风云。邓书记在这天深夜两点钟，从圈椅里栽在地上，得了脑溢血。我第二天清晨上班才知道，撒腿就奔县医院跑。跑到医院门口，一辆乳白色红十字救护车正开出米，邓书记被送往省医院去了。

汽车不见了，只留下一股烟尘，我的心里怅然若失，百感交集。他被送走了，没有让我来得及说一声：“我错了！”……

一连几天，我非常痛苦，深深的负罪感，咬着我的心。跟着，在这之上又增加一重爱情的烦恼——我简直还没有尝到爱情的欢乐与甜蜜。小白是个性情活泼，爱玩，爱漂亮的女孩子。而我却是笨手笨脚，嘴里含着个秤砣，像块没有灵性的石头，穿着上面，更是马马虎虎，汗衫上的纽扣常常掉得一个不剩，只披着两块布片。头发乱乱蓬蓬，从不曾买过一把拢梳，早晨洗过脸，胡乱用手划拉两下子就算了。而对唱歌和跳舞，我更是个绝缘体。这都很不中小白的意。她逼着我打扮，硬要我参加她们俱乐部的业余合唱团和交谊舞会，练男低音，学什么快三步慢四步。我说我不是干这营生的材料，她说艺术有潜移默化之功，何况天才出于勤奋。我说我实在对它不感兴趣，她说兴趣本来是培养而成，暂时可以在一边欣赏观看，日久天长，耳濡目染，兴趣自然萌发，再经尝试，就会产生狂热的爱好。好吧，反正这个罪一周只受一次，可以将就。但是，她的另一个要求，我却实在受不了。她要我每天下班以后，夕阳西下同她登上古城墙头，月影摇曳中伴她漫步荷花塘畔，做三个小时抒情陶醉。我一个星期要有三个晚上住在乡下，一个晚上参加周末抒怀座谈会，一个晚上接受艺术熏陶，余下的，只有两个夜晚了。而我正在念函授大学新闻系，需要准备功课；又在偷偷练习写小说，打算寄给省里和北京的文学刊物试一试。她既妨碍我的学习，又妨碍我的习作，于是终于吵了架。

小白是我们县城最漂亮的姑娘。而且俱乐部的工作交际最广，接触的人最多，全城可以说没有谁不认识她，没有谁不知道她。追求她的人，至少相当排队买戏票的人的一倍半。我们吵了架，小白几天不上我们家去，妈妈感觉风向不对，着了急。老人家怕儿子娶不上媳妇，何况是个一枝花似的媳妇！于是一把鼻涕一把眼泪地骂我不知好歹。我说："您放心。跟她吹了，也打不了光棍儿！"妈妈气哼哼地从墙上摘下镜子，往我面前一放："照照你的模样儿吧。我真不知道人家小白当初怎么会看上你。"我自知长得貌不惊人。小时候伙伴们管我叫"黑鲫瓜子"，长大了同学们给我起外号叫"瘦螳螂"。脸又黑，眉毛又秃，眼睛又小，鼻子又大，而且还是两条鹭鸶腿。这几个月下乡采访，风吹日晒，脸不但黑，而且挂上一层锈，本来就秃的眉毛，只剩下两道淡影，而脑袋上则像顶着一团太阳烤干的乱草。何必照镜子呢？我知道得很清楚。叹了口气，负荆请罪去吧。

小白先是哭，后是笑。她说她一颗心全给了我，所以我也得被她全部独占；她不能容忍别人跟她机会均等，把我瓜分。我胆怯地说："我不能老陪你呀，我得下乡采访。"她说："你不会把自行车加快速度，当天打来回吗？”我说：“我还得念函授大学哩。”她说：“难道我不愿意你获得大学毕业证书，取得更大成就？只是你太不刻苦了。你知道不知道苏秦悬梁刺股的故事？”她说得头头是道，满盘满碗都是她的理，我只有俯首帖耳，唯命是从了。

我的采访变成了闪电式。早晨嘴里叼着馒头，跨上自行车，一出大门就飞奔起来。在公路上，不用说长途客运汽车和货运卡车，就连流线型的小汽车，也被我远远甩在后面。同志们开起我的玩笑来了：“小周弃文修武啦！”“是吗？”“瞧着吧！下一届全国运动会一万公尺自行车竞赛的冠军，不是咱们小周才怪。”“那也不错。咱们县还没出一个运动健将哩！”这本是戏谑，是讽刺，可是县体委却认了真。竞赛科长竟然前来登门拜访，对我的苦练倍加鼓励，而且非常热情地要向我提供帮助，比如配备教练啦，同我们领导研究给我一定的锻炼时间啦，等等，弄得我啼笑皆非。

采访呢，用打篮球的术语，我是盯人快攻。自行车飞驰进公社大院，把自行车往办公室门外一撂，大汗淋漓，推开门往生产干事的办公桌上一坐：

“咱们公社现有多少生猪？”

“八千六百四十三头。”

“比去年同时期增长多少？”

“百分之二十五。”

“哪个大队最先进？”

“杏花村。”

“数字——人和猪，我的意思是按人口平均……”

“每人零点九七头。”

“有没有落后转变为先进的大队？”

“七渡河。”

“去年第几名，今年第几位？”

“去年名落孙山，今年跃居榜眼——第二名。”

“绝对数字增加多少？”

“百分之九十二。”

“养猪的先进人物，转变典型？”

“这儿有两份通报。”生产干事拉开抽屉。

“给我！”我一探胳臂就抓在手里，“取得这些成绩，采取了哪些措施？”

“干脆你也看总结工作报告吧。”

“好，不过得后天还你。”

然后，再奔广播站：“把最近有关养猪方面的广播稿借给我用一用，后天还你。”

于是一场采访完成了。我又以每小时三十公里左右的速度返回来。洗了脸，梳了头，换上新买的花格绸汗衫，浅灰色柞蚕丝裤子，淡黄色皮凉鞋。到食堂，风卷荷叶，三分钟消灭了两个馒头一碗菜，便急急忙忙直奔荷花塘。小白已经在那里等候了。对我的迟到，免不得先是一顿抱怨，后是一番怄气。我打起了笑脸赔罪，还是得不到宽恕，多亏过来一位游客给解了围：“你们在这儿排演‘跪池’哪！”谢谢他这一句恰如其分的妙语，小白破涕而笑了。

倒不是排演“跪池”。不过下周的晚会确实有小白的节目，独唱。

今晚，她要在这儿预演。

“桂花开放幸福来呀……”

我靠着柳树打开了盹儿，耳边似乎听见有一只蝉在叫。

“你听着吗？”小白的歌声止住了，问道。

“噢噢……”我急忙睁开眼，“听……听着呢。”

“音量怎么样？”

“好！”

“音质呢？”

“更好！”

“音色？”

“尤其好！”

“我是专唱给你一个人听的呀！”小白温柔地揉弄我的头发，“我给你的是百分之百。怎么能让你跟一般听众一样不过得到千分之一呢？”

我心中暗暗欢喜。她去演出，我可有个晚上来突击突击“新闻学概论”了。

“不过，正式演出你还得去听。替我搜集搜集听众意见。”

得，竹篮打水一场空。

蹓到深夜十一点，小白才跟我恋恋不舍而别。告别一次，走出几步，又折回来，再告别一次，再折回来……一而再，再而三，三而四。等我回到机关门口，已经十二点过一分了。我敲门，敲得响出几里地，可是里边回答我的是闷雷似的鼾声。我哀求，说尽了好话，钟打一点，传达室看门老王才总算动了恻隐之心，哐啷开了门。我刚踏进一只脚，当头就是一顿棒喝："我给你们团支部、主编、宣传部都提过意见啦！你还是不改。那我可只有上省城找邓书记去告你啦！"

"下次一定改，一定改。"我一边讨饶，一边踮着脚尖，向后倒退。

回到宿舍，精疲力竭，人困马乏，还写什么小说！脑袋像一块敲不响的木头，灵感早已经跟我宣告绝交。我坐在椅子上，打开"新闻学概论"讲义，虽然没学苏秦悬梁刺股，可也蒙上湿手巾，狠拧太阳穴，想尽了一切措施。但是苏秦精神不起作用。我望着讲义，就像站在池塘边望水面上的树丛倒影，眼花缭乱，脑袋一挨桌面，就沉入黑甜乡。不知过了多久，我被一阵山响似的敲窗户声吓醒了，只听巡逻的警卫同志嚷道："睡觉还开着灯？不知道上月行政费出了赤字！"我赶紧把灯灭了。于是团小组会上，又多了一条意见。

邓书记走后两个月，我简直全垮了。螳螂爪的胳臂变成了长灯草，鹭鸶腿变成了两根细麻秸，谁见着我都摇头。最后连体委竞赛科长也对我彻底失望了："本想让你参加专区运动会，谁想你病成这个样子。咱们县少得五分……"

这都没有唤醒我。给我敲了警钟的，是一个猛子扎下八个月，从没回过县城的张林，出人意料地寄来一篇关于他们公社田间后期管理的报道。他写得真好。政策方针的宣传，像一条红线贯穿全篇，统计数字精密而又准确，但不是枯燥的罗列；典型人物丰富多彩，描写得绘声绘色。拿过我那篇闪电式采访来的报道一对比，相形之下我那卷东西简直是满纸荒唐言。我将它撕了个粉碎，丢进字纸篓里。张林的报道发在头条，占了一个半版面。

这个晚上我跟小白吵了架，吵得空前激烈，她参加演出“采茶扑蝶”的晚会，我也没去看，关在屋里给邓书记写了封信。我说，如果他知道我这两个月的行为，一定非常生气，影响养病。但是，我要从今天起重新开始，绝不再为恋爱损害工作和荒废学习。

小白对我让步了。她不再强迫我去接受艺术熏陶，也免去了古城墙头和荷花塘畔的散步，又走了个极端。她说要督促我用功，迎头赶上张林。每天晚上她来到我的宿舍，关上房门，端把椅子靠门口一坐。我要喝水，她去给打，有人要进来跟我说两句话，她回人家一个：“学习时间，概不接见。”我在这边发奋攻读“新闻学概论”，她在那边加紧生产赶织我的毛衣。怎奈她是个嘴闲不住的人，而且下周又有演出，于是一会儿哼哼“刘三组”的对歌：“山中虎狼都见过，难道怕你这条狗……”一会儿又对我进行勉励和训诫：“你呀，不可否认，是相当聪明，可就是不够勤奋。我劝过你多少次，要刻苦刻苦！偏把我的话当作耳旁风……”她扰得我根本没法儿记住新闻学的原理、定义与要素。“别唠叨啦！”我拍着桌子大叫。她不作声了，哆嗦着嘴唇，眼泪一对一对掉下来。我又心软了，连忙放下讲义，给她擦泪，两片磨扇似的笨嘴，用了两个小时，说了若干柔言软语，总算才止住了她的伤心。就这么三个晚上也没念完一章。照这个进度我算了算，念完函授大学的全部课程得十二年。

我进一步要求，恢复原来每星期在下面住三个晚上的惯例，小白断然拒绝了。她说什么都能忍受，就是忍受不了孤单与寂寞。是呀，她已经为我牺牲不少了，歌不大唱了，舞不常跳了，散步也取消了，我怎么好再让她难过呢？

终于，邓书记回来了。我急忙跑去看他。可是走到县委会大门外，打了个冷战，心虚胆怯了。如果我不知道自己有什么过失，糊里糊涂，倒无所畏惧。可是我明明知道自己心怀鬼胎……我没有勇气站在他的面前。我在县委会门前走来走去，两腿发软，直淌汗。

马县长和王书记从里边走出来了，我想躲，却无处可躲。

“邓书记……好了吗？”我只得硬着头皮迎上去，问道。

“还没有痊愈。”王书记脸色阴沉地说，“你不用进去了，他现在需要安静地休息一下。”

“我想跟他谈……”我哽咽地说。

“他刚才跟我们谈到了你，”王书记说，“你马上下乡去吧，把这个捎给张林。”他从文件夹里抽出一张报纸，递给我。

那正是发表张林的报道的那一期报纸。上面两个朱红数字“90”，并且附有一行短评：“行动胜于空谈，再接再厉！邓滔。”

这是对张林的赞许，这是对张林的勉励。这还不仅仅是因为他写了一篇好报道，他的成绩远不止此。在他的报道发表后不久，他们公社的主任到县里来开会，特意到我们报社坐了一会儿，对我们赞不绝口地夸奖张林，说他不但是生产干事，还是宣传干事帮办，而且下到哪个大队去，都是个大劳动力。

“邓书记没有说别的吗？”我又问王书记。

“说你缺乏张林的骨气！”王书记严肃地说。

这一针正刺中我的要害。骨气！我不是不知道自己的毛病所在，只是下不了狠心，没有改正的骨气。我的检讨，我的保证，我的计划，都是不想实行的空谈。我羞愧难当，扭头就跑。

“他还不许你再骑自行车！”王书记喊道。

我一愣，不知这是什么意思。自行车是记者的翅膀，邓书记为什么要把我的翅膀剪掉呢？我不明白。但是我还能违背他的指示吗？我已经让他伤心得够了。

回到报社，我要求主编让我下去，一直到秋收秋耕结束以后。没有特别必要，不要调我回来，我的政治学习，可以跟公社干部一起学，主编完全同意。我没有去跟小白告别，怕她的眼泪软化了我这股骨气。我背了个简便的行军背包，带了把雨伞，直奔长途汽车站。

天阴得很沉，已经开始飘洒雨星。我排在等候买票的长蛇阵里，抱着头，心情沉重。耳边，是孩子哭大人叫，以及山南海北，东村西店，张家长李家短的闲谈。不管我怎么想静坐沉思，这些声音还是往我耳朵里钻。

“红梅店那二百亩一大片的玉米，长得跟树林子似的。柳老秤那个老头子，算是把庄稼玩转啦！”

“你还没看见他们养的那些猪，个顶个气死牛。卧在一堆，亚赛一座肉山！”

“少见多怪。你们见过真正的牛吗？多打一站票，到我们村参观参观，瞧瞧我们大队聋二大伯喂的那九头牛！内中有一头大黄犍，今年春天愣把十五马力的拖拉机给撞翻了个个儿！”

“你这不是夸牛，是吹牛！”

“我起誓！有半句瞎话，太阳落他就落！”

“今儿个阴天！”

“哈哈哈！”

我听着听着就入了神。满腹忧愁，烟消雾散，不再沉思，也加入了他们的谈话。我似乎悟到邓书记为什么要剪掉我的翅膀了。

下了长途汽车，来到张林工作的公社，牛毛雨下个不停。我刚一进公社大门，透过雨水淋漓的玻璃窗，另一位生产干事就看见了我。他隔着窗就喊："快进来吧！所有的报表记录我都给你准备得啦！"

我本来倒想进去避避雨的，他这一热情招呼，我的脸像被无数葛针一阵扎似的，在院子里站下了。

"你着魔啦，快淋成落汤鸡啦！"

"我想问问张林在哪个大队？"

"在红梅店。去了两个星期啦！"

"我找他去。"我扭头就走。

"你也得等雨住了呀！"他喊道。

我没理他。出了门，在一家门道里换上胶靴，张开雨伞。风丝雨片，踏上泥泞大路。

雨点打着雨伞，叮叮咚咚，我陷入沉思。田野上烟雨迷蒙，青纱帐滴青流翠，车道沟里流水涓涓，路边野花清鲜艳丽。我的身心也像沐浴在和风细雨里。

沉到下面半个月，我跟社员们下地，打草，收拾农具，平整场面。闲暇时，帮老奶奶们套磨，推碾子。寄回一篇报道：《秋收前巡礼之一》。

我一到红梅店就写了信给小白，她却没有回信。我一面不安，一面觉得拉倒也好，免得互相妨碍，她不能专心练歌习舞，我也无法搞好报道与学习。没想到，一个星期日，小白却找我来了。不过半个月，小白似乎深沉了，长大了。见了面，没有哭，也没有卿卿我我，只默默地掏出一封信。我一看信封上的笔迹就知道是邓书记来的。我哆嗦着撕开来，掏出一看，是发表我那篇《秋收前巡礼之一》的报纸。我一眼就看见“61”这个数字，跟着，又发现还有一行字：“但愿一鼓作气，万象更新；切莫半途而废，周而复始。”我的眼前一阵模糊……

可是我不知道，邓书记到俱乐部把这封信交给小白的当天，乘晚车走了。他的病很重，身体太坏，上级决定调动他的工作。他走了，没有通知我。而且除了县委和人委的几位领导同志，他也没有透露给任何人。他从抗日战争时期就在这个县工作，受过他好处的，跟他心连着心的人，太多太多了。他不愿意车站挤满送行的人……

一九六二年九月北京府右街光明胡同

原载一九六三年第四期《北京文学》

（摘帽后唯一获准发表的作品）

图书在版编目（CIP）数据

青枝绿叶 / 刘绍棠著. — 北京：北京十月文艺出版社，2018.5
（刘绍棠文集）
ISBN 978-7-5302-1777-1

Ⅰ.①青… Ⅱ.①刘… Ⅲ.①短篇小说—小说集—中国—当代 Ⅳ.①I247.7

中国版本图书馆 CIP 数据核字（2017）第 322590 号

青枝绿叶
QINGZHI LÜYE
刘绍棠　著

出　　版　北京出版集团公司
　　　　　北京十月文艺出版社
地　　址　北京北三环中路 6 号
邮　　编　100120
网　　址　www.bph.com.cn
发　　行　新经典发行有限公司
　　　　　电话（010）68423599
经　　销　新华书店
印　　刷　固安县铭成印刷有限公司
版　　次　2018 年 5 月第 1 版
　　　　　2018 年 5 月第 1 次印刷
开　　本　880 毫米 ×1230 毫米　1/32
印　　张　11.375
字　　数　250 千字
书　　号　ISBN 978-7-5302-1777-1
定　　价　35.00 元
质量监督电话　010-58572393
如有印装质量问题，由本社负责调换。